»LA GAJA SCIENZA«

VOLUME 1515

SE PARLI MUORI

Romanzo di
JAMES PATTERSON
e MAXINE PAETRO

Traduzione di
DIANA VOLONTÉ

LONGANESI

www.longanesi.it

ISBN 978-88-304-6281-6

Titolo originale
22 Seconds

SE PARLI MUORI

Agli uomini e alle donne coraggiosi
del dipartimento di polizia di San Francisco

PROLOGO

1

Cindy Thomas lavorava seduta al tavolo da pranzo che aveva acquistato a una svendita in fondo all'isolato. Era un tavolo di ciliegio, rotondo, con un'anta pieghevole e le lettere *SN* incise vicino alla cerniera. Percorse le iniziali con le dita, immaginando che anche la persona che aveva lasciato quel segno fosse un giornalista con il blocco dello scrittore. E Cindy, da brava scrittrice, non poteva essere più bloccata di così.

Lavorava a tempo pieno come reporter di cronaca nera per il *San Francisco Chronicle* e si era occupata di una serie di violenti omicidi. Alla fine della sua folle corsa criminale, dopo essere stato catturato dalla polizia, quel mostro seriale impenitente l'aveva contattata per chiederle di scrivere la sua storia. Ed era proprio ciò che stava facendo, o perlomeno che stava tentando di fare. Il suo agente non avrebbe avuto difficoltà a vendere il progetto di un *true crime* dedicato alla vicenda di Evan Burke, una bestia feroce che riusciva a uccidere e a farla franca. Si vantava di essere l'assassino più prolifico del secolo e Cindy non ne dubitava.

Aveva a disposizione dati e notizie in abbondanza.

Questo perché Burke desiderava che il libro di Cindy gli assicurasse un posto d'onore nella storia della criminalità, quindi le aveva consegnato i suoi quaderni e le foto delle sue vittime, vive e morte. Le aveva fornito la mappa delle loro tombe, in cui gli agenti della Omicidi avevano rinvenuto ossa, vestiti e altre prove dei suoi crimini. Alla fine, lo avevano condannato per sei omicidi, che secondo lui era un numero troppo basso ma l'accusa si era dichiarata soddisfatta.

In quel momento, Burke si trovava in isolamento nell'ala di massima sicurezza del carcere di Stato di San Quintino, ma contemporaneamente viveva nella testa di Cindy giorno e notte. I pensieri sulle vittime di Burke e su ciò che lui aveva fatto a quelle giovani donne non la abbandonavano mai. Non dormiva abbastanza e quanto aveva scritto fino a quel momento era lì a dimostrarlo.

Henry Tyler, capo e mentore di Cindy nonché editore del *Chronicle*, l'aveva incoraggiata: « Questo libro può essere un bel colpo, scrivilo! » Così le aveva concesso due giorni a settimana di permesso retribuito in modo che potesse stare a casa e lavorare al libro. La casa era il piccolo trilocale che condivideva con il suo fidanzato, Rich Conklin, ispettore della Omicidi e membro di spicco della squadra che aveva catturato Evan Burke.

Rich la sosteneva in tutto. Faceva il bucato, leggeva quello che scriveva per controllare che fosse preciso e attendibile, la consolava quando la ferocia di quegli omicidi la riduceva in lacrime. E, da quando Cindy aveva requisito il tavolo da pranzo per lavorare al libro, Rich aveva perfino iniziato a fare colazione sul lavello della cucina.

Era grandioso che la sostenesse in quel modo ma più di tanto non poteva fare. Cindy si sentiva il cervello in cortocircuito, e non era tutta colpa di Burke.

Fuori, nel mondo reale, la città che amava era spaccata in due a causa di una nuova e restrittiva legge sulle armi da fuoco, un provvedimento che aveva scatenato la violenza tra i cittadini di San Francisco. Lindsay Boxer, la migliore amica di Cindy e compagna di squadra di Rich, era caduta in disgrazia proprio a causa di quella legge.

Lindsay era stata da poco messa in panchina, a tempo indeterminato, mentre proseguivano le indagini su una sparatoria in cui era stata coinvolta insieme ad altri agenti. Era difficile sapere se l'amministrazione cittadina si sarebbe schierata con lei, restituendole la pistola, il distintivo e il ruolo in polizia, o se l'avrebbe punita in maniera esemplare per favorire il sindaco.

Cindy soffriva per l'amica. E nel tentativo di aiutarla, aveva solo peggiorato le cose.

2

Cindy chiuse il portatile e lo spinse da parte, facendo posto sul tavolo per appoggiarvisi a braccia conserte. Chinò la testa ripensando alla telefonata con Lindsay della sera prima. Quando Cindy le aveva chiesto come si sentisse, l'amica aveva mentito: «Bene. Io non sono preoccupata, quindi non preoccuparti nemmeno tu».

Ma Cindy non era tranquilla, temeva che Lindsay potesse diventare un bersaglio solo per sostenere la nuova legge, anche se chiunque al suo posto, in quelle circostanze, avrebbe sparato. Aveva scritto dell'incidente nel suo blog, sicura di ricevere commenti di sostegno e approvazione. Ma non era andata così. In compenso, si era ritrovata la casella di posta intasata da lettori inferociti, così tanti che Henry Tyler le aveva telefonato, sconvolto, e aveva alzato la voce, cosa che con lei non faceva mai.

«Ti caccerai nei guai, stanne fuori!»

«In che senso, Henry? Scrivo articoli del genere tutti i giorni.»

Lui si era spiegato meglio: la sua mezza pagina sul blog aveva gettato benzina sul fuoco appiccato dalle nuove leggi sulle armi in vigore a San Francisco e in altre grandi città.

Si era formato un movimento di resistenza nazionale.

Si definivano Difensori del Secondo Emendamento e il loro motto era «Non obbediremo».

Tyler aveva concluso la sua invettiva dicendole: «Ti pago a stipendio intero mentre scrivi il libro, Cindy. È un regalo. Finché non hai finito, sei fuori dalla cronaca nera e sei sulla rubrica del weekend. Vai a scrivere adesso».

Cindy non aveva pianto, ma avrebbe voluto farlo. Henry aveva ragione. Si era dimenticata del quadro generale e aveva parlato di una vicenda personale in un post sul blog.

Proprio in quel momento, il telefono squillò di nuovo. Lo recuperò dal tavolo. «Pronto?»

La voce di un uomo le gridò nell'orecchio: «La mia pistola è affar mio. Leggi la Costit...»

Cindy riattaccò. *Come ha fatto questo bastardo ad avere il mio numero di cellulare?*

Doveva uscire di casa, andare da qualche parte. Indossò in fretta un paio di jeans, un cardigan, scarpe da corsa e il bomber di pelle di Richie. Controllò che il fornello fosse spento, si ravviò i capelli e chiuse le tende. Da ultimo, infilò il portatile e il radio scanner nello zaino e si mise in tasca il telefono.

Uscì, camminando verso est su Kirkham Street e strizzando gli occhi nella luce del sole mattutino. Alla fine dell'isolato svoltò a nord verso il Golden Gate Park. In fondo alla strada c'era una pasticceria chiamata Sweets e le venne l'idea di portare a Lindsay biscotti e caffè di Sumatra appena fatto. Stare un po' insieme a commiserarsi avrebbe tirato su il morale a entrambe.

Cindy prenotò un Uber che andasse a prenderla da Sweets, all'angolo tra la Ventiquattresima e Irving Street, e la portasse a Lake Street, a casa di Lindsay. Intravedeva già la pasticceria, quando una berlina nera si accostò al marciapiede.

« La signora Thomas? »

« Sì. Può aspettarmi un attimo, per favore? Faccio in fretta. »

« Non posso fermarmi qui. »

« Un secondo. »

Cindy voltò le spalle all'auto, che procedeva a passo d'uomo dietro di lei. L'autista la chiamò di nuovo. Lei si girò, stavolta con fare seccato, ma con sua enorme sorpresa vide scendere dalla macchina tre uomini. Anzi, tre ragazzi.

« Che succede? Guardi, non importa... » disse all'uomo al volante. Le erano appena uscite le parole di bocca quando vide che l'autista impugnava una pistola. Lo fissò negli occhi mentre lui ringhiava: « Sali in macchina, stronza. Dobbiamo parlarti della tua amica Lindsay Boxer. È tutta colpa sua ».

Sconvolta dalla minaccia, Cindy gridò a pieni polmoni: « State lontani da me! »

Stava prendendo il telefono quando un pugno la raggiunse in pieno volto. Il dolore durò una frazione di secondo, poi le luci si spensero e Cindy cadde a terra.

PRIMA PARTE

Nove giorni prima

1

Dopo aver trascorso un'intera vita nelle agenzie di intelligence statunitensi, il marito di Lindsay Boxer, Joe Molinari, lavorava ora come consulente di alto livello per la valutazione dei rischi, la sicurezza portuale e le minacce informatiche avanzate.

Quando gli affidavano un incarico, i Molinari si ritrovavano pieni di soldi ma, al momento, era lo stipendio da poliziotta di Lindsay a pagare l'affitto.

Il telefono di Joe squillò alle sette del mattino, mentre la giornata accelerava già verso il caos quotidiano. A chiamare era « Steinmetz FBI ». Steinmetz era il caposezione dell'ufficio FBI di San Francisco, oltre a essere l'ex superiore diretto di Joe, che rispose al secondo squillo.

La voce tonante di Steinmetz gli rimbombò nelle orecchie, mentre Lindsay lo chiamava dall'altra stanza e la figlia di quasi quattro anni faceva praticamente irruzione in camera, piangendo perché non le piaceva il vestitino che indossava.

« In piedi, agente! »

Cristo, pensò. Fece tacere Julie e rispose: « Craig, va tutto bene? Posso richiamarti tra mezz'ora? Sono in mezzo a... »

« Ho bisogno di te sia oggi che domani » disse Steinmetz. « Ma forse anche più a lungo. »

Dubbioso, Joe si passò una mano tra i capelli. Era riluttante a occuparsi di un caso dell'FBI, poteva essere pericoloso. Inoltre, due giorni potevano facilmente trasformarsi in due mesi. Ma non faceva bene agli affari dire di no a uno come Steinmetz.

«Possiamo vederci alle nove.»

Mentre si vestiva, udì Lindsay ripetere a Julie che stava benissimo e offrirle una tazza di Cheerios.

Joe preparò le uova e Lindsay tostò il pane, poi, quando i piatti erano ormai puliti, lei svuotò nel lavandino quello che rimaneva della sua tazzina di caffè e chiese: «Steinmetz ti ha dato almeno qualche dettaglio?»

«Solo che si tratta di un paio di giorni di lavoro, forse qualcosa di più.»

Lindsay controllò l'orologio, Joe sapeva che aveva una riunione in programma alle otto. «Ottimo, sarà meglio sbrigarsi.»

Lindsay abbottonò il cappotto a Julie. Joe mise il guinzaglio al loro anziano Border Collie di nome Martha e tutta la famiglia uscì. Joe baciò la moglie prima che lei sfrecciasse via sul suo Explorer blu.

Lui e Julie, invece, portarono Martha fino all'angolo della via e tornarono indietro in tempo per il passaggio dello scuolabus della bambina.

L'auto di Joe era parcheggiata dall'altro lato della strada.

Disattivò l'allarme, accese il motore e si diresse in centro. Un quarto d'ora dopo parcheggiava su Golden Gate Avenue, a un solo isolato di distanza dall'imponente edificio governativo che svettava sul quartiere. Mentre superava il metal detector dell'atrio, controllò l'orologio: era in anticipo di cinque minuti.

Si era appena seduto nella sala d'attesa quando Craig Steinmetz uscì da uno degli uffici.

« Molinari! » chiamò.

Joe gli si avvicinò e gli strinse la mano.

« Da quanto tempo non ci vediamo, un paio di mesi? » chiese il capo.

« Sì, anche se sembra ieri. Ricordo ogni dettaglio. »

Si era trattato di un rapimento. C'era stata una sparatoria e un agente era rimasto ucciso.

Steinmetz sospirò. « Lo so, Joe. Questo sarà un incarico completamente diverso, se deciderai di accettarlo. »

Joe seguì Steinmetz nel suo ufficio, arredato con il classico stile dell'FBI, nonostante il rango di caposezione. Due bandiere fiancheggiavano la scrivania: da un lato quella a stelle e strisce e dall'altro quella del dipartimento di Giustizia, con l'aquila e lo scudo su fondo blu. Alla parete di fronte era appesa la foto del Presidente. C'erano poi una libreria ad angolo, quattro sedie blu, un divano a due posti e un tavolino da caffè. Nessun soprammobile e nessuna foto personale, niente che potesse causare distrazione.

Steinmetz si diresse alla scrivania e Joe occupò la sedia di fronte a lui.

« Ti ricordi di Mike Wallenger? »

« Certo, siamo stati anche compagni di squadra per un paio d'anni. »

« Ha detto di dirti che devi accettare. »

Joe rise. « Tipico di Mike: prima salta, poi controlla cosa c'è sotto. Eppure riesce a non rompersi mai le ossa, ha l'istinto di un felino. »

« Hai perfettamente ragione » concordò Steinmetz. « Lavorerai in squadra con lui ed è a lui che farai rapporto. »

«Per fare cosa, esattamente?»

«Alejandro Vega, specializzato in traffico d'armi e di fentanyl, ha appena finito di scontare cinque anni per spaccio di droga per le strade di Guadalajara. Ha la famiglia laggiù. I federali messicani mi hanno chiamato per avvertirmi che molto probabilmente Vega interverrà alla fiera di armi in programma oggi e che potrebbero aver bisogno del nostro aiuto. Bisogna prenderlo e rispedirlo a casa.»

Steinmetz fece scivolare sulla scrivania due mandati, uno di perquisizione e uno di arresto.

«Wallenger ti darà tutti i dettagli. Siate prudenti.»

2

Il capo della polizia Charles Clapper aveva convocato la riunione alle otto del mattino.

Nel suo ufficio al quinto piano erano ammassati quaranta tra detective e agenti in uniforme. Altrettanti si accalcavano appena fuori dalla porta lasciata aperta, nella sala d'attesa, da dove riuscivano ad ascoltare il suo rapporto a proposito della nuova legge sulle armi.

Da dove mi trovavo, accanto a Rich Conklin, potevo vedere agevolmente Clapper, un uomo alto dai capelli grigi, sulla cinquantina, sempre vestito e curato in modo impeccabile. Quella mattina, invece, notai una macchia sulla cravatta e l'ansia nel suo sguardo.

Conoscevo Clapper dal mio ingresso nella polizia di San Francisco e per la maggior parte di quegli anni era stato il direttore del laboratorio forense. Era molto intelligente, un buon leader e, almeno un tempo, era dotato di senso dell'umorismo. Ora lo stava perdendo sotto il peso di tutta quella responsabilità.

Clapper non fece nessuna osservazione, si limitò a focalizzarsi sulla nota che il sindaco aveva pubblicato quella mattina presto. Era stata letta al telegiornale prima dell'alba, ripresa sui quotidiani e diffusa con il passaparola online, arrivando alle persone, che fossero in strada o in cucina, sui trasporti pubblici e negli uffici di tutta la città e di tutto il Paese.

Capivo perfettamente perché Clapper avesse quell'aria scossa.

La California aveva già le leggi sulle armi più restrittive di tutto il Paese ma ora erano state ulteriormente inasprite: venivano banditi ancora più modelli di armi semiautomatiche, era richiesta una registrazione più precisa ed erano stati fissati requisiti più severi per la vendita. Le armi automatiche erano ormai del tutto illegali e lo stesso valeva per i silenziatori e i caricatori da più di dieci colpi. Inoltre, tutte le armi dovevano avere un GPS, per essere rintracciabili dalle forze dell'ordine. Erano state estese le categorie delle persone che potevano richiedere un ordine restrittivo contro qualcuno con confisca delle armi da fuoco ed erano state proibite le cosiddette «armi fantasma». Chiunque ne venisse trovato in possesso ora rischiava seriamente la prigione.

La notte prima una folla di facinorosi, composta sia di locali che di persone arrivate da fuori, si era radunata a Oracle Park per protestare contro la nuova legge. Erano armati di fucili d'assalto e di armi semiautomatiche, e si erano fomentati l'un l'altro urlando in coro «Non obbediremo» mentre i loro ranghi continuavano a crescere. Polizia e vigili del fuoco li avevano dispersi con avvertimenti ufficiali e uno schieramento compatto.

«Procederemo con un'operazione di riacquisto di armi in diciotto punti della città annunciati pubblicamente» spiegò Clapper scorrendo un blocco per gli appunti. «Qui c'è l'elenco delle cifre eque che offriremo in cambio delle armi, sotto forma di buoni per supermercati e grandi magazzini. E, sempre nella lista, è indicato dove potrete ritirare un veicolo con il kit per allestire una stazione di riacquisto.»

«Chiedo a tutti di iscriversi al programma di presidio

delle stazioni. Sarà un'opportunità per fare nuove amicizie e per ridurre il numero delle armi che circolano in città. In caso non l'abbiate già sentito, a Ocala, in Florida, una stazione di polizia è stata presa d'assalto e i manifestanti, sessanta persone, sono stati arrestati. Avevano distrutto le telecamere e promesso vendetta se le loro armi fossero state sequestrate, cosa che è puntualmente avvenuta. Ci sono state proteste simili in Texas, in Oklahoma e in Wisconsin.»

Le nuove leggi sulle armi, promulgate allo stesso modo in tutte le città, erano ancora notizia recente e le proteste si stavano diffondendo a macchia d'olio.

Perfino la polizia era divisa sulla questione.

Più o meno la metà dei poliziotti che conoscevo era felice di togliere un po' di potenza di fuoco dalle strade, ma l'altra metà era d'accordo con i manifestanti, che interpretavano la nuova legge come un attacco ai diritti garantiti dal Secondo Emendamento.

«Chiunque abbia dei problemi con la questione del controllo delle armi è pregato di tenerli per sé. Mi aspetto che facciate tutti il vostro dovere come agenti delle forze dell'ordine, e che vi guardiate le spalle a vicenda. Ci sono domande?»

Non ce n'erano e Clapper dichiarò chiusa la riunione. L'ufficio e l'anticamera si svuotarono. Io scesi rumorosamente le scale insieme ai miei amici e colleghi della Omicidi fino alla sala riservata alla squadra.

La nuova legge aveva chiuso la porta in faccia alle armi di tipo militare. Pregai silenziosamente che i manifestanti non la buttassero giù.

3

L'ufficio del tenente della Omicidi Jackson Brady era una gabbia di vetro di neanche dieci metri quadrati incastonata nell'angolo in fondo alla sala agenti. Dalla finestra poteva vedere la I-80 e dalle pareti l'intera sala, mentre io potevo osservarlo chiaramente dalla mia scrivania a cinque metri dalla sua porta.

Quel giorno, come al solito, aveva i capelli biondo platino stretti in una corta coda di cavallo e indossava dei jeans, una camicia sempre di jeans, una cravatta blu e una giacca dello stesso colore. Parlava al telefono e i suoi intensi occhi azzurri erano fissi sulla scrivania. Lo chiamavo il suo «periodo blu».

Quell'ufficio e la carica di tenente una volta erano stati miei ma io preferivo lavorare direttamente sui casi, quindi mi ero fatta da parte. In quel momento, il mio amico e compagno di squadra Rich Conklin stava addestrando una nuova recluta e Brady mi aveva preso come ufficiale di riserva.

L'incarico comportava la gestione dei fascicoli dei casi, l'assegnazione dei compiti alla squadra e, quando Brady era occupato, anche rispondere al telefono al suo posto. Appena terminò la chiamata, percorsi i cinque passi che mi separavano dal suo ufficio, bussai per annunciarmi e aprii la porta.

« Che cosa c'è, Boxer? »

« Dobbiamo parlare, tenente. »

« In realtà non ce n'è bisogno: sospiri abbastanza forte da abbattere i muri del mio ufficio. »

« È passato un secolo. »

« È passata una settimana » puntualizzò. « È questo il gioco di squadra. »

Brady era arrivato dalla polizia di Miami portandosi dietro un leggero accento del Sud. Mi accasciai sulla sedia e appoggiai contro la scrivania le mie scarpe con la suola di gomma.

« Voglio lavorare al programma di riacquisto delle armi con Alvarez. »

« Si è iscritta? »

Sospirai. « Lo farà, sai che lei è brava nel gioco di squadra. »

Mi lanciò un'occhiataccia ma sorrise, suo malgrado.

« Te lo chiedo di nuovo: che cosa succede, Boxer? »

« Ho bisogno di uscire da questo posto. »

« Va bene » rispose Brady. « Di' a Conklin che venga lui ad aiutarmi. »

Abbandonai il suo ufficio prima che avesse il tempo di dire « Tienimi aggiornato ».

Alvarez, arrivata da poco dalla Buoncostume di Las Vegas, era una trentenne bella, entusiasta e determinata. Vedendomi si appoggiò allo schienale della sua sedia, alzò il pugno ed esultò: « Sì! »

Riferii a Conklin la sua assegnazione temporanea alla mia scrivania, subito fuori dalla stanza di Brady, e non ne fu molto felice. « Tienici informati » mi disse.

Ci volle più di un'ora per ottenere un furgone, imparare

il protocollo del programma e raggiungere il parcheggio del Walmart di Daly City. Mi fermai non lontano dall'ingresso del supermercato, aprii il portellone laterale e montai sull'asfalto un gazebo e un tavolino. Io e Alvarez indossavamo le giacche a vento del dipartimento sopra i giubbotti in kevlar, come ci era stato ordinato.

Mentre io posizionavo i cartelli e un paio di sedie pieghevoli, Alvarez controllò la telecamera installata all'interno del furgone, puntata sul tavolo.

«Vado a prendere del caffè» mi disse.

Ottima idea.

Mi sistemai su una delle sedie, sotto il sole del mattino. C'erano clienti che spingevano verso le auto carrelli pieni di prodotti e di bambini. Una donna sulla settantina si avvicinò al nostro tavolo e, quando mi fu davanti, mi mostrò una busta di plastica con dei giornali accartocciati.

«Ho qualcosa da vendere» disse porgendomi il sacchetto.

Tolsi dall'incarto la sua vecchia Smith & Wesson calibro 22 e le mostrai la tabella dei prezzi. Lei rispose con un cenno d'assenso, così le consegnai un buono sconto del supermercato da venticinque dollari.

«Grazie dei soldi per la spesa.»

In quel momento, Alvarez tornò con caffè nero e quattro bustine di zucchero per me e latte macchiato per lei. Brindammo con i nostri bicchieri da asporto.

«Alle armi che toglieremo dalla strada!»

«È una bella giornata per essere una poliziotta» aggiunsi io.

4

Mike Wallenger diede tutti i dettagli a Joe Molinari direttamente in auto. Mike indossava un berretto rosso con la scritta DIFENSORI DEL SECONDO EMENDAMENTO, il nome adottato dai manifestanti che si opponevano alla legge sulle armi. Completavano il look una giacca di tela, un paio di stivali con la punta metallica e la barba non rasata da tre giorni. Portava la pistola in una fondina nascosta sotto la giacca e aveva agganciato il distintivo alla cintura, sul fianco, come Joe.

La tenuta di Joe sotto copertura era la stessa dell'incontro con Steinmetz: pantaloni color cachi, maglione a righe, un nuovo giubbotto in kevlar, più leggero, sotto la giacca a vento dei Giants nera e arancione e un paio di mocassini. Il ritratto dell'uomo qualunque.

Wallenger prese un foglio dal cruscotto e lo passò a Joe. Era una foto segnaletica che mostrava un uomo dai capelli scuri, sulla trentina, con il tatuaggio di un drago sul lato destro del collo. «È lui» disse. «Compra armi in Messico, perlopiù si tratta di surplus militare, e poi le rivende negli Stati Uniti. È uscito di prigione una settimana fa.»

«Quindi ha scontato la sua pena ed è tornato a casa per una visita coniugale e un po' di rifornimento?» chiese Joe.

«Così pare. Questo è tutto ciò che so, oltre al fatto che è un nostro problema.»

«Va bene, illustrami il piano.»

«Ho pensato a qualcosa di semplice» rispose Wallenger mentre svoltata per Geneva Avenue. «Arriviamo alla manifestazione e troviamo la bancarella di Vega. Tu fai finta di voler comprare una pistola automatica per proteggerti e io faccio la parte del tuo vicino che si intende di armi. Il costo non ti interessa, vuoi solo il meglio. Se Vega non ti mostra quello che vuoi, insisti chiedendo cos'altro ha da proporti.

«Se tira fuori un'arma illegale, io esibisco il mandato e tu lo sbatti a terra e gli metti le manette. Chiamerò i rinforzi così potremo confiscargli la merce e perquisire il veicolo.»

«Mike, perché hai chiesto esplicitamente di me?»

«Perché sei il migliore.»

«Figuriamoci. Dai, smettila, non serve adularmi.»

«Non sto scherzando. E poi non hai l'aspetto di un federale.»

«Già. Colpa della pasta fatta in casa. Ho messo su qualche chilo.»

«Ti fa bene. Vega non rinuncerà a partecipare alla fiera e noi sembriamo proprio dei clienti, non ci fregherà.»

«Grazie per l'opportunità, Mike.»

Wallenger sorrise e rispose: «È un piacere».

Fermò la berlina blu, una Honda priva di contrassegni, nell'enorme parcheggio in fondo a Geneva Avenue, fuori dal Cow Palace, il centro congressi dove si teneva l'attesissima manifestazione dedicata alle armi. Lo spazio era già pieno per tre quarti nonostante le porte fossero state aperte da meno di un'ora.

Joe scese dall'auto e chiuse la cerniera della giacca a vento dei Giants.

«Inizia a entrare» disse Wallenger.

Così, mentre il suo compagno controllava velocemente che tutto fosse a posto con i rinforzi, Joe attraversò i tornelli del centro congressi. Mostrò alla sicurezza il distintivo e la pistola, poi saltò il metal detector. Osservò le vaste dimensioni della sala e il numero incalcolabile dei potenziali acquirenti di armi che si aggiravano tra le centinaia di tavoli dei venditori e che, per inciso, gli ostruivano la vista. Cercò di focalizzare l'attenzione su un tavolo alla volta, sperando che lo sguardo gli cadesse per caso su un uomo con un drago tatuato.

Ma cercare Vega lì in mezzo era come cercare un ago in un pagliaio.

Fu Wallenger a individuarlo.

5

Il tavolo di Alejandro Vega era posizionato all'estremità di una delle file centrali, equidistante dall'uscita anteriore e da quella posteriore.

Mike Wallenger fece cenno a Joe di muoversi. Joe infilò le mani in tasca e si portò ai margini del gruppo di uomini, una mezza dozzina, occupati a curiosare sul tavolo di Vega, pieno di fucili e armi militari. Sempre con Mike alle spalle, si mise a osservare la merce esposta sul panno verde. Vega intuì la presenza di un possibile acquirente e alzò lo sguardo.

« Ciao » lo salutò Joe. « Sto cercando un'arma totalmente automatica, oltre al miglior silenziatore che hai. »

Un uomo barbuto, che indossava una giacca da caccia sopra una camicia scozzese di flanella e stava in piedi alla sinistra di Joe vicino al tavolo, si intromise: « Aspetta il tuo turno! »

« Un attimo! » intervenne Vega.

Allungò una mano sotto il tavolo, frugò senza nemmeno guardare e tirò fuori una Glock. Joe notò le saldature: quell'arma era stata modificata e trasformata da semiautomatica ad automatica.

Vega avvitò alla canna un silenziatore, poi chiese: « Non la trovi bellissima? È opera mia, ma potrei anche essere pronto a venderla ».

« È proprio quello che cercavo » disse Joe con una nota di stupore nella voce.

Si chinò in avanti per vedere meglio ma in quel momento la giacca a vento gli si sollevò al di sopra del distintivo agganciato sul fianco, che attirò subito l'attenzione dell'uomo barbuto accanto a loro.

« Al! » gridò il cacciatore, sovrastando il boato della folla e indicando Joe. « È un federale! »

Vega non esitò neanche per un secondo; aveva già in mano la Glock e la puntò contro Joe, dicendo: « Non pensarci neanche ad arrestarmi ».

« Ehi, calmati, sono fuori servizio. Sono qui in cerca di qualcosa per me. »

Abbassò di nascosto la mano verso la fondina ma Vega era in vantaggio. Il cervello di Joe lavorava velocemente esaminando le opzioni a disposizione: cosa poteva dire a Vega per convincerlo a mollare la Glock? Pensò di afferrare la pistola e strappargliela dalle mani. Se fosse partito un proiettile qualcuno avrebbe potuto rispondere allo sparo, la sicurezza sarebbe intervenuta... Riusciva facilmente a immaginarsi i feriti. Poteva diventare un bagno di sangue.

« Non voglio farti del male » disse. « Appoggia la pistola sul tavolo. »

Vega stava ancora tenendo sotto tiro la testa di Joe, gli occhi che guizzavano tra le porte d'ingresso, Joe e il cacciatore accanto a lui, forse considerandolo come un potenziale ostaggio.

« Non ho nessuna intenzione di tornare dentro. »

Wallenger irruppe alla sinistra di Joe, spingendo via il cacciatore. Fronteggiò Vega con la pistola spianata. Con la mano sinistra sollevò l'orlo del maglione, per mostrare il distintivo.

«Abbassa la pistola, Vega! Alza le mani! Nessuno vuole farti del male.»

Joe teneva d'occhio la Glock automatica, poteva essere carica, ma venne distratto per un attimo da un movimento che percepì con la coda dell'occhio: un uomo vestito di nero percorreva a grandi passi il corridoio alla sua destra urlando «Metti giù la pistola!» sopra il rumore della folla.

Joe si voltò in direzione della voce ma, prima che potesse dire «FBI!», l'uomo, pensando fosse in corso un crimine, alzò l'arma. Joe si mosse d'istinto e afferrò Wallenger per spingerlo fuori dalla traiettoria. Wallenger cadde abbattendo anche Vega, con i novanta chili di Joe a completare la pila. Il tavolo crollò sotto di loro, scaraventandoli tutti a terra, e le armi esposte si sparpagliarono sul pavimento.

Lasciando Vega a Wallenger, Joe si mise rapidamente seduto con la pistola in mano. L'uomo vestito di nero esibiva un distintivo nella mano sinistra ancora troppo lontano per essere leggibile. Sempre con la pistola in pugno, Joe gridò «Siamo dell'FBI!» nel preciso momento in cui l'uomo faceva fuoco. Joe sentì un colpo al petto e poi un altro al ventre.

«Rimanete tutti fermi dove siete!» urlò l'uomo dopo aver sparato.

Joe udì una voce incomprensibile rimbombare da un megafono. Si sentiva confuso. Non sapeva se era vivo o morto.

6

Joe non riusciva a vedere nulla. Lottò per qualche secondo per capire che cosa stesse succedendo e per valutare il dolore che sentiva al petto.

Poi aprì gli occhi. Era a terra, accasciato contro quello che poteva essere un grosso sacco di tela. Dalla sua posizione vide Wallenger ammanettare Vega mentre gli uomini vestiti di nero si accapigliavano per farsi largo tra la folla.

Dall'altra parte del tavolo distrutto, Wallenger urlava nella sua direzione.

«Joe, sei stato colpito? Joe? Non mi mollare, amico. L'ambulanza sta arrivando!»

A sparare era stato un uomo che Joe riconobbe come Fred Braun dell'ATF di San Francisco, l'agenzia federale che si occupa di alcol, tabacco, armi da fuoco ed esplosivi. Era sulla cinquantina, altezza e peso nella media, muscoloso, e aveva gli occhi talmente vicini che davano al suo sguardo l'aspetto acuto e concentrato di un predatore. Wallenger si alzò in piedi e Braun sbraitò: «Questa è una retata dell'ATF, idiota!»

«Dammi tregua, Braun» gli rispose Wallenger gridando. «Vega è nostro!»

«Sai che cosa indica la F di ATF?»

«Ha attraversato il confine, con le sue armi. Hai presente il compito dell'FBI?»

Joe non era interessato a quella guerra per il territorio. Non era ancora sicuro che i proiettili fossero penetrati soltanto nel giubbotto ma non sentiva il sangue scorrergli addosso. Pensava di potersi alzare... ma anche che stesse per venirgli un infarto.

Un giovane agente dell'FBI, Charles Schaming, gli si avvicinò, gli controllò il battito e gli fece qualche domanda, sempre chiedendogli di seguire con gli occhi il movimento di un dito.

«Aiutami ad alzarmi» gli chiese Joe.

«Agente! Per favore, stai fermo» rispose Schaming.

«Aiutami ad alzarmi, dannazione.»

«Sai bene che muoverti potrebbe ucciderti.»

«Sarò io a uccidere te se non...»

Schaming infilò le mani sotto le ascelle di Joe e lo sollevò in posizione seduta, con la schiena diritta. Aprì la cerniera della giacca a vento, estrasse un proiettile appiattito dalla parte anteriore del giubbotto e lo mostrò a Joe. Era passato solo attraverso la giacca, ma Joe sapeva che bastava la pressione del colpo a fermare il cuore.

«Bene, aiutami a togliermi questo aggeggio di dosso.»

«Chinati in avanti.»

Joe pensò che sarebbe svenuto mentre faceva quello che gli veniva chiesto. Il secondo proiettile cadde sul pavimento.

Schaming lo raccolse e glielo porse. «Un sacco di fortuna. Anzi, due sacchi, Joe. Che cosa combini?»

Le sirene ululavano in lontananza, aggiungendo altro rumore al frastuono che echeggiava all'interno della sala. Vega era stato ammanettato e due agenti dell'FBI lo scortarono brutalmente fino all'auto nel parcheggio. L'ATF mise in sicurezza la scena.

Braun parlava al telefono e i paramedici esaminavano Joe, chiedendogli dettagli come il nome, la data di nascita e l'indirizzo di casa.

«Come ti senti?» gli domandò Wallenger.

«Sto bene. Se mi lasciate tutti in pace potrei perfino essere in grado di fare una corsetta.»

Wallenger chiese ai paramedici se Molinari fosse libero di andare.

«Si è rifiutato di seguirci. Non possiamo caricarlo a forza sull'ambulanza» rispose uno di loro.

«Appoggiati a me, socio» disse Wallenger mettendo un braccio attorno alla vita di Joe.

Joe faticò a tenere il passo del collega, mentre si univano al flusso delle persone che si accalcavano verso le uscite. Quando furono fuori, Wallenger lo spronò: «L'auto è laggiù».

Seguendo il dito puntato di Wallenger, Joe individuò la berlina blu senza contrassegni con cui erano arrivati al Cow Palace solo quarantacinque minuti prima.

Sentì Wallenger dire, come se il suono venisse da un'altra dimensione: «Ti sei preso quei proiettili per me, sei pazzo. Ora sono in debito con te. Comunque, grazie».

«Prego, caro.»

Arrancò verso l'auto e afferrò la maniglia della portiera del passeggero. Wallenger stava suggerendo una sosta al pronto soccorso, quando Joe crollò sull'asfalto privo di sensi.

7

Il dottor Rob Liu, il medico di turno al pronto soccorso, aveva visitato Joe. Aveva detto una sola parola mentre esaminava il grosso livido che gli si allargava sul petto: « Notevole ».

« I proiettili mi rimbalzano addosso » aveva scherzato Joe.

« Le faccio fare una TAC, poi ne riparliamo. »

Tre ore dopo, Joe aveva una fasciatura al petto e teneva in tasca una piccola confezione omaggio di antidolorifici.

Wallenger attendeva nella sala d'aspetto dell'ospedale. Aveva abbandonato il cappellino con la scritta DIFENSORI DEL SECONDO EMENDAMENTO e indossava una giacca dell'FBI. Riferì a Joe che si stavano muovendo lentamente con Vega, in modo da aspettare lui per l'interrogatorio. Il trafficante d'armi era trattenuto in custodia e non parlava.

« Hai un aspetto addirittura peggiore di quello di Vega » aggiunse.

« Allora occupiamoci di lui, così posso andarmene a casa a dormire. »

« Ci sono costole rotte? »

« Solo un livido sanguinolento con una forma che ricorda gli Stati Uniti. »

Wallenger aiutò Joe a mettere la cintura di sicurezza. Mentre gliela stringeva al petto, Joe scattò: « Attento! »

« Scusa, Molinari, è obbligatoria per legge. »

Wallenger mise in moto e partì, aggiornando Joe su tutti i dettagli mentre si allontanavano dall'ospedale.

«Steinmetz si è messo in contatto con i federali messicani per organizzare il trasferimento del nostro prigioniero. Ha provato a lavorarsi Vega per un paio d'ore ma tutto quello che ha ottenuto da lui è stata la parola 'Avvocato'.»

Rimasero per un po' bloccati nel traffico che si dirigeva verso la I-80 e il Bay Bridge, ma alle quattro e un quarto Butch e Sundance, i vecchi soprannomi che usavano quando erano compagni di squadra, si trovavano di nuovo negli uffici dell'FBI al 450 di Golden Gate Avenue. Steinmetz condusse Joe nella sala di osservazione, dove il finto specchio offriva un'ampia visuale della stanza degli interrogatori. Vega era solo, ammanettato a un anello di metallo al centro del tavolo, e canticchiava.

«Tutto quello che abbiamo contro di lui è quella Glock automatica, ma una volta che lo avremo consegnato ai messicani non sarà più un problema nostro. Vediamo che cosa riuscite a tirargli fuori tu e Wallenger, potrebbe avere delle scorte nascoste da qualche parte.»

I due agenti entrarono nella stanza, con Wallenger che teneva la porta aperta per Joe, e si sedettero di fronte al prigioniero. Fu Wallenger a prendere il comando, lasciando al compagno la possibilità di osservare.

«Come sapete ho la doppia cittadinanza» esordì Vega. «Mia madre è *americana*. Voglio un avvocato.»

«Fammi vedere il passaporto.»

Vega abbassò lo sguardo.

«Tu non hai la cittadinanza americana. Sei un turista. Che cosa ne dici di toglierti un po' di pressione di dosso? Invece di inventare stronzate, dicci quello che vogliamo sapere.»

«Va bene, e se lo faccio non mi estraderete?»

«Se lo fai metteremo una buona parola con i poliziotti al di là del confine.»

Vega interruppe il gioco mettendosi a ripetere: «Avvocato, avvocato, avvocato».

Wallenger si allontanò dal tavolo, dicendo che sarebbe stato di ritorno entro qualche minuto con i documenti per l'estradizione. Non appena la porta si chiuse dietro di lui, Joe avvicinò la propria sedia a quella di Vega e cominciò a fare domande, secondo un metodo collaudato: provare a entrare in empatia con il soggetto, farselo amico e offrire una via d'uscita.

«Alejandro, io sono Joe. So che hai avuto una giornataccia, quindi troviamo un accordo che possa farti stare tranquillo. Tu ci dici quello che vogliamo sapere e io sarò il tuo portavoce con i federali.»

Proprio in quel momento rientrò Steinmetz. «Sei nostro ospite per stanotte, Vega. Domani ti riaccompagniamo a casa.»

«A casa?»

«In prigione. Dovresti trovartici come a casa ormai, no?»

Steinmetz lasciò la stanza e due guardie di sicurezza entrarono per scortare Vega nella sua cella. Il prigioniero si rivolse a Joe: «Joe, vorrei parlarti un minuto, posso raccontarti qualcosa di interessante».

8

Avevo fame ed ero fradicia di pioggia quando varcai la soglia del nostro appartamento gridando: « Mamma è tornata! » Joe era sdraiato supino sul pavimento con la nostra vecchia Border Collie, Martha, accoccolata vicino a lui, che si muoveva nel sonno. Julie era affondata nella poltrona reclinabile del papà a guardare un documentario sui pellicani. Quando mi vide, si alzò dalla sedia e corse ad abbracciarmi. Martha ululò e si rizzò faticosamente sulle zampe mentre Julie raccontava: « L'abbiamo portata a spasso, mamma! Prima della pioggia ».

« Bravi. Perché papà è sdraiato sul pavimento? »

« Ha litigato con qualcuno. »

« Che spiona! » le disse Joe. « Spionaaa... »

Julie corse da Joe e si accovacciò accanto a lui ripetendogli: « Spioneee... »

Ridacchiò quando suo padre si girò sul fianco per fissarla negli occhi. « Non sai mantenere i segreti! »

Lei rise a squarciagola. « Neanche tu! »

« Beccato! Qualcuno mi aiuta ad alzarmi ora? »

Mi avvicinai e gli tesi la mano. Io sono forte ma lui è un uomo pesante: un metro e ottantacinque di altezza e un fisico che conserva ancora i muscoli di quando giocava a football al college. Non ero sicurissima di farcela a sollevarlo ma, con qualche goffo tentativo del braccio e un bel gioco di gambe, alla fine ci riuscii e lui mi si aggrappò. Ci abbracciammo e ci baciammo. Julie ormai aveva imparato la parola «spione» e la stava ripetendo a Martha, che ricambiava leccandole il viso.

«Quanto è brutta la situazione?» domandai a Joe.

«Non troppo brutta, dopo ti racconto. Perché adesso non ti cambi e ordiniamo una pizza?»

Joe chiamò per ordinare la cena e Julie tornò alla poltrona. Quando ebbi finito di farmi una doccia calda e mi fui infilata degli abiti asciutti, i pellicani erano finalmente atterrati e la cena era pronta in tavola. Joe, intanto, aveva cambiato idea sulla pizza e aveva optato per delle linguine al pesto. Tra un boccone e l'altro, Julie ci raccontò la sua giornata a scuola attraverso una drammatica reinterpretazione di *Alice nel Paese delle Meraviglie*.

«E allora la regina ha detto: 'Tagliategli la testa!'»

Irradiava pura gioia in quel momento, mentre ridevamo tutti insieme.

Poi la conversazione rallentò. La mia giornata era stata soddisfacente ma non era successo niente di eccitante. Joe non parlò, se non per dire a un certo punto: «Un bicchiere di vino mi farebbe bene».

«Subito!»

Mentre Joe metteva a letto Julie, io sparecchiai la tavola e versai due bicchieri di Chardonnay. Camminava come un automa quando uscì dalla stanza e mi vide che lo aspettavo sul vecchio divano. Si sedette accanto a me e si sfilò le scarpe. Gli feci spazio per sdraiarsi e poi mi sistemai vicino a lui.

«Com'è andato il litigio?»

«Niente di importante, solo una guerra per il territorio con l'ATF durante la fiera delle armi.»

Feci scorrere la mano sul suo petto e percepii con chiarezza la benda che lo avvolgeva.

«Oddio, e questo sarebbe 'niente di importante'?»

«Tesoro, puoi passarmi il bicchiere?»

Mi allungai verso il tavolino, gli misi il bicchiere in mano e lo aiutai a rimettersi seduto. Si scolò metà del vino.

«Ora racconta» ordinai. «O devo metterti sotto accusa?»

Lui sorrise e si riaccomodò sul divano. «E di che cosa mi accuseresti?»

«Di parlare con tua figlia e non con tua moglie. È una cospirazione.»

«Mi dichiaro colpevole. Sbottonami la camicia.»

Lo feci, rivelando i chilometri di benda che gli avvolgevano il busto. Mi raccontò della disputa sulla giurisdizione con il capo dell'ATF locale. Dopo che l'ebbi un po' coccolato e un po' preso in giro, tornò serio. Mi disse che avevano arrestato un criminale in possesso di una pistola illegale ma che c'era stata una colluttazione. Sapevo che mi stava rifilando una versione ripulita di quello che era successo al Cow Palace, ma non avevo ancora finito con lui. Gli interrogatori sono il mio forte.

«È la tua ultima possibilità» lo incalzai con il mio miglior tono da poliziotta. «Se parli adesso posso ancora aiutarti. Ma se non parli...»

«Mi hanno sparato» confessò.

«Che cosa?»

«Due proiettili da nove millimetri ben piazzati, mi ha salvato il giubbotto.»

Dopo che mi ebbe raccontato nei dettagli dell'arresto, del placcaggio sul tavolo e del capitano dell'ATF che gli aveva sparato addosso, sapevo anche troppo.

« Poteva colpirti alla testa! »

« È vero, evidentemente non era il mio momento. »

Mi rannicchiai accanto al mio adorato marito, che mi strinse a sé con molta delicatezza. Sentivo il battito del suo cuore. Mi tornò alla mente un episodio di qualche tempo prima, quando un'esplosione l'aveva quasi ucciso. Il terrore di perderlo era ancora ben chiaro nella mia testa. Le lacrime presero a scorrermi sulle guance.

« Non voglio perderti, Joe. »

« Lo so. Lo so, tesoro. Sto bene, anche se per un attimo ne ho dubitato. Ho sentito i colpi, ho perso i sensi più volte per il dolore e per lo shock. Ma mi hanno visitato al pronto soccorso e tutto ciò che lo scontro a fuoco all'OK Corral mi ha lasciato è un livido. Oltre a un problema da risolvere con un capitano dell'ATF di nome Fred Braun. »

« Continua » lo incalzai. « Che cos'è successo dopo che hai lasciato l'ospedale? »

Joe fece una pausa di un paio di secondi, poi mi raccontò dell'interrogatorio di un trafficante d'armi messicano, Alejandro Vega, nell'ufficio dell'FBI.

« Quel tipo... » cominciò. Ci fu un altro lungo silenzio. Stavo per interromperlo quando Joe riattaccò: « Alejandro Vega è strano, quello che mi ha raccontato compensa il livido ».

9

La nostra camera da letto è in un angolo dell'appartamento e ha le finestre su due lati. Una delle cose che amo di questa stanza è il modo in cui il traffico notturno di Lake Street dipinge sul soffitto strisce di luce in continuo movimento.

Io e Joe eravamo sdraiati uno accanto all'altra sotto le coperte, fissavamo entrambi lo spettacolo di luce sopra le nostre teste, quando lui riprese a raccontarmi dell'interrogatorio di Alejandro Vega. Riuscivo a immaginarmelo mentre, in quella stanzetta, mostrava a Vega la sua faccia onesta e lo convinceva a fidarsi di lui.

« Vega non parlava. Quando poi sono entrate le guardie e Wallenger è uscito, ha deciso che ero la sua ultima spiaggia. Gli ho detto che potevo aiutarlo, gli ho indorato un po' la pillola e lui si è convinto. Speravo che mi conducesse al deposito dove tiene le armi ma non è andata così. Mi ha confessato di appartenere a un cartello di trafficanti che introducono droghe e armi di tipo militare dal Messico alla California. »

« Per riempire il gap dovuto alla nuova legge? »

« Sicuramente. Più che altro, Vega è preoccupato che si sappia del suo arresto da parte dell'FBI, ha paura di venire giustiziato in prigione. Dice che anche sua moglie e i suoi figli a Guadalajara sarebbero in pericolo. »

« Un avvertimento molto feroce per gli altri, suppongo. »

«Non sarebbe la prima volta. Secondo Vega le spie pagano un prezzo salato. Gli ho promesso che avrei fatto del mio meglio per mettere in salvo la sua famiglia.»

«Joe, tu sei un consulente.»

Tacque. Quando non riuscii più a sopportare il suo silenzio, dissi: «Stai pensando alla famiglia di Vega».

«No, a qualcos'altro. Ricordi un paio di anni fa, quando abbiamo bevuto da MacBain con un poliziotto di nome Brian Donahue?»

«Certo, Brian. Non l'ho più visto da quando ha lasciato la polizia.»

«Devo dirti una cosa purtroppo, Linds: si è suicidato ieri.»

«Oddio! Donahue si è ucciso? Come fai a saperlo?»

«Wallenger ha saputo che è stato trovato morto nella sua auto. Ma secondo lui, in realtà si è trattato di un'esecuzione fatta passare per suicidio.»

Possibile? Davvero Donahue poteva essere invischiato con qualche cartello criminale? Provai a immaginarmelo. Quando l'avevo conosciuto era un uomo anonimo, peso e altezza nella media, sui quarantacinque anni.

«Sembrava un bravo poliziotto e una brava persona» disse Joe. «Ha un paio di figli al college.»

«Sono d'accordo con te, non ho mai sospettato che fosse un corrotto. Ma neanche che potesse suicidarsi, del resto.»

«Domani io e Wallenger accompagneremo Vega a Città del Messico per consegnarlo alle autorità. Farò quello che posso per lui.»

Strinsi la mano di Joe e mormorai: «Steinmetz ha già ottenuto ciò per cui ha pagato. Sei ferito. Non puoi rinunciare almeno al viaggio?»

«Solo se non voglio più ricevere altri incarichi. Inoltre, ho fatto una promessa a Vega.»

«Questa storia non mi piace, Joe.»

«Penso che mezza pillola mi aiuterà a dormire» rispose lui.

«Chiudi gli occhi» dissi. «Va tutto bene.»

Andava tutto bene. Ma Joe era deciso ad accompagnare Vega in Messico. Non mi sarei sentita meglio finché non fosse ritornato a casa sano e salvo.

10

Joe rotolò su un fianco per osservare Lindsay mentre dormiva. Respirava piano nel sonno, con i capelli biondi aperti a ventaglio sul cuscino, e stringeva con una mano un lembo della coperta. Resistette all'impulso di svegliarla per ripeterle quanto la amava e quanto era fortunato che lei lo ricambiasse. Era grato per il loro matrimonio, la nascita di Julie e la loro vita insieme.

Solo qualche ora prima Lindsay gli aveva detto che avrebbe potuto essere colpito alla testa. Era vero, e non era certo la prima volta. Da quando aveva terminato il college Joe aveva sempre servito il suo Paese, entrando nell'FBI ormai decenni prima. Non era mai stato un amante del pericolo, l'aveva fatto per la giustizia. L'incarico di quel giorno invece l'aveva accettato per i soldi.

Ne era valsa la pena?

Per Joe era stata una notte faticosa e interminabile, com'era prevedibile.

All'alba si alzò con calma e si diresse in aeroporto. Mike Wallenger lo attendeva nell'hangar dell'Aeromexico dove si trovava il piccolo jet che li avrebbe portati, insieme al prigioniero, a Città del Messico. Vega era in piedi di fianco all'aereo argentato, con le manette ai polsi e l'aria smarrita.

«Steinmetz ha accettato il tuo suggerimento» disse Wallenger a Joe.

«Ottimo. Grazie, Mike.»

I tre uomini salirono sull'aereo per atterrare, quattro ore e mezzo più tardi, all'aeroporto di Città del Messico.

Mentre sbarcavano, Vega, ancora ammanettato, sussurrò a Joe: «Nella mia tasca».

Joe estrasse una busta dalla tasca della tuta da carcerato di Vega. Era aperta, quindi poté esaminarne il contenuto: dentro c'erano una lettera piegata in due indirizzata a «Ana, la mia adorata moglie» e una mazzetta di alcune migliaia di dollari in pezzi da cento.

Si infilò tutto in tasca proprio mentre un furgone della polizia si fermava davanti a loro. Dopo le dovute presentazioni, il prigioniero venne consegnato alle autorità messicane. Prima di salire sul veicolo, Vega lanciò un ultimo sguardo a Joe da sopra la spalla.

«Sei pronto, socio?» domandò Wallenger.

«Prontissimo.»

«Dobbiamo essere di ritorno qui per le sei.»

Molinari e Wallenger risalirono sull'aereo e furono accompagnati all'aeroporto di Guadalajara, dove li aspettava un'auto. Il guidatore consegnò a Joe le chiavi mentre Wallenger si occupava di digitare sull'antiquato GPS l'indirizzo verso cui erano diretti. Ingrandì la mappa con le dita e i due agenti si misero a studiare la strada per Cocula, un paese a più di un'ora di macchina da Guadalajara. Ai dipendenti del governo degli Stati Uniti non era permesso recarvisi, ordine del dipartimento di Stato, ma era lì che viveva Ana Vega con i suoi cinque figli.

Si diressero a sud costeggiando il centro della città. Man mano che il paesaggio attorno a loro si svuotava di uomini e di infrastrutture, Joe realizzò che fare il postino per Vega avrebbe permesso loro di interrogare la moglie sui soci del marito. Poteva essere la loro unica possibilità.

Dopo un'ora e mezzo, quando ormai mancava solo un chilometro alla destinazione, Joe svegliò Wallenger che si era appisolato sul sedile del passeggero.

« Svegliati e annusa il profumo di tacos! »

All'ingresso del piccolo villaggio la strada si faceva più stretta. La via principale era larga tre metri e mezzo ed era fiancheggiata da vivaci edifici a due piani color ocra, cannella, azzurro e verde. Tra le case facevano capolino un paio di botteghe di tacos e le bancarelle di un mercato. Si trovavano a non più di cento metri dalla casa di Vega quando un veicolo blindato inchiodò davanti a loro, bloccando il passaggio.

Wallenger controllò alle loro spalle.

Un'altra auto, un vecchio rottame di fabbricazione americana, forse una Buick, si era fermata in mezzo alla strada. Ne uscirono due uomini, in tenuta militare, e uno di loro gettò qualcosa nel finestrino aperto del catorcio. Con un sibilo e una forte esplosione l'auto prese fuoco, chiudendo così ogni possibilità di ritirata.

« Che cosa diavolo succede? »

« Siamo armati, Joe. »

« Ma che cosa ne pensi? »

« Penso che sia uno stallo alla messicana. Letteralmente. »

11

Dal SUV blindato davanti a Joe e Wallenger scesero altri due uomini, anche loro in tuta mimetica e stivali neri, cintura portamunizioni appesa al petto e fucili automatici stretti in mano. Quello che si avvicinò alla macchina dal lato di Joe non era altissimo ma era fatto interamente di muscoli e barba. L'altro invece girò attorno all'auto fino al sedile del passeggero di Wallenger. Questo era più alto, indossava occhiali da sole e sfoggiava un tatuaggio illeggibile sul collo. Sembrava forte e armato quanto il suo socio. I due che avevano guidato il rottame in fiamme si erano posizionati dietro il paraurti posteriore e imbracciavano dei fucili d'assalto. Tutte armi potenti e letali.

Joe aveva bloccato le portiere e i finestrini ma nessuno di quegli uomini in equipaggiamento militare tentò di aprire. Puntarono invece le armi contro il parabrezza e quello più alto gridò, in un inglese caratterizzato da un forte accento: «Voi due, scendete dall'auto!»

Joe sollevò il distintivo e urlò: «FBI! Stati Uniti d'America!»

Il massiccio gangster in piedi accanto al suo finestrino ripeté: «Fuori o sparo!»

«La prossima volta decido io dove andare, Butch» disse Mike a Joe.

«Non infierire, Sundance.»

«Non avrai nulla di cui lamentarti.»

«Basta parlare, Mike, rifletti.»

«Penso che saremo costretti a sparare per uccidere.»

«Sono d'accordo, tranne sullo sparare.»

Wallenger alzò le mani per mostrarle agli uomini in tuta mimetica e Joe fece lo stesso. Erano probabilmente soci di Vega. Aprirono le portiere e li fecero scendere a forza, sbattendoli contro la carrozzeria. Furono perquisiti, privati delle armi e costretti a dirigersi verso il veicolo blindato ancora fermo davanti a loro. Joe pensò a quante persone sparivano di continuo in Messico. Interi villaggi venivano massacrati. Due uomini in un'auto potevano tranquillamente essere uccisi e mai più ritrovati.

«La prossima volta andiamo alle Bahamas» mormorava Wallenger. «Te lo dico già.»

Joe sospirò. «Secondo te lavorano per qualcuno? Oppure è una banda? La banda di Vega, magari?»

Mike si strinse nelle spalle. «Zitti!» intimò l'uomo più alto.

La macchina in fiamme esplose proprio mentre Joe e Wallenger venivano spinti a forza sui sedili posteriori del veicolo blindato. Il soldato più tozzo salì dalla parte del passeggero e si voltò per controllarli e tenerli sotto tiro con l'arma appoggiata allo schienale. I due uomini scesi dall'auto bruciata salirono dietro, ai lati dei prigionieri. Quello alto mise in moto. Il motore ruggì e l'auto blindata sobbalzò sulla strada piena di buche, oltre le vecchie case dipinte a festa e il mercato rionale, e finì in un terreno spoglio, tutto rocce e argilla, sul retro di un edificio in rovina, dove si fermò.

Mike e Joe vennero trascinati fuori e scaraventati a terra, per poi essere ammanettati. Joe soffriva parecchio ed era a corto di idee. Ma Wallenger prese in mano la situazione, da bravo agente federale. Sapendo che i loro rapitori parlavano l'inglese abbastanza bene da capirlo, disse: « Lasciateci andare. Troveranno la nostra macchina tra pochi minuti. La polizia federale vi darà la caccia e se fossi in voi non vorrei essere beccato con due agenti dell'FBI rapiti, ammanettati e disarmati. È meglio se facciamo in fretta. Che cosa volete? »

L'uomo alto in piedi vicino a Wallenger gli abbaiò qualcosa come « Che cosa ci fate qui? Non si può entrare in questa zona. Diteci qualcosa di sensato e vivrete. Mentite e vi uccidiamo ».

« Vogliamo visitare la città » rispose Joe. « Ammazziamo il tempo. Abbiamo un aereo per tornare a San Francisco alle sei, e se non saremo in aeroporto per quell'ora... »

L'uomo alto lo interruppe.

« Che cosa volete da Vega? »

« È accusato di possesso di armi illegali. Noi non c'entriamo niente, proprio niente. »

« Questa cos'è? » Il soldato tirò fuori la busta per Ana Vega che conteneva la lettera e i soldi, presa a Joe quando lo aveva perquisito.

« Sto facendo un favore a Vega. Capisci? Mi ha chiesto di darla a sua moglie. »

« Dove si trova Vega? »

« In prigione, da qualche parte in California » rispose Joe.

L'uomo alto sfoderò un coltello e gli puntò la lama alla gola.

« Dimmi la verità! »

« È questa la verità. »

« Dove si trova Vega? »

« Non lo so, non ho questa informazione. »

Uno degli uomini dell'altra auto aveva in mano una radio. Chiamò l'uomo con il coltello dicendo qualcosa che a Joe suonò come «Andiamo».

Come sarebbe finita per loro?

Il tipo alto allontanò il coltello, graffiando con la lama il collo di Joe. Fece cenno al suo socio e in due aiutarono Joe e Wallenger a rialzarsi, poi li spinsero di nuovo nel veicolo blindato.

A Joe sfuggì un «Gesù» mentre cadeva contro Wallenger, ma non si stava lamentando. Non aveva tradito Vega.

Sperava che i malviventi li stessero riportando alla macchina.

«Non vogliono uccidere qualcuno dell'FBI» disse Wallenger.

«Spero che tu abbia ragione» ribatté Joe passandosi la mano sulla ferita al collo per pulirla dal sangue.

C'era il cinquanta percento di probabilità che quella notte avrebbe dormito nel suo letto.

12

La dottoressa Claire Washburn, capo medico legale di San Francisco, è la mia migliore amica da quando eravamo matricole. Da allora abbiamo lavorato insieme su centinaia di casi, abbiamo condiviso segreti e siamo diventate madrine delle rispettive figlie. Vidi la sua BMW ferma su Harriet Street sotto il cavalcavia e parcheggiai proprio lì a fianco.

All'ufficio del medico legale si accede tramite un corridoio che parte dalla porta in fondo alla Hall of Justice. Attivai l'allarme dell'auto, attraversai il parcheggio coperto e pochi istanti dopo stavo aprendo la pesante porta di vetro del suo studio.

La receptionist non era ancora arrivata ma sulla fila di sedie in fondo alla sala c'erano comunque alcuni poliziotti del turno di notte, in attesa dei certificati di morte e dei documenti per i cadaveri conservati in obitorio. Non vidi nessuno che conoscevo, quindi superai il banco della reception ed entrai. Trovai Claire con la tuta, il cappuccio e i guanti blu nella sala delle autopsie, mentre esaminava una donna bianca stesa sul tavolo. Ad assisterla c'era Bunny Ellis.

«Lindsay!» disse Claire alzando gli occhi. «Avevamo un appuntamento?»

«Sei libera a pranzo?»

«Sarebbe meglio a cena.»

«Va bene. Un'altra cosa: hai eseguito tu l'autopsia su Brian Donahue?»

«Sì.»

«Allora ho delle domande da farti.»

«Ti chiamo tra un'ora, più o meno.»

«Ottimo. Ci vediamo da Susie's alle sei? Ci saremo tutte.»

Uscii mentre Claire mi mandava un bacio. C'era un ascensore aperto nell'atrio di marmo, lo presi e salii fino al quarto piano, percorsi il lungo corridoio che portava all'ufficio della Omicidi ed entrai. L'assistente della nostra squadra, Brenda Fregosi, non era ancora seduta alla sua scrivania ma metà del personale del turno di giorno aveva già timbrato il cartellino.

L'ufficio di Brady era buio. Conklin e Alvarez avevano acceso le lampade e i computer ma non erano ai loro posti. Sapevo dove li avrei trovati, sentivo le loro voci arrivare dalla sala relax. Entrai anch'io, augurai il buongiorno al resto della squadra e mi servii una tazza di caffè appena preparato.

Ci sedemmo tutti e tre al tavolino e Conklin aprì una scatola piena di biscotti con gocce di cioccolato e burro di arachidi. Al sergente Cappy McNeil piaceva cucinare. Presi un biscotto dalla latta e guardai Conklin.

«Rich, ti ricordi quando abbiamo lavorato all'omicidio di quella donna anziana al molo? Carolee qualcosa... Williams, forse. Quegli investigatori della centrale, Donahue e il suo partner...»

«Diller» rispose Rich. «Sì. Pensava di valere troppo per lavorare con noi, che coglione.»

«Ti eri trovato bene con Donahue?»

«Non parlava molto. Stava attaccato al cellulare, dandoci le spalle.»

« Vero, non ci avevo fatto caso in quel momento. »

« Ho chiesto in giro di lui » disse Conklin. « Era dipendente dagli oppioidi e so che alla fine ha dato le dimissioni. »

« Combacia. Ho saputo che è morto. »

« Che cosa gli è successo? » domandò Alvarez.

Raccontai ai miei due compagni il poco che sapevo, cioè che Donahue era stato trovato morto nella sua auto un paio di giorni prima, apparentemente per suicidio.

« Una domanda » fece Alvarez. « In centrale non hanno intenzione di indagare? »

« Alla Omicidi sono sempre a corto di personale » rispose Rich. « Lavorano sui crimini che avvengono nel loro distretto di notte e rifilano a noi quelli di giorno. Meglio avere più occhi a controllare. »

Si voltò verso di me. « Quindi, Lindsay, secondo te ci sono dei dubbi sul suicidio di Donahue? »

« Claire si basa sulle prove. Nessun segno di violenza e nessun indizio, solo un ex poliziotto morto di overdose. Ma preferirei controllare meglio. Forse posso convincere Brady a lasciarci indagare su ciò che è successo in quella macchina. »

« Ci sto » disse Alvarez.

« Siamo in tre » aggiunse Conklin.

Ci battemmo il cinque da un capo all'altro del tavolo.

Ora dovevo solo convincere Brady.

13

Passai a prendere Yuki Castellano al parcheggio davanti al City Hall, la feci salire sul sedile del passeggero del mio Explorer e ci dirigemmo insieme al Susie's Café.

Yuki, che lavorava come procuratore distrettuale nell'ufficio di Len Parisi, aveva appena vinto un caso difficile, ottenendo un verdetto di colpevolezza dalla giuria in sole due ore. La mia amica, quindi, era di ottimo umore e desiderava intensamente che il marito, il tenente Brady, la portasse a ballare.

Accomodatasi sul sedile, si sistemò attentamente la cintura di sicurezza, in modo che non spiegazzasse la camicetta, e disse: «Speravo che Brady avrebbe avuto più tempo libero dopo l'insediamento di Clapper, ma rientra ancora a casa stanchissimo».

«Sì, sta annegando in un vortice infinito di scartoffie» confermai. «Inoltre, ha almeno una dozzina di emergenze da gestire ogni giorno. E ora abbiamo anche le milizie armate che pattugliano le strade.»

«Non dice più di quattro parole quando torna.»

«È uno schifo, Yuki.»

Parcheggiai su Jackson Street e ci incamminammo per i due isolati che ci separavano da Susie's. Aprendo la porta d'ingresso, fummo accolte dagli aromi della buona cucina caraibica con un tocco di soul food, dal frastuono delle chiacchiere miste a risate e dal tintinnio dei tamburelli.

Quel posto migliorava l'umore all'istante.

Salutai Fireman, il barista, e alcuni clienti abituali del locale, poi io e Yuki danzammo attraversando la sala del ristorante, tra i fischi e gli applausi. Ringraziammo con un inchino e seguimmo lo stretto corridoio che passava oltre l'apertura della cucina e portava alla saletta sul retro, più piccola e silenziosa. Per fortuna il nostro tavolo preferito, quello vicino alla finestra, era libero.

Ci si avvicinò la nostra cameriera di fiducia, Lorraine O'Day. È una spiritosa cinquantenne dai capelli rossi, che ormai sa a memoria cosa vogliamo bere e mangiare e sa anche che Yuki si ubriaca facilmente, specie con i margarita a portata di mano.

« Che cosa bevete? »

« Birra per tutte » rispose Yuki. « Niente margarita durante la settimana. »

« Va bene. Con la birra vi porto anche delle chips di mais, offre la casa. »

« Fantastico! »

Mandai un messaggio a Cindy, mi rispose che stava arrivando.

Quando alzai lo sguardo vidi Claire apparire dal corridoio. Ci raggiunse, strinse Yuki in un grosso abbraccio, poi scivolò accanto a me nel separé e mi strizzò la mano.

Lorraine portò al tavolo una brocca di birra ghiacciata con le chips e si mise a parlare con Claire della torta al lime. Claire ne prenotò già quattro fette per noi mentre Cindy arrivava e scivolava sulla panca vicino a Yuki.

« Dio, che fame! Avete già ordinato? »

« Tempismo perfetto, giornalista! » disse Lorraine porgendoci i menu. «Potete ordinarmi tutto quello che volete, a patto che sia disponibile in cucina.»

«Stavo pensando di diventare vegana per un po'.»

«Per un articolo?» le chiesi.

«Per i dieci chili di troppo sul girovita.»

«Facilissimo: riso, fagioli e verdure. Può andare?» suggerì Lorraine.

Ordinammo, sgranocchiammo chips e, mentre aspettavamo, raccontai alle mie amiche quello che mi aveva detto Joe sul suicidio del sergente Brian Donahue. «Mi correggo: apparente suicidio.»

Né Yuki né Cindy ne avevano sentito parlare.

Claire spiegò: «Come ho già detto a Lindsay, ero scettica sul suicidio perché la dose di droga che ha assunto era molto più alta del necessario. Questo però non lo esclude del tutto e non c'erano indizi di un possibile omicidio, nessun segno».

«L'ho incontrato solo due volte e non mi ha neanche guardato in faccia» intervenne Cindy. «Era un tipo silenzioso, quasi assente. Di solito i poliziotti non vedono l'ora di dirmi 'Non posso commentare un caso in corso ma per favore scrivi il mio nome correttamente'.»

Yuki rise con il naso nella birra facendo scoppiare a ridere anche Claire.

Picchiettai il boccale con la forchetta per chiedere silenzio. «Per favore, dottoressa, dimmi tutto quello che sai su Donahue.»

«Si è praticamente soffocato con il fentanyl, non avevo mai visto niente di simile. Sono molte le droghe che vengono tagliate con il fentanyl, ecco perché ci sono così tante overdosi accidentali di questo stupefacente. Ne bastano solo tre microgrammi per ammazzare una persona.»

Prese dal tavolo con le dita una briciola di una chip di mais e la sollevò per mostrarcela. Era minuscola.

« Ecco, questi sono tre microgrammi. Nelle vie aeree di Donahue ce n'era un cucchiaino intero. Anche la metà sarebbe stata sufficiente a uccidere un branco di elefanti. Donahue non era uno stupido, sicuramente lo sapeva. Quindi perché farlo? E se non l'ha fatto, com'è andata? Non c'era nessun indizio... »

« C'è stata un'indagine? » domandò Yuki.

« Sì » rispose Claire. « Le prove erano abbastanza chiare: nessuna impronta, nessun segno di colluttazione o di violenza. Tutto puntava al suicidio. Caso chiuso. »

« Vi ho chiesto di Donahue perché potrebbe essere coinvolto nel caso su cui sta indagando Joe » confessai.

Cindy, che a malapena riusciva a bere tanto era attenta, mi incalzò: « Continua, Linds, dicci di più ».

Esitai ma poi, al sicuro nella bolla creata dalla birra e dal nostro locale, vuotai il sacco.

14

Le tre paia di occhi fissi su di me mi confermavano che ormai era troppo tardi per tirarmi indietro. «Joe ha sentito parlare della morte di Donahue e ha pensato che potesse essere coinvolto in un traffico di armi e droga, forse collegato a un cartello con base in Messico. A proposito, Cindy, tutto questo è riservato.»

«Prendo appunti per il futuro, va bene?»

Annuii.

Scusandosi, Cindy allungò un braccio sopra Yuki e collegò il portatile alla presa nel muro. Fece spazio sul tavolo, spingendo verso il centro il cibo e le salse, e cominciò a scrivere con la fronte aggrottata, sotto un groviglio di riccioli biondi tenuti a freno da una fascia di strass. Intorno a lei, noi continuammo a chiacchierare. Lorraine sparecchiò la tavola e ritornò portando il tè e le fette di torta al lime. Yuki ci mostrò una foto che le avevano scattato a un pranzo con il sindaco mentre io ripresi a esternare la mia preoccupazione per l'incarico di Joe con l'FBI.

Nello stesso momento, Claire posò la forchetta e dichiarò: «Ho anch'io una cosa da raccontarvi. Una bambina di Rosewater Township, Katie Caruso, è sparita lunedì. Ha appena compiuto sei anni. La polizia non ha la minima idea di come o perché Katie sia scomparsa dal proprio letto nel cuore della notte».

La ascoltavamo tutte con molta attenzione, anche Cindy.

«I genitori non riescono a capire e sono fuori di sé dal dolore. La polizia ha svolto un'indagine approfondita, ha cercato ovunque e ha interrogato tutti ma stamattina un camionista ha trovato il cadavere di Katie in un fosso a dieci chilometri da casa.»

«Oh, no!» gemetti.

«Il medico legale di Rosewater, Andrea Savino, vuole aiuto per l'autopsia. Io andavo a scuola con sua zia Sam, quindi ha chiesto a me di darle una mano. Parto domani mattina all'alba.»

«Ho sentito parlare di quella ragazzina, una storia terribile» intervenne Cindy prima di tornare al suo computer. Non si accorse neanche di Lorraine che le chiedeva se il tè era troppo freddo o se c'era qualcosa che non andava nella torta.

«Cin!» la chiamai. «A che cosa stai pensando?»

«Sono su un sito per appassionati di crimini.»

«Hai trovato qualcosa?»

«Su Donahue nulla, ma si parla di un altro ex poliziotto trovato morto, vicino a Oakland.»

«Un altro?»

«Guarda tu stessa.»

Girò il portatile verso di noi.

Si vedeva la foto di un uomo sulla trentina, vestito in abiti da lavoro e sdraiato vicino a un pick-up della Ford.

«Che cos'è?» domandai.

Cindy ingrandì l'immagine sullo schermo.

«Puoi zoomare sulla bocca?» le chiesi.

«Brava, bel colpo, Lindsay! Sembra che qualcuno gli abbia pinzato insieme le labbra.»

«Oddio!» gemette Yuki. «Sul sito spiegano qualcosa?»

«Niente» le rispose Cindy. «Aspettate, chi ha pubblicato il post è online in questo momento.» Si affrettò a scrivere qualcosa e pochi istanti dopo ebbe risposta. «Hands Up, è il suo nickname, scrive: 'Non so chi sia ma ho sentito dire che era un poliziotto. Nel taschino aveva un biglietto con scritto Se parli muori'.»

Era davvero un poliziotto? Mentre fissavo la fotografia ingrandita mi accorsi che aveva un aspetto familiare. «Cindy, puoi inviarmela?»

«Quest'uomo è stato trovato fuori dalla giurisdizione della polizia di San Francisco» mi disse.

«È vero, Cin, ma mandamela ugualmente. Potrebbe esserci un collegamento con il presunto suicidio di Donahue e voglio approfondire prima che diventi tutto di dominio pubblico.»

«Protesto, sono una giornalista di cronaca nera e questo è un omicidio!»

«Cindy, ti sto chiedendo un favore. Me lo stai negando?»

Mi avvicinai e le rubai la fascia di strass dai capelli. Lei tentò di riprendersela ma era troppo lenta. «Ehi!»

La fissai. «Erano due poliziotti. Fammi questo piacere, Cindy, inviami quella foto e l'appunto con scritto 'Se parli muori'. E, per favore, aspetta prima di scriverci sopra un articolo.»

«Questo è bullismo» mormorò lei perdendo entusiasmo. Batté su un paio di tasti per poi confermarmi: «Ecco, ti ho mandato tutto».

«Grazie, Cindy.»

«È stato un vero piacere!»

Conoscevamo tutte benissimo quello sguardo arrabbiato, e stavolta Cindy aveva anche ragione, ma era sempre buffo da vedere. Scoppiammo a ridere infastidendo gli altri avventori, e persino lei non riuscì a rimanere seria.

Mi alzai, la abbracciai e le restituii la fascia.

«Non so come sia possibile ma ti voglio ancora bene» mi disse.

«Te ne voglio anch'io, oltre a doverti un favore.»

«Non preoccuparti, non me lo dimentico.»

Lorraine riempì di tè le nostre tazze e ci portò il conto, accompagnato da un piatto di biscottini. Tirammo fuori le carte di credito e riaccendemmo i telefoni. Yuki si mise a cercare un Uber, Claire chiamò suo marito e Cindy spense il portatile.

Trovai le chiavi della macchina e guardai il telefono per vedere se Cindy mi avesse effettivamente inviato la foto del poliziotto con le labbra pinzate. Mi fidavo ma era meglio controllare. C'era. E c'era anche qualcosa che mi sfuggiva.

Non vedevo l'ora di parlarne con Brady.

15

Alle sette, al suono della sveglia, Joe non si mosse. Era ancora ammaccato e bendato, oltre che stanchissimo da quando era tornato dal Messico, quindi mi alzai e mi occupai io della routine quotidiana.

Mi vestii, svegliai Julie e le intimai di tacere: « Papà dorme ancora ».

« Shhh! » mi rispose lei.

Preparai la colazione per noi e diedi da mangiare a Martha, poi feci indossare a Julie un paio di pantaloni e una maglia con le sue scarpe preferite, quelle con la suola morbida. Portammo il cane a fare un giro in fondo all'isolato tornando giusto in tempo per lo scuolabus. Quando la salutai con la mano mi rispose una mezza dozzina di bambini. Tornai a casa con Martha. Camminava con le zampe posteriori un po' rigide e si affrettò prevedibilmente a rimettersi a dormire sul letto di Julie. Quando salutai Joe con un bacio, lui mi infilò una mano tra i capelli e mormorò: « Mi sono riaddormentato? »

« Sì, ma non c'è bisogno che ti alzi. Dormi più che puoi, Joe. Ti amo. »

« Ti amo anch'io, Biondina. »

Guidai fino alla Hall of Justice come se avessi il pilota automatico, pensando alle strane morti di Brian Donahue e dell'uomo non identificato di Oakland, quello del biglietto

«Se parli muori», che forse era un poliziotto. Erano delle morti inquietanti e continuavo ad avere la sensazione di aver conosciuto il ragazzo di Oakland da vivo. Avevo incontrato e collaborato con talmente tanti poliziotti che potevo sbagliarmi. Volevo aprire un fascicolo su entrambi e mettermi a indagare ma sarebbe stato impossibile finché fossi stata l'ufficiale di riserva di Brady.

Mentre salivo per la scala antincendio mi venne un'idea. Quattro rampe dopo, quell'idea era diventata un piano d'azione dettagliato. Aprii con il braccio teso la porta di legno a pochi passi dall'ingresso.

«Buongiorno, Lindsay» mi salutò Brenda. «Ci sono trentuno messaggi per il tenente.» Mi allungò un fascio di foglietti rosa. «Ce n'è qualcuno anche per te.»

Brenda Fregosi è da sempre la segretaria e il postino della squadra. Ha due figli, l'hobby della ceramica ed è un membro fidato del team. Sa sempre tutto quello che succede.

Le spiegai a bassa voce la mia idea.

«Certo» mi rispose.

«Deve rimanere tra me e te.»

«Sì, l'ho capito.»

«Conosci qualcuno che potrebbe sostituirti temporaneamente?»

«Dammi un po' di tempo per pensarci.»

Portai la pila di messaggi alla scrivania di Brady e poi mi sedetti alla mia. Dopo aver dato un'occhiata veloce alla posta in arrivo, aprii il fascicolo personale del sergente Brian Donahue, deceduto. Aveva un buon curriculum: vent'anni al distretto del centro, passando da agente di pattuglia a ispettore e infine a sergente, sempre nella squadra Omicidi.

All'ultima pagina mi si accese un campanello d'allarme.

Per prima cosa c'era una denuncia anonima, secondo cui Donahue rubava droga agli arrestati e dalle scene del crimine. Inoltre, era stato accusato di aver compromesso gravemente la scena di un'indagine per omicidio. Era stato a un passo dalla rovina ma se l'era cavata con un monito lungo, e francamente incredibile, proprio da parte dell'ex tenente Ted Swanson, l'ex capo corrotto della squadra Antirapina e della Narcotici, ormai rinchiuso a vita a San Quintino.

Grazie alla lettera di Swanson gli Affari Interni avevano archiviato le denunce contro Donahue e lui era rimasto al suo posto per altri due anni. Fino al disastro finale.

Era stato ripreso dal cellulare di un passante mentre picchiava un senzatetto. Il testimone aveva inviato per protesta il video all'*Examiner*. Il senzatetto non aveva sporto denuncia così i pezzi grossi avevano archiviato l'incidente semplicemente licenziando Donahue.

Il rapporto della Scientifica risaliva a lunedì mattina, tre giorni prima, ed era breve e preciso. Le uniche impronte recenti sopra o all'interno dell'auto appartenevano a lui. Sul sedile accanto al corpo avevano ritrovato una fiala di fentanyl piena per metà. La polvere era sparpagliata su tutta la sua maglia e ne era rimasta un po' anche sul labbro superiore e sul mento. Non c'erano segni di lotta.

Anche il rapporto dell'autopsia redatto da Claire era breve. Causa di morte accertata: overdose da fentanyl. Modalità: suicidio.

Non c'era nient'altro. Donahue era stato un tossicodipendente, ma era anche un suicida? Gli episodi negativi del suo fascicolo, l'analisi della Scientifica, l'autopsia, tutto indicava una vita vuota culminata in una morte assurda.

Non era troppo facile?

Ricontrollai i dettagli. Nessun biglietto d'addio. La macchina era stata trovata parcheggiata davanti a casa sua e a bordo c'erano solo le sue impronte. Qualcuno poteva aver ripulito l'auto e utilizzato le mani inerti del morto per lasciare le impronte? Perché Donahue non aveva sniffato la droga a letto o in poltrona? Sembrava un tipo preciso e ordinato, ma allora perché non aveva lasciato un biglietto? In questo modo si sarebbe potuto mettere un punto alla faccenda. Invece, non aveva detto addio a nessuno.

La situazione non mi piaceva.

16

Il volto vagamente familiare dell'uomo con le labbra pinzate mi tormentava.

Chi era? Dovevo scoprirlo.

Chiusi il fascicolo di Donahue, recuperai la foto che mi aveva inviato Cindy e la stampai. La stampante era a corto di toner. La foto era sfocata ma tentai di focalizzarmi sul dettaglio della fila di graffette che tirava le labbra dello sconosciuto e mi misi a studiarlo.

Il volto della vittima era immortalato di tre quarti. C'era qualcosa in lui che solleticava la mia memoria: le orecchie a sventola, i capelli corti... Gli diedi forma nella mente e il nome arrivò all'improvviso: Roy Abend. Il morto poteva essere Roy Abend, un ex poliziotto che aveva lavorato al City Hall.

Conoscevo Abend solo superficialmente, l'avevo incrociato ogni tanto nel corridoio del quinto piano o nel parcheggio e avevo scambiato qualche parola con lui da MacBain. Era un tipo sempre allegro e con una buona parola per tutti.

Digitai il nome di Abend nella barra di ricerca della sezione «Personale» e recuperai il suo file dalle Risorse Umane. Assegnato alla divisione Narcotici, aveva lavorato per Swanson ma aveva lasciato la polizia prima della sua rovina.

Stampai anche il biglietto che gli avevano ritrovato in tasca, quello che diceva «Se parli muori». Supponendo che le labbra pinzate fossero proprio quelle dell'ispettore Abend, che cosa avevano detto? Aveva fatto una soffiata alla polizia o parlato con un amico che poi lo aveva tradito? Oppure era stato assassinato per mandare un messaggio a qualcuno?

Ma a chi? Come era stato ucciso, e chi era stato?

Brady arrivò alle otto e un quarto. Lo salutai con un «Buongiorno!» e mi rispose agitando una delle sue grosse mani. Gli lasciai il tempo di togliersi il cappotto e di aprire il portatile prima di bussare alla porta di vetro.

Mi fece cenno di entrare e sedermi.

Chiesi a Brady se era a conoscenza della morte di Brian Donahue. «L'ho saputo, tra poco ci saranno i funerali. Vuoi partecipare?»

«Preferirei indagare sulla sua morte.»

«Ha fatto tutto il medico legale. Overdose, morte accidentale.»

«Perché non c'era nessuna prova del contrario ma personalmente non credo che Donahue si sia ucciso.»

«Spiega.»

Brady ascoltò mentre gli riferivo quello che mi aveva detto Claire sull'enorme quantità di fentanyl che aveva trovato nelle vie aeree di Donahue.

«Capisco, ma questo non esclude il suicidio.»

«C'è stata anche un'indagine» continuai. «Hanno trovato solo le sue impronte e nessun segno di lotta, niente su cui lavorare. C'era soltanto Donahue disteso con la testa sul volante, una fiala di fentanyl accanto al corpo, una quantità abnorme di droga in gola e un po' di polvere sui vestiti. Era disoccupato. Non ha lasciato neanche un biglietto d'addio e nessuno ha gridato all'assassinio.»

Continuai a parlare.

«Ha rovinato alcune indagini per omicidio e poi, senti questa, ha ricevuto un encomio da parte di Ted Swanson.»

Le sopracciglia di Brady si inarcarono. «Che cosa c'entra Swanson con Donahue?»

«Esattamente» confermai. «Donahue lavorava per strada e non avevano casi in comune. Come faceva a conoscere Swanson? Ma supponiamo che lo conoscesse. Supponiamo che lavorasse sotto copertura e abbia aiutato Swanson con un arresto. La raccomandazione di Swanson ha regalato a Donahue qualche altro anno di lavoro, poi ha massacrato di botte un senzatetto ed è stato filmato. Per lui è stata la fine.»

«Così arrivi al suicidio, Boxer.»

«Forse, ma c'è qualcos'altro. Brad, conosci l'ispettore Roy Abend?»

«Un metro e settantacinque di altezza, sessantacinque chili, capelli corti, una moglie di nome Marjorie e due gemelle di circa tre anni, anzi, avevano tre anni tre anni fa. Abend lavorava alla Narcotici.»

«Esatto, lavorava per Swanson.»

Mostrai a Brady la foto che avevo sul telefono, dell'uomo morto con le labbra blu e la saliva che colava tra le graffette. «Capo, secondo te è Abend?»

«Che cosa diavolo è?»

«Un nuovo modo di punire chi ha parlato. Gli hanno pinzato insieme le labbra dopo la morte e gli hanno messo in tasca un biglietto: 'Se parli muori'. È stato ritrovato ieri a Oakland. E con lui fanno due ex poliziotti morti nel giro di settantadue ore.»

Brady guardò la foto di Abend.

« Dimmi qualcosa di lui » gli chiesi.

« Mi ha detto che non gli piaceva fare il poliziotto, così ha consegnato il distintivo e la pistola. È successo qualche anno fa. L'ultima volta che ho sentito parlare di lui faceva il camionista. »

« Capo, mi è venuta in mente una cosa, ascolta. »

17

Mentre io e Brady parlavamo, il telefono sulla sua scrivania si illuminava di continuo per richiamare la sua attenzione, ma lui non lo degnò mai neanche di uno sguardo e lasciò che le chiamate passassero sulla linea di Brenda mentre noi continuavamo a discutere di Donahue, Abend e della mia idea.

Considerò ogni aspetto della questione, ma alla fine fu costretto ad ammettere che il mio tempo sarebbe stato impiegato meglio se mi fossi occupata di quello per cui mi avevano addestrata. Chiamò Clapper e ottenne l'approvazione per quella che definì una prova.

Prima della fine della giornata Brenda si era spostata fuori dall'ufficio di Brady mentre suo zio Bobby, cioè Robert Nussbaum, pensionato, era impegnato ad attaccare le foto dei nipotini sulla bacheca dietro la vecchia scrivania di Brenda.

Il signor Nussbaum indossava dei jeans, una camicia, una cravatta, una giacca blu scuro con una spilla che raffigurava la bandiera americana appuntata sul bavero e un paio di mocassini con i calzini bianchi. Aveva pochi capelli pettinati con cura. Gli diedi il benvenuto nella squadra Omicidi mentre preparava meticolosamente sul tavolo taccuini, penne e il tappetino per il mouse.

«Se hai delle domande o hai bisogno di qualcosa...» gli dissi.

«Mi spiegherà tutto Brenda, imparo in fretta. Rimanga tra me e te, sergente, ma la pensione fa schifo. Qui invece mi divertirò, se hai bisogno di qualcosa fai un fischio!»

«D'accordo. Come preferisci essere chiamato?»

«Per te sono Bobby.»

«Piacere di conoscerti, Bobby!»

A qualche metro di distanza c'erano altre due scrivanie, una di fronte all'altra. Una era la mia vecchia postazione, ora utilizzata dall'ispettore Sonia Alvarez, mentre l'altra apparteneva a Rich Conklin. Erano state allontanate un po' per infilarne in mezzo una terza, a ferro di cavallo.

Mi accomodai sulla mia nuova sedia con un sospiro. Finalmente ero tornata: davanti ai miei occhi si apriva tutta la sala agenti, la scrivania di Conklin era alla mia sinistra e quella di Alvarez alla mia destra. Vedevo tutto.

Molti dei colleghi del turno di giorno erano già seduti sotto le tremolanti luci al neon. Dall'altra parte del corridoio, l'ispettore Samuels lanciava palline di carta tentando di centrare il cestino della spazzatura e riuscendoci a ogni tiro. L'ispettore Michaels tamponava il caffè che aveva rovesciato sul tavolo e un agente in uniforme era seduto su uno spigolo della scrivania del sergente Cappy McNeil a parlare con lui e con il suo compagno, il sergente Paul Chi. Brady si trovava nella sua gabbia di vetro privata dall'altra parte della stanza e Brenda era subito fuori dalla sua porta.

Con il telegiornale del mattino in sottofondo, io, Conklin e Alvarez ci confrontammo sui due poliziotti morti. C'era moltissimo lavoro da fare. Dal momento che Abend aveva lavorato alla Narcotici, Swanson poteva essere in possesso di informazioni utili per noi. Swanson era il collegamento tra le due vittime, la prima pista da seguire e probabilmente la nostra unica speranza.

Divisi i compiti e ci battemmo il pugno l'uno con l'altro. Era il momento di mettersi al lavoro.

18

La mattina seguente, io e Conklin ci recammo al molo da cui partivano i traghetti talmente presto che il sole ancora spuntava dal bordo dorato dell'orizzonte. La nebbia marina aleggiava sopra la baia ma non dovemmo aspettare molto prima che un catamarano mollasse gli ormeggi. Salimmo a bordo mentre dondolava leggermente e ci rifugiammo in cabina per ripararci dal vento e dagli schizzi d'acqua.

Ci sedemmo su un sedile doppio a prua, chiacchierando sopra lo scoppiettio del motore.

«Una mossa scaltra aver trovato quel Bobby» disse Conklin.

«Vero? Secondo me lavorerà bene.»

«Sei pronta per Swanson?»

«No.»

Il disprezzo che provavamo per Swanson non era scemato nel corso degli anni. Ted Swanson aveva diretto la squadra Antirapina e la Narcotici dagli uffici che si trovavano in fondo al corridoio sul nostro stesso piano, lo avevamo incrociato spesso. All'epoca ci piacevano lui, le sue squadre e la sua famiglia.

Aveva un fascino naturale: era organizzato, intelligente, un bravo capo, ed era anche così furbo che nessuno sospettò mai che avesse trasformato gli agenti in ladri e assassini. Ma gli indizi c'erano. Le rapine erano aumentate e i rapinatori indossavano passamontagna e giacche a vento della polizia di San Francisco. Veniva derubato chiunque, dallo sfortunato negoziante al criminale violento. Fioccavano i cadaveri. Ma nessuno fece caso a Ted Swanson finché non si scontrò con il capo di un cartello della droga messicano, un criminale psicopatico della sua stessa pasta. Ci fu una sfilza di vittime, tutti americani e tutti poliziotti di Ted Swanson.

Ora, nonostante il suo fascino, Swanson viveva dietro muri di pietra e sbarre, insieme ad altri spietati assassini come lui. Povero Ted. La mia teoria, nonché il motivo per cui io e Conklin andavamo a fargli visita, era che avrebbe potuto essere talmente felice di vedere due ex colleghi da accettare di parlarci. O comunque di esibirsi, di giocare con noi.

Era possibile.

Attraversammo la baia in meno di un'ora e sbarcammo al porto di Larkspur, nella città di San Quintino. Ci dirigemmo verso la prigione che si affacciava sul mare, un edificio che aveva quasi duecento anni.

La strada era costeggiata da segnali che indicavano come comportarsi o cosa non indossare. Conoscevamo le regole: niente colori che rimandassero a una gang o abiti provocatori, solo jeans larghi, felpe e giacche a vento della polizia. Io e Conklin eravamo a posto. Una delle guardie ci aprì la porta per l'area blindata così entrammo nell'edificio di pietra chiara con le sue finestre alte e strette e le torri merlate. Al controllo esibimmo le credenziali e i documenti firmati da Brady e dal nuovo direttore, Frank Hauser.

Mentre le guardie ci accompagnavano attraverso un labirinto di corridoi fino alla stanzetta dove avremmo aspettato Swanson, mi irrigidii. Qualunque cosa avessimo detto sarebbe stata registrata quindi ci sedemmo in silenzio da un lato del tavolo d'acciaio a fissare la porta, che alla fine si aprì cigolando. Ed eccolo lì, tra due agenti, il criminale scaltro e impenitente che scontava l'ergastolo senza condizionale, Theodore «Ted» Swanson.

Fece un ampio sorriso quando ci vide, e il sorriso rimase anche quando si sedette davanti a noi, ammanettato al tavolo. Avevo i brividi fino all'attaccatura dei capelli quando la pesante porta di metallo si richiuse sbattendo, lasciandoci soli con un assassino spietato che in passato era stato anche un amico.

Non avevo paura che potesse ribaltare il tavolo o tirare fuori un coltello. Temevo che l'affascinante Ted inventasse per noi una bella storia e che noi ci cascassimo.

19

Swanson aveva i capelli biondi un po' arruffati e gli occhi azzurri, nello stile delle star del cinema degli anni Cinquanta. Il suo era un sorriso di autocompiacimento, come se fosse stato a letto con una ragazza e poi avesse trovato la scritta «Teddy, sei il migliore» lasciata con il rossetto sullo specchio del bagno.

Mi stava fissando mentre diceva: «Che bella sorpresa! Mi spiace non potervi stringere la mano». Sollevò i polsi di un paio di centimetri e poi ci rivolse un altro sorriso accattivante. La prigione e la mancanza di prospettive per il futuro non lo avevano cambiato. Ero felice di essere insieme a Conklin.

«Come stai, Ted?» esordì il mio socio. «Mi fa piacere rivederti.»

«Anche a me, ispettore. Sergente, hai un aspetto meraviglioso.»

«E tu hai decisamente un'aria migliore dell'ultima volta che ti ho visto.»

«Intendi quando hai testimoniato contro di me? Sì, non fu una bella giornata quella.»

«Speriamo che tu possa aiutarci con la morte di uno dei tuoi ex soci, Brian Donahue» dissi.

«Non capisco che cosa tu intenda per 'socio'. E comunque perché dovrei aiutarti, Boxer? Hai detto alla giuria che sono un uomo malvagio. E che altro? Ah sì, che sono una vergogna per l'uniforme, un assassino psicopatico che ha corrotto decine di agenti. E hai anche fornito loro alcuni dettagli che hanno contribuito a seppellirmi qui dentro.»

«Decidi tu, Swanson. Se fossi in te, io ne approfitterei per rendere qualche colpo.»

Swanson sbuffò ma Rich intervenne prima che potesse richiamare le guardie. «Aspetta un attimo, Ted. Aiutandoci non hai nulla da perdere ma noi possiamo fare qualcosa per te.»

«Per esempio?»

«Possiamo mettere sul tuo conto un centinaio di dollari.»

Swanson rise. «Che meraviglia, un centinaio di dollari! Non so che cosa dire.»

«Ne abbiamo circa cento in cassa per le piccole spese, e io e Conklin ne aggiungeremo altri cinquanta a testa. Che cosa ne dici?» aggiunsi.

«Speravo in una notte in città con Kim, la mia nuova moglie. Ma in effetti con duecento bigliettoni si possono comprare un sacco di merendine.»

«Consideralo già fatto» dissi.

Gli chiesi di nuovo di Brian Donahue, l'ex poliziotto morto per una dose assurda di fentanyl. Questa volta Swanson ammise di aver sentito parlare della sua morte.

«Dopo aver perso il lavoro la sua dipendenza era peggiorata» raccontò.

«Parliamo della raccomandazione che hai scritto, esponendoti per lui quando rischiava di essere licenziato» disse Conklin. «Perché l'hai fatto? Non aveva mai lavorato per te.»

«Che cosa importa? Si tratta di una storia vecchia.»

Conklin sorrise, incrociò le mani sul tavolo e riprese:

« Fammi riformulare la domanda. Come descriveresti il tuo rapporto con Donahue? »

« Era strettamente commerciale, Rich. Gli ho salvato il culo così avrebbe continuato a comprare da me. Le poche volte che abbiamo scambiato due chiacchiere, però, me le ricordo bene perché era un uomo molto amareggiato. Non so che problemi avesse, non gliel'ho chiesto e non mi interessava. »

Aveva lo sguardo fisso sulle manette, come se stesse andando indietro nel tempo con la mente. Poi si riscosse e tornò al presente. Sbatté le manette sul tavolo e sbottò: « Stupido figlio di puttana! Pensava di avere tutto sotto controllo ».

Lo guardai, lasciando che il silenzio aleggiasse tra di noi.

Swanson rise. « Ti capisco, Boxer. Immagino di essere stato anch'io un figlio di puttana. »

La bile mi salì alla gola. Swanson era vivo, faceva il pagliaccio, mentre i poliziotti che aveva corrotto giacevano due metri sottoterra. E non era tutto. Aveva fatto ancora più danni quando la sua scia di droga e rapine era culminata nello scontro a fuoco col capo messicano. O quando decine di condanne erano state annullate perché gli agenti che avevano svolto le indagini erano risultati corrotti. Swanson aveva gettato un'ombra lunga e duratura su tutto il dipartimento di polizia di San Francisco.

Respinsi quei pensieri cupi in un angolo della mente, servivano solo a sprecare il poco tempo che ci restava ancora insieme a Swanson.

« E Roy Abend? Te lo ricordi? » domandai.

« Solo ora che lo nomini. Se ricordo bene se ne andò dopo pochi mesi. »

Gli mostrai la foto del cadavere sul telefono.

« Boxer, non sono sicuro di riconoscerlo. Dico davvero. »

Trattenni un profondo sospiro. Ci eravamo imbarcati in quel viaggio per ottenere in cambio solo un interrogatorio inutile con quell'uomo raccapricciante?

« Va bene, torniamo a Donahue » dissi. « Secondo te si è ucciso? È stato un suicidio? O un incidente? Oppure qualcuno l'ha fatto fuori? »

« E chi lo sa? Potrebbe anche aver attinto ai miei contatti ed essersi spinto troppo in là. Non lo so. Vorrei potervi dire qualcosa di interessante, sergente, ma vivo murato in questo buco, cercando di dimenticare cose a cui non ho prestato molta attenzione neanche quando avvenivano. Mi dispiace, amici. »

Non dissi una parola né battei ciglio.

« Va bene, Ted » disse Conklin. « Se ti viene in mente altro su Abend o Donahue faccelo sapere, apprezzeremo. »

Il mio compagno si alzò e bussò con le nocche alla porta di metallo. Le guardie entrarono e sganciarono le manette di Swanson dall'anello sul tavolo. Le seguimmo mentre lo scortavano fuori dalla sala per gli interrogatori. Qualche momento dopo, quando eravamo nello spazio comune dal soffitto alto, proprio sotto i piani delle celle, gridai abbastanza forte perché le centinaia di detenuti potessero sentirmi: « Swanson, la polizia di San Francisco ti ringrazia per l'aiuto! »

Questo dovrebbe sistemare per bene quello stronzo, pensai.

Una delle guardie ci accompagnò all'appuntamento successivo.

20

Claire Washburn trascinò il trolley fino alla fila per il check-in dell'Avia Airlines. Separò i suoi effetti personali nelle apposite vaschette di plastica: in uno il portatile, in un altro la borsa con il telefono e in un terzo le scarpe e la giacca. Passò attraverso il controllo ai raggi X, poi raccolse le sue cose e si ricompose.

Dopo il controllo fu attirata da un chiosco di Starbucks. Ordinò un caffellatte grande, trovò un posto libero vicino al gate numero 14 e vi si sedette con il *San Francisco Chronicle*. Venti minuti dopo annunciarono il suo volo. Si imbarcò sull'aereo insieme agli altri passeggeri e si accomodò in una fila di tre posti tutta per lei.

Dopo il decollo, Claire aprì il portatile e recuperò il file su Katie Caruso. Era dalla chiamata del mercoledì precedente, quella in cui il medico legale di Rosewater Andrea Savino le aveva chiesto aiuto, che era assorbita dalla misteriosa morte di quella ragazzina.

Savino l'aveva informata sui dettagli.

Le aveva inoltrato una foto della bimba, che aveva sei anni e frequentava la prima elementare, oltre a una dozzina di articoli di giornale. Gli articoli riportavano le concise dichiarazioni delle forze dell'ordine e un'intervista straziante a Bill e Karen Caruso, i disperati genitori. Non riuscivano a spiegare la sparizione di Katie né alla polizia né alla stampa ma entrambi sentivano con tutto il cuore che la figlia era ancora viva e aveva bisogno di loro.

Purtroppo, in contrasto con la loro convinzione, quel mattino il *Rosewater Daily News* riportava una novità. Il corpo di Katie era stato trovato mercoledì mattina, quando un camionista, Brian Bolliger, aveva notato alcuni avvoltoi volare in circolo. All'inizio gli era sembrato un mucchio di spazzatura buttato nel canale d'irrigazione ed era quasi ripartito per la sua strada ma si era fermato quando aveva notato nell'acqua del fossato un colore strano: il blu del pigiama della bambina. Questo era ciò che aveva raccontato alla polizia dopo averla chiamata.

Poi c'era una nuova intervista, dello stesso giornalista per lo stesso giornale, ai genitori che ormai sapevano del ritrovamento del cadavere. Dalle dichiarazioni emergevano lo shock, il dolore, l'incredulità e il senso di colpa: si sentivano responsabili perché erano oberati di lavoro, distratti, e si erano accorti che la loro bimba era scomparsa solo il mattino successivo.

Claire li capiva. Lei e suo marito Edmund avevano tre figli ormai grandi, che da piccoli erano stati dei veri terremoti ma alla fine erano cresciuti bene. Poi, sei anni prima, era arrivata anche Rosie, adorabile e piena di fiducia nel mondo, che aveva la stessa età di Katie.

Edmund era in grado di dormire anche in mezzo ai tuoni, alle sirene e alla musica heavy metal che risuonava ogni tanto dalla casa accanto. E anche lei a volte, mettendosi a letto accanto a lui, sprofondava in una specie di coma, soprattutto quando le capitava di eseguire una mezza dozzina di autopsie in un giorno. Se Rosie fosse uscita, o se qualcuno l'avesse attirata fuori, lei e Ed se ne sarebbero accorti?

Qualunque cosa fosse successa a Katie, Claire era decisa a scoprirlo e a riportare la verità alla polizia. Se le fosse stato chiesto era disposta anche a raccontarla lei stessa ai genitori, con tutta la compassione possibile.

21

L'annuncio del pilota che chiedeva di allacciare le cinture riportò Claire al presente. Chiuse il computer e si mise a osservare dal finestrino il mosaico di terreni agricoli e colline boscose, tagliato in due dall'Highway 101 che dalla zona nord di San Francisco arrivava fino all'Oregon, attraversando la cittadina di Rosewater.

Dove viveva la bambina? Dove era morta? Com'era possibile che avesse percorso dieci chilometri lungo quell'autostrada? Chi l'aveva rapita?

L'aereo si abbassò, saltellò per qualche metro sulla pista e si diresse verso il terminal. Mentre la rampa veniva agganciata al portellone, Claire recuperò il bagaglio dalla cappelliera, si infilò la giacca e si gettò in spalla la borsa con il laptop.

Lo steward all'uscita la ringraziò per aver volato con Avia. Si sentiva un ippopotamo con un carico sulla schiena ma mantenne salda la presa sul corrimano mentre scendeva verso l'asfalto e si univa alla fila di passeggeri che entravano nell'aeroporto attraverso le porte automatiche.

Stava passando accanto al nastro trasportatore per i bagagli quando notò una donna bionda sui trentacinque anni che indossava una giacca tagliata su misura, dei pantaloni a sigaretta e un paio di occhiali con la montatura blu, e mostrava un cartello con la scritta BENVENUTA DOTTORESSA WASHBURN.

Era Andrea Savino, la nipote di Sam Savino e il medico legale della contea meridionale di Mendocino.

Claire la salutò e Andrea corse verso di lei, dicendo: « Sono felicissima di conoscerti di persona. Dammi le borse! Ho parcheggiato proprio qui fuori, un piccolo vantaggio professionale ».

« Ti avrei riconosciuta anche senza il cartello » le disse Claire. « Tu e tua zia Sam potreste essere scambiate per sorelle! »

« La adoro. È un peccato che viva a cinquemila chilometri da me. » Prese la borsa del computer di Claire e il piccolo trolley.

« Pensavo che potremmo passare come prima cosa all'ospedale, per vedere il capo della polizia Pou. Lavora al caso di Katie Caruso dalla prima denuncia di scomparsa. »

« Ho letto di lui sul *Rosewater Daily News*. »

« Sì, la stampa è impazzita per questo caso e non si fermerà finché non riusciremo a dichiarare pubblicamente come e perché è morta Katie Caruso. »

« Vogliamo tutti la stessa cosa, preghiamo Dio di farcela » rispose Claire.

22

Avevamo qualcun altro da incontrare a San Quintino. Chris Manolo aveva lavorato per me come informatore fino a tre anni prima, quando aveva tirato fuori una pistola nel mezzo di una lite in famiglia e aveva sparato alla moglie. Era un ex spacciatore e un trafficante occasionale di armi ma un tempo era stato un'autorità nel mercato delle merci illegali. Non potevo sapere se fosse ancora coinvolto nel giro del contrabbando nonostante il carcere, ma c'erano buone possibilità.

Manolo era stato collocato in una sezione lontana da quella di Swanson e, durante il percorso, la guardia ci fece fare un giro turistico della prigione: la cella di Charles Manson, quella in cui era stato tenuto Clarence Ray Allen, l'ultimo uomo a essere condannato a morte in California, fino all'esecuzione capitale a settantasei anni, e quella in cui una volta era stato rinchiuso Scott Peterson in persona.

L'ultima fermata fu la sala delle visite, dove una dozzina di prigionieri trascorrevano un po' di tempo con le famiglie. C'erano dei tavolini quadrati con le sedie in alluminio, alcuni distributori automatici, un televisore sintonizzato su un canale che trasmetteva cartoni animati e delle telecamere piazzate bene in vista.

Conklin comprò delle barrette al cioccolato e un attimo dopo Chris Manolo entrò dalla porta. La tuta arancione cadeva larga sul suo corpo magro. Gli occhi già grandi si spalancarono quando mi videro.

«Santo cielo, il sergente Boxer!»

«Ciao Chris! Come stai?»

Gli presentai Conklin, aggiungendo: «È la persona più fidata che conosca».

Manolo mormorò un «Piacere di conoscerti» e poi, dopo aver recuperato una sedia e accettato uno Snickers, mi aggiornò sui suoi ultimi tre anni a San Quintino. Aveva preso il diploma, aveva trovato la fede in Gesù e si era reso conto di essere gay.

«E tu, sergente?»

Gli raccontai che lavoravo ancora alla Omicidi e che la vita mi andava bene. Ma non avevamo tempo per le chiacchiere.

«Chris, hai saputo della nuova legge sulle armi da fuoco?»

«Certo, un bel casino» rispose.

«Chris» disse Conklin, «circolano voci su armi introdotte illegalmente dal Messico, forse di tipo militare.»

«Se è vero, saranno i grandi trafficanti a impadronirsi del giro, mettendo fuori gioco i pesci piccoli. Non so se riuscirete a fermarli.»

Poi Manolo ci riferì alcune delle voci che circolavano tra le celle. Non c'era niente di verificato ovviamente ma erano comunque sconcertanti.

«Ho sentito dire che c'è una nuova banda di trafficanti d'armi che si sta organizzando. Da quello che mi hanno riferito, porteranno alcuni carichi dal Messico utilizzando dei tir. Nel cuore della notte. I veicoli saranno mimetizzati con scritte dei grandi magazzini. Non so se sarà una lunga carovana o se si tratterà di singoli camion che passeranno da strade secondarie. Se è vero, inonderanno di armi militari la California e gli Stati orientali.

«Per favore, sergente, non specificare il mio nome nel rapporto. Se parli vieni punito.»

Pensai a «Se parli muori». Mi chiesi se Roy Abend avesse parlato con la polizia, e se facesse parte della banda. Domandai a Chris se avesse mai sentito il nome di Abend. «Non lavorava alla Narcotici?» mi chiese.

«Sì, per sei mesi.»

Ringraziai Chris e lo informai che allo spaccio avrebbe trovato un regalo per lui e lo salutai.

Dopo essere usciti e aver respirato un po' d'aria fresca mi rivolsi a Richie: «Bene, abbiamo la conferma che Donahue era coinvolto nel traffico di droga di Swanson. Comprava da lui e vendeva ad altri. E Manolo è convinto che il famoso cartello di Vega esista davvero. Non è stata del tutto una perdita di tempo».

«Ripaga i due centoni in merendine, ma è tutto» commentò Conklin.

«Hai ragione, Rich, abbiamo bisogno di fatti concreti.»

Mentre risalivamo sul traghetto e tornavamo verso casa stavo ancora cercando di scrollarmi di dosso l'immagine sogghignante di Ted Swanson. E mi risentii gridare sotto le celle «Swanson, la polizia di San Francisco ti ringrazia per l'aiuto!»

Se aveva ottenuto un po' di popolarità all'interno del carcere in quegli anni, l'aveva appena persa.

23

Andrea Savino si era diretta a grandi falcate all'auto, trascinando il trolley, con Claire al seguito.

Il suo SUV Honda color argento era parcheggiato nell'area riservata alla sosta breve a un centinaio di metri dall'uscita. Aveva un adesivo da medico legale attaccato al parabrezza e uno uguale ma più grande sul paraurti posteriore. Quando aprì il bagagliaio, Claire si accorse che Andrea Savino, proprio come lei, era completamente attrezzata con tutto ciò che le sarebbe potuto servire sulla scena di un crimine.

Il kit di strumenti medici aveva il suo nome e il suo numero identificativo scritti su un'etichetta sopra il coperchio. C'erano sacchi e lenzuola per cadaveri, una coperta e una fotocamera reflex digitale al sicuro nella custodia. Dietro la ruota di scorta erano incastrati degli stivali verdi di gomma e dall'interno di una borsa spuntavano quelli che sembravano degli abiti di ricambio e un impermeabile. Completavano il laboratorio portatile un piccolo piede di porco, una scaletta pieghevole e una cassetta degli attrezzi probabilmente piena di guanti e kit per le analisi.

Il bagaglio di Claire non ci stava. Savino allora chiuse il portellone e fece spazio sul sedile posteriore.

« Dottoressa Washburn... » esordì Savino.

« Per favore, chiamami Claire. »

« Va bene, Claire. Siamo più o meno a cinque chilometri dal Saint Barney's Hospital, ovvero dove lavoro. Hai bisogno di qualcosa prima di andarci? »

« No, mi affido a te. Qual è il programma? »

« Andiamo al mio laboratorio così puoi dare un'occhiata a Katie. Le ho fatto delle foto sia vestita che nuda e ho mandato gli abiti ad analizzare. Dall'esame esterno appare gravemente disidratata. Non ho trovato segni di violenza, sessuale o meno. Niente lividi o abrasioni. Era bagnata fradicia e la temperatura corporea era di circa trenta gradi, può essere rimasta distesa in quel fosso sulla Route 253 fin dal giorno della scomparsa. Le radiografie non hanno rivelato nulla, non ci sono fratture o protesi. Pesava diciassette chili, un po' sottopeso viste l'età e l'altezza. »

« Che cosa mi dici delle analisi del sangue e degli esami sotto le unghie? E il kit per lo stupro? »

« Gli ho messo più fretta possibile ma sai anche tu come funziona, è venerdì. Ho perfino promesso al direttore del laboratorio che avrei accettato il suo invito a cena. »

« Sul serio? »

« Ero disperata. »

Si girò a guardare Claire. « In realtà, tenevo le dita incrociate dietro la schiena. »

Risero entrambe mentre salivano in macchina.

Savino accese il motore, fece retromarcia e uscì dal parcheggio.

Poi riprese: « Il capo della polizia ti farà avere tutto quello che abbiamo raccolto. Speriamo di poter procedere oggi con l'autopsia ».

« Devo prenotare una camera per la notte » disse Claire. « Hai dei suggerimenti? »

24

Le pareti in cemento dell'ufficio sotterraneo di Andrea Savino erano dipinte di bianco. La stanza era arredata con una scrivania di metallo grigio con sopra un computer Dell e una tazza con il logo della vecchia serie televisiva *La signora del West*. La bacheca era ricoperta di promemoria e di foto, tra cui quella di un cane maculato con una fascia nera sull'angolo della cornice.

Sedettero con il capo Robert Pou alla scrivania del medico legale.

Vestito con un paio di jeans, una camicia e una cravatta sotto la giacca a vento della polizia di Rosewater, Pou era un uomo sulla quarantina dai capelli scuri, in quel momento tutto concentrato sul contenuto di una valigetta rigonfia. Quando mise le mani sul dossier Caruso sorrise ed esclamò «Eccolo!» Lo passò a Claire, poi avvicinò la sedia alla scrivania.

«Lo leggerò per intero ma intanto potete riassumermi il contenuto?» chiese Claire.

«Certamente» rispose Pou. «Partiamo dall'uomo che ha trovato il cadavere, Brian Bolliger. Potrebbe aver ucciso Katie e chiamato la polizia, non avrebbe senso ma capitano cose anche più strane.

«Quindi abbiamo controllato anche lui inserendo il suo nome nel database, nessun risultato. Ho parlato con il suo capo alla AR Trucking, un certo Arthur Richards, che non solo ha garantito per lui ma ha anche confermato il numero dei chilometri effettuati. Prima di trovare la bambina, Bolliger non passava dal nord della California da due mesi. L'abbiamo torchiato come se avessimo tra le mani Ted Bundy ma secondo noi è pulito.»

Mentre Pou parlava, Claire sfogliava i documenti contenuti nella cartellina.

«Abbiamo interrogato anche i vicini dei Caruso e le due famiglie che possiedono le fattorie nel raggio di alcuni chilometri da dove Katie...» Pou deglutì e continuò.

«Abbiamo parlato con i proprietari ma anche con i dipendenti che si occupano di raccogliere e imballare i prodotti agricoli, in totale dodici persone. Li abbiamo spaventati a morte ma senza ricavarne niente di interessante. Nessuno sa nulla dei Caruso e nessuno ha visto la bambina.»

Pou si schiarì la gola, tirò fuori dalla tasca un fazzoletto e si soffiò il naso.

«Scusate. I Caruso hanno un ferramenta in città. Ci hanno ospitato nel parcheggio del loro negozio quindi ci siamo messi lì, a disposizione di chiunque avesse qualcosa da dirci.

«Nessuno ha visto o sentito nulla di sospetto. Nessuno che abbia visto Katie camminare per strada o un disco volante rapire la bambina. Dottoressa, se controlla sotto il divisorio rosso troverà tutte le dichiarazioni delle persone che sono venute a parlarci, compresi due uomini accusati di aggirarsi nel parco e nel cortile della scuola elementare. Abbiamo verificato gli alibi di tutti.»

«Non vedo la cartella clinica di Katie.»

«Sì, lo so. Il pediatra di Katie era il dottor Sven Wallace. Intendo fino all'anno scorso in questo stesso periodo, quando è morto d'infarto all'improvviso. Stava fumando una sigaretta e lo studio è andato a fuoco, quindi dei suoi documenti non rimane nulla.»

«Che sfortuna!» commentò Savino scuotendo la testa. «E non è emerso nulla neppure dal kit per lo stupro. Se è stata uccisa, c'è sempre la possibilità che abbiano lavato il corpo. Stiamo aspettando l'esame tossicologico.»

«Potrebbe essere stata drogata?» domandò Pou.

«È possibile» rispose Claire. «Che diavolo, da come stanno le cose potrebbe essere morta di aneurisma o di tumore al cervello. Io e Andrea procederemo subito con l'autopsia.»

«Allora vi lascio lavorare. Questo è il mio numero, chiamatemi per qualsiasi novità. Ho un interesse personale in questo caso perché Katie va, cioè andava, a scuola con mia figlia Carol Lee.»

Mezz'ora dopo Claire, con tuta, guanti, cappuccio e microfono, era in piedi davanti al tavolo di acciaio inossidabile. Aveva eseguito l'autopsia di centinaia di bambini nella sua vita ma non si abituava mai. I bambini sono innocenti.

Si sistemò i guanti e poi mormorò: «Ti abbiamo ritrovato, Katie, adesso raccontaci che cosa è successo».

25

Alla fine della giornata chiamai Joe dalla macchina per avvertirlo che stavo uscendo dall'ufficio ed ero di ritorno a casa. Fu Julie a rispondere.

«Papà è in bagno.»

«Va bene, tesoro, io sarò a casa tra poco. Tu e papà avete già cenato?»

«Sì.»

«Bene. Un bacio.»

Entrai dalla porta di casa circa quindici minuti dopo.

Martha mi guardava scodinzolando seduta sul pavimento. Misi via la pistola, poi mi abbassai e le diedi una bella grattata. Presi Julie tra le braccia e andammo in cucina. La ciotola di Martha era piena di crocchette, c'erano dei fiori nel vaso sulla mensola e la lavastoviglie stava terminando il lavaggio.

«Martha ha fatto il suo giretto?»

«Mamma, ti preoccupi troppo.»

«Lo so.»

«Joe?» chiamai.

«Sono qui, Lindsay!»

Joe era nel suo studio, cioè nella stanza degli ospiti. Si alzò per abbracciarmi ma sussultò quando lo strinsi a mia volta.

«Come ti senti?» gli domandai.

«Mi sto riprendendo» rispose. «Arrivo tra dieci minuti, devo finire il rapporto per Steinmetz.»

Mentre facevo la doccia e indossavo il pigiama, Julie continuò a parlarmi dalla porta del bagno. Mi stava dicendo che voleva cambiare le regole della buonanotte perché ormai era abbastanza grande da guardare anche i programmi tv da adulti.

«No, non ancora!» le risposi.

Senza battere ciglio, passò a parlare del personaggio dello Stregatto, il nome non le piaceva e prese a suggerire diverse alternative: Castagna, visto che stava su un albero, o Chester, che aveva il vantaggio di essere un nome vero.

Riaprii la porta ridendo.

Julie mi guardò e allargò le braccia: «E poi mentre era sull'albero è scomparso! È rimasto solo il sorriso!»

«Sei buffa, lo sai?»

«Sìììì...»

Le arruffai i capelli e ci dirigemmo in soggiorno. Mi accomodai sulla «sedia della mamma», quella accanto alla poltrona di Joe, e Julie mi salì in grembo per vedere con noi una sitcom. Metterla a letto fu una tragedia: tra lamentose proteste e penosi trascinamenti, mi si aggrappò alla vita implorandomi di lasciarla rimanere sveglia ancora per un po'.

«Papino ha detto che posso rimanere alzata con voi!»

«Spiona!» le gridò Joe.

«Joe?»

«Julie, ti ho detto che potevi rimanere sveglia finché la mamma non fosse tornata a casa. Giusto?»

«Ma non ho sonno!»

«Forza, pulce» le dissi. «Dormire fa bene.»

Si stava nuovamente caricando per scoppiare in un singhiozzo straziante ma la presi per mano e la portai in camera. Tentai di distrarla infilandole la camicia da notte con le balene ereditata da sua cugina Meredith.

Julie tirò su col naso e mi chiese: « Quanto manca al mio compleanno, mamma? »

« Pochissimo. »

« Faremo una festa? »

« Certo, ma sarà una sorpresa. Forza, Julie, a letto. »

Misi a nanna la mia bambina, le sistemai attorno i peluche e battei una mano sul materasso per far capire a Martha che poteva salire. Quando furono entrambe ai loro posti distribuii baci della buonanotte alla mia bambina, al cane e infine alla mucca di pezza chiamata Mrs. Mooey Milkington.

Tornata in soggiorno mi risedetti sbuffando e riorganizzai i pensieri.

Dalla parte opposta dell'appartamento mi arrivò il suono del mio telefono, una musichetta allegra in un momento in cui io non lo ero per niente. Non risposi alla chiamata e il telefono squillò di nuovo. Andai in corridoio, recuperai il cellulare dalla tasca della giacca e lessi il nome di Claire sullo schermo.

Premetti il pulsante verde e dissi: « Ehi, dove sei? »

« Sono all'obitorio di Rosewater in attesa dei risultati degli esami su quella bambina, Katie Caruso. Prima c'erano anche i genitori, qui a piangere sul cadavere della figlia. Il padre avrà trent'anni, la madre forse venticinque. Ci sono volute tre persone per evitare che si lanciassero su Katie. È stato impossibile non pensare a Rosie. »

Non invidiavo la mia amica per aver assistito a quella scena tristissima.

«Volevo chiamarti prima di iniziare l'autopsia» disse Claire. «Penso di sapere che cosa ha ucciso questa bambina.»

«Dimmi.»

Sentii altre voci in sottofondo oltre a quella di Claire.

«Sono ancora qui, ti richiamo dopo» disse. «Oddio, è tardissimo! Ti chiamo domani allora.»

Così Claire mi lasciò in sospeso, un altro caso irrisolto.

«Va tutto bene?» mi chiese Joe.

«È stata una giornata pesante al lavoro.»

«Raccontami. Swanson era contento di rivederti?»

«Sì, se credi a quello che esce dalla bocca di quel criminale.»

«E com'andata quindi?»

«Ti dirò tutto, Joe, ma andiamo a parlare a letto.»

Sotto le coperte, a luci spente, il braccio di Joe attorno a me, raccontai al mio perspicacissimo marito, prima che sprofondasse nel sonno, tutto quello che era successo. Scoprii di non essere stanca quanto lui, nella mente mi vorticavano le immagini di Donahue e di Abend. Il fatto che fossero entrambi collegati a Swanson significava qualcosa?

Oppure le due morti non erano collegate e io stavo montando un caso su una coincidenza? Senza accorgermene, mi addormentai.

26

Mentre suturava l'incisione a Y che aveva fatto sul petto di Katie, Claire era furiosa. Registrò qualche parola nel microfono consapevole che Andrea ascoltava attentamente le sue riflessioni.

Aveva concluso che Katie era disidratata, come aveva detto Savino, perché i tessuti della bambina erano secchi e appiccicosi al tatto, ma aveva anche scoperto che il suo pancreas era danneggiato, il che indicava che era affetta da diabete di tipo 1 e aveva bisogno di iniezioni di insulina per sopravvivere. Sia l'autopsia che le analisi del sangue confermavano che la bimba era morta di chetoacidosi.

Claire terminò indicando il proprio nome, la data e il momento della morte di Katie, meno di una settimana prima.

Disgustata, concluse il suo rapporto e si allontanò dal tavolo. Si tolse la mascherina e fece un lungo respiro. Una giovanissima vita era stata persa con grande dolore quando avrebbe potuto essere salvata con facilità.

Perché? Perché Katie non aveva ricevuto le medicine in tempo, o non le aveva ricevute affatto?

Savino ricoprì il corpo con il lenzuolo. «Siamo d'accordo, quindi: chetoacidosi» disse.

«Brutta situazione, Andrea. I Caruso erano così occupati da dimenticarsi di somministrarle l'insulina? Aveva sei anni, aveva bisogno di loro. Sicuramente manifestava sintomi gravi già giorni prima di scomparire.»

«Lo definiresti abbandono di minore oppure no?» domandò Savino.

«Lasciamo che sia Pou a esprimersi prima di renderlo ufficiale. Secondo te quanto ci metterà ad arrivare?»

«Scommetto un dollaro che è seduto in auto fuori dall'ospedale con il motore acceso in attesa che lo chiamiamo. Lo faccio subito.»

Claire si allontanò e gettò nella spazzatura la cuffia bianca, la tuta e la mascherina. Fu presa da un forte desiderio di chiamare a casa e parlare con Edmund, di dirgli di chiudere la porta a doppia mandata. E poi voleva sentire la voce di Rosie. Ma la sua famiglia stava sicuramente dormendo e in realtà in quel momento era molto più importante parlare con i genitori di Katie.

Voleva delle risposte, ne aveva bisogno.

Savino chiamò il capo Pou, svegliandolo. Mentre aspettavano il suo arrivo, Claire e Andrea discussero di quello che doveva aver sofferto Katie negli ultimi giorni della sua vita: una sete insopportabile, vampate di calore, mal di testa, confusione e crampi. Doveva aver vomitato dopo ogni bicchiere d'acqua. Si trovava in uno stato di disidratazione estrema quindi il flusso sanguigno era stato sicuramente minimo, insufficiente a trasportare ossigeno agli organi. In quelle condizioni il cuore e i polmoni cedono, come infatti era successo.

«I suoi genitori non potevano non accorgersene» disse Claire. «Sei d'accordo, Andrea? E come ha fatto ad arrivare a dieci chilometri da casa?»

«Di certo non sulle sue gambe, è impossibile.»

Mezz'ora dopo, il capo Pou varcò di corsa le porte dell'obitorio. Dopo aver ascoltato le spiegazioni mediche sulla morte della bambina disse subito: «Andiamo!»

«Dove?» chiese Savino.

«A casa dei Caruso.»

«Meglio chiamarli, prima» obiettò Savino.

Andrea era cresciuta a Rosewater. Conosceva tutti gli abitanti della città ed era amica della maggior parte di loro.

«Hai il loro numero?» le chiese Pou.

«Sì, dammi un minuto.»

«Va bene. Poi voi signore vi infilate le giacche e andiamo a far loro visita. Adesso li chiamiamo e dopo sfonderò a calci la loro porta di casa.»

27

Andrea Savino e Claire Washburn seguirono il pick-up Ford 4×4 del capo Pou verso nord, nella campagna ai margini di Rosewater. Sul sedile del passeggero viaggiava il suo vice, Will Christian, al telefono con la centrale per avere rinforzi. Quando il capo svoltò a destra all'uscita dell'autostrada, imboccando una via sterrata piena di buche che tracciava un'ampia curva in mezzo a un prato, Savino fece lo stesso.

Scrutando nell'oscurità, Claire riuscì a distinguere la rustica fattoria dei Caruso, isolata sulla cima di un'altura. La casa sembrava avere quattro stanze, due al piano terra e due al primo piano, un camino nella parte sinistra e un portico che circondava la facciata. Una luce blu lampeggiava da una delle finestre in alto.

«Sono svegli» disse a Savino.

«Non vorrei che Pou ci andasse troppo pesante con loro. Sappiamo come è morta Katie ma non sappiamo ancora perché.»

Claire era d'accordo solo fino a un certo punto.

«Andrea, so che tieni a loro. Io sono un po' più obiettiva, invece. Potrei anche dirti che ho ancora dei dubbi, che spero ancora ci sia una buona spiegazione per questa maledetta tragedia. Ma Pou deve metterli sotto pressione, i Caruso devono essere messi alle strette di fronte all'evidenza.»

« Così confesseranno... » convenne Savino.

« Esattamente. Oppure proveranno a convincere Pou che Katie è stata rapita, o si rivolteranno l'uno contro l'altra. O cercheranno di scappare, forse. »

Le auto rallentarono avvicinandosi alla casa e Pou parcheggiò sul lato senza finestre, vicino al caminetto. Savino accostò accanto al suo pick-up mentre il capo e il suo vice scendevano silenziosamente nel cortile laterale. Claire e Savino li raggiunsero.

Pou estrasse un foglio ripiegato dal taschino della camicia, senza dubbio un mandato di perquisizione.

« Dottoresse, voi rimanete qui, andiamo avanti io e Will. Caruso ha un brutto carattere e ha delle armi in casa. »

I due uomini in uniforme salirono i gradini del portico. Pou bussò alla porta, poi bussò di nuovo e chiamò il nome di Bill Caruso, che poco dopo si sporse dalla finestra della camera da letto al piano di sopra.

« Robert, hai delle novità per noi? Scendo subito. »

Claire vide la porta d'ingresso aprirsi e i due poliziotti entrare in casa. Aveva lavorato duramente per cancellarsi dalla testa l'immagine dei Caruso che singhiozzavano sul corpo della loro bambina, una scena che le aveva fatto davvero male. Ora si chiedeva se quel dolore fosse reale o se fosse stato frutto del senso di colpa nel trovarsi davanti alla verità.

Andrea Savino diede un colpetto al braccio di Claire quando l'uscio si riaprì e ne uscì il vicecapo Christian, che si richiuse la porta alle spalle. Si diresse verso di loro.

« I signori Caruso vogliono parlare con voi due. Il capo dice di attenersi ai risultati dell'autopsia. Venite, vi accompagno dentro. »

28

Erano da poco passate le undici quando Claire e Savino entrarono in casa dei Caruso.

Claire vide un soggiorno dal soffitto basso, lungo circa sei metri e largo una dozzina. L'arredamento era solido, niente di raffinato. C'era uno specchio antico sopra il caminetto e alle pareti alcune foto incorniciate: immagini di famiglia e una fotografia scattata alla gara di torte alla fiera della contea.

Sotto le finestre che davano sul portico c'era un divano coperto da lenzuola spiegazzate. Una lunga asse, macchiata e appiccicosa, fungeva da tavolino da caffè. Sulla tavola erano rimasti un piatto con gli avanzi della cena, un bicchiere d'acqua e mezza bottiglia di vino rosso.

Piangendo, Karen Caruso arrotolò il lenzuolo, la coperta e il cuscino e li gettò sul fondo dell'armadio all'ingresso. Sempre singhiozzando piano si annodò la cintura della vestaglia, poi raccolse i resti della cena e li portò in cucina. Bill Caruso stava in piedi davanti al caminetto e osservava il mandato di perquisizione che aveva in mano. Claire gli leggeva in volto un'espressione allarmata e smarrita.

Karen rientrò nel soggiorno trascinando verso il tavolino due sedie prese dal tavolo da pranzo.

« Io sto bene in piedi » le disse il capo Pou. « Non ci vorrà molto. »

Claire e Savino occuparono le sedie mentre i Caruso si sistemavano ai lati opposti del divano. Il vicecapo Christian rimase ritto sulla soglia. Tutti gli occhi erano puntati su Pou, che spiegò: «Sembra che Katie sia morta perché era diabetica e non le sono state somministrate le medicine necessarie. Ne sapete qualcosa?»

«No» rispose il padre. «Katie aveva l'influenza, vero, Karrie? L'avevamo tenuta a casa da scuola perché non si sentiva bene, aveva qualche linea di febbre. Karrie è tornata a casa per darle il pranzo, e verso le sei siamo rincasati di nuovo entrambi per cena.»

Bill Caruso continuò.

«Il giorno successivo, ma lo sapete già, quando ci siamo svegliati lei non era più nel suo letto né da nessun'altra parte. E a quel punto ti ho chiamato, Robert, per dirti che Katie era sparita.»

«Ho capito, Bill, e voglio crederti. E vorrei che sentissi anche il parere della dottoressa Washburn. Claire, vuoi dire qualcosa?»

Claire si chiese come avrebbe potuto riassumere quell'orrore in poche parole, sembrava impossibile.

«Signor Caruso, sapeva che Katie era diabetica?»

«Certo che lo sapevamo» intervenne Karen. «Era diabetica dalla nascita, diabete di tipo 1.»

«Quindi sapevate che doveva assumere insulina ogni giorno?»

«E gliela iniettavamo infatti, vero, Bill? Protestava sempre, scoppiava a piangere. Noi provavamo a distrarla, a far finta che fosse tutto un gioco.»

«Anche il giorno in cui avete detto che era malata?» intervenne Andrea Savino. «Oppure quel giorno l'iniezione è saltata?»

«Sì, sì, gliel'abbiamo fatta» rispose Bill. «O almeno credo, eravamo preoccupati e lei piangeva disperata.»

«Come sapete, la dottoressa Washburn è una patologa famosa» disse Savino. «Per Katie solo il meglio, anche i tecnici del laboratorio hanno fatto gli straordinari per lavorare sui campioni di sangue e di tessuti.»

Bill si avvicinò a Karen e la cinse con il braccio. O era davvero una donna fragile o era una brava attrice. Claire non ne era ancora sicura.

«Mi addolora moltissimo doverlo dire ma il corpo di Katie indica che era morta ancora prima che denunciaste la scomparsa e che, prima di morire, è rimasta senza insulina per un'intera settimana» disse Savino.

Karen si scrollò di dosso il braccio del marito e si piantò davanti ad Andrea.

«È una cazzata, Andrea. Non è vero. Avete fatto un errore, e anche bello grosso.»

«Vado a prendere un bicchiere d'acqua» disse prontamente Claire.

Nessuno la fermò e neanche la guardò mentre si dirigeva in cucina. Tra le due stanze non c'era una porta e Claire sentì il capo Pou dire: «Vorrei che fosse ben chiaro, dottoressa Savino. Quando i genitori ne hanno denunciato la scomparsa, Katie era già morta?»

«Esatto, possiamo dedurre da quanto tempo è morta Katie dallo stato del suo corpo. E il danno che i suoi organi presentano può essere stato causato solo da una mancanza cronica di insulina.»

«State dicendo che è morta perché ha saltato le iniezioni?» gridò la madre. «No! È stata rapita! Affamata! E il bastardo che l'ha presa non le ha dato l'insulina! Eccola, la tua mancanza cronica. Ti sto dicendo la verità, Robert. Ce l'hanno rapita ed è per questo che è morta. È questo che è successo!»

29

In cucina, Claire si guardò intorno, poi indossò i guanti di lattice e aprì il frigorifero. Spostò il cartone delle birre, il sacchetto della lattuga, i panini imbottiti e la confezione delle uova. Esaminò la frutta nel cassetto e poi controllò gli scaffali.

Nessuna traccia delle penne da insulina già pronte. Controllò i cassetti sotto il bancone e all'interno dei pensili, cercando i flaconi non aperti di insulina, che possono essere conservati senza refrigerazione al massimo per un mese. Non trovò nulla. Controllò tutto un'altra volta, poi si tolse i guanti e tornò in soggiorno.

Fece un cenno al capo Pou.

Quando lui la raggiunse, gli spiegò: « Capo, non c'è insulina in frigorifero o in qualsiasi altra parte della cucina. Le penne precaricate dovrebbero essere conservate al freddo, i flaconi sigillati invece a temperatura ambiente. Non ho trovato nessuno dei due ».

Pou la ringraziò per l'informazione e poi tornarono insieme dagli altri. Alla vista del volto del capo, Bill Caruso si animò di colpo e scattò verso la porta sul retro.

Il vicecapo Christian, che era più giovane, veloce e forte di Caruso, riuscì ad afferrarlo, lo fece ruotare e lo sbatté contro il muro. Le foto dei compleanni e delle torte premio rovinarono sul pavimento. L'agente gli torse le braccia dietro la schiena, prima il destro e poi il sinistro, e lo ammanettò.

Karen corse verso suo marito e lo tempestò di pugni sulla schiena e sulle spalle.

« Che cosa hai fatto, Bill? Che cosa hai fatto? »

La forza della lotta si esaurì e Caruso smise di difendersi.

Pou afferrò la madre di Katie per le spalle, tenendola a debita distanza. « Karen, smettila! La tua bambina è morta in un modo molto doloroso quasi una settimana fa, giaceva in un fosso a dieci chilometri da qui. Come ha fatto ad arrivare così lontano? Era stesa lì a metà strada tra le fattorie Andrews e Sachet, mentre voi raccontavate a me e a tutti gli altri che qualcuno l'aveva rapita. Non c'era nessun segno su di lei. Nessuno l'ha legata o imbavagliata o picchiata o violentata. Quindi che cosa è successo? Non ne potevi più? Hai avuto uno scatto d'ira? »

Karen gracchiò un « No », ma non era convincente.

« Tu e Bill eravate entrambi responsabili delle cure e del benessere di Katie... »

Bill si voltò verso Pou, i polsi dietro la schiena e le vene del collo così gonfie da proiettare un'ombra.

« Che diavolo stai dicendo, Robert? Sono io, ci conosciamo da quindici anni... »

Pou lo interruppe.

« Bill, Karen, non è una faccenda personale. È la vostra ultima possibilità di dire la verità. Fatelo e parlerò io con il procuratore distrettuale per ottenere un accordo. »

« Ti abbiamo detto la verità! » gridò Bill Caruso.

Pou rivolse lo sguardo al suo telefono per leggere un messaggio.

« Dottoressa Savino, il coroner è in arrivo all'obitorio. Tu e la dottoressa Washburn dovreste andargli incontro. Karen, dov'è il tuo cappotto?»

«Ora?» chiese Karen.

«Metti le mani dietro la schiena, non ti farò del male.»

Dopo che Pou l'ebbe ammanettata, Christian prese una giacca di jeans dall'armadio all'ingresso e gliela sistemò attorno alle spalle tremanti. La voce di Pou era forte e chiara. «Bill e Karen Caruso, siete entrambi in arresto per maltrattamenti sfociati in omicidio e per aver interferito con un'indagine della polizia. Ora vi leggerò i vostri diritti.»

Claire e Savino uscirono, ritrovarono al buio la macchina e ripartirono verso il Saint Barney's Hospital nell'oscurità.

30

Claire e Andrea Savino erano nell'obitorio, un seminterrato privo di finestre, in attesa del coroner.

Avevano compilato i moduli e fatto uno spuntino con cracker al burro d'arachidi e caffè. Erano passate ventidue ore da quando Claire era uscita di casa venerdì mattina. Savino era appoggiata allo schienale della sedia e aveva appena chiuso gli occhi quando arrivò Ted Scislowski, il coroner della contea di Mendocino.

Claire guardò l'orologio: erano le tre meno dieci del mattino.

Scislowski aveva il passo pesante e una stretta di mano decisa. Le salutò entrambe e si presentò a Claire. I capelli erano bianchi e pettinati solo in parte, gli occhiali erano macchiati e le mani erano striate di grasso.

« Mi dispiace di avervi fatto attendere. »

Spiegò di essere partito da Boonville, a est di Rosewater, non appena aveva ricevuto la chiamata del capo Pou. Dopo quindici chilometri aveva bucato una gomma ed era stato costretto a fermarsi per cambiarla.

« Per favore, accettate le mie scuse. Sono contento che mi abbiate aspettato. »

Avvicinò una sedia alla scrivania, si sedette accanto a Claire e le disse: « Lei ha sicuramente visto un po' di Rosewater arrivando dall'aeroporto, è una piccola cittadina. Questa bambina smarrita è una dei quattromila abitanti del posto ed è stata oggetto di molta attenzione da parte della stampa. La gente vuole sapere che cosa è successo».

«Possiamo rispondere noi, signor Scislowski» disse Andrea. «In due parole, ma terribili.»

«Temo che avrò bisogno di ben più di due parole» ribatté Scislowski senza nessun accenno di rimprovero. «Ma in fondo sapete anche voi che prima potremo rispondere alle domande meglio sarà. Andrea, dottoressa Washburn, raccontatemi tutto quello che sapete e non tralasciate nulla.»

Scislowski seguì Savino nella cella frigorifera ricoperta di piastrelle e arredata tutta in acciaio inossidabile. Lei spinse la barella verso di lui e scostò il lenzuolo, esponendo l'incisione a Y eseguita sul petto di Katie con le linee scure del filo che si incrociavano sul corpo cereo della bambina.

«Merda!» esclamò il coroner vedendo il piccolo cadavere, e continuò a imprecare anche mentre Savino appendeva alla parete le foto dell'autopsia. Andrea descrisse minuziosamente le foto e le radiografie, poi chiese a Claire di parlare dello stato degli organi interni.

Claire illustrò il risultato della sospensione dell'insulina in una persona diabetica: disidratazione, riduzione del flusso sanguigno mentre il corpo tenta di conservare l'umidità, collasso generale degli organi e, alla fine, morte.

Savino lesse il rapporto redatto dalla Scientifica sul luogo del ritrovamento. Infine, consegnò a Scislowski un blocco contenente gli esiti degli esami del sangue.

Mentre il coroner esaminava il rapporto di laboratorio, Savino continuò: «Katie non è stata picchiata, legata o stuprata. Io e la dottoressa Washburn concordiamo sul fatto che la morte di Katie Caruso è dovuta alle complicazioni tipiche del diabete mellito di tipo 1 non curato».

Scislowski guardò di nuovo le fotografie che la Scientifica aveva scattato al corpicino di Katie riverso nell'acqua fangosa del canale di irrigazione. Indossava un pigiama blu. Tra le lattine di birra e le lunghe ciocche dei capelli della bambina galleggiava un animaletto di peluche.

Scosse la testa, fece schioccare la lingua e alla fine disse: «Tremendo, terribile! Mostruoso, anzi più che mostruoso! Dio non stava guardando?»

Fece qualche respirò profondo, poi parlò di nuovo.

«Francamente, non capisco perché i Caruso non abbiano nascosto il corpo. Forse il loro avvocato avrà una spiegazione.»

Il vicecapo Will Christian accompagnò Claire al Sundown Motel poco dopo le quattro del mattino.

«Bill Caruso ha rilasciato una dichiarazione» le disse. «Sostiene che hanno saltato qualche iniezione e, quando se ne sono ricordati, si sono resi conto di essere senza insulina. La moglie se ne era dimenticata, Bill dice che era compito suo comprarla. Infine, ha ammesso che il casino è colpa di entrambi.»

«Caruso ha detto proprio 'il casino'?» domandò Claire.

«Già. Invece Karen ha incolpato Bill. Alla fine è crollata, ha urlato che veniva dato per scontato fosse lei a fare le iniezioni a Katie ma che non ne poteva più. Ha detto a Bill che era il suo turno ma non l'ha fatto neanche lui. Sono andati al lavoro e hanno deciso che si sarebbero occupati la mattina dopo di Katie, che quindi è rimasta ancora senza insulina.»

«Lasciami indovinare» lo interruppe Claire. «La mattina dopo Katie era morta.»

Il vicecapo Christian annuì e riprese: « L'hanno caricata sul sedile posteriore e hanno guidato finché non hanno trovato un fosso. L'hanno sistemata lì dentro insieme al suo peluche, poi hanno inventato una storia e, tornati a casa, hanno chiamato la polizia ».

« L'hanno uccisa » mormorò Claire.

L'altro annuì ancora con espressione cupa.

« Tratteremo la morte di Katie come un omicidio, anche se è possibile che si riduca a omicidio colposo o addirittura negligenza. Aver abbandonato il cadavere non deporrà in loro favore. »

In camera Claire fece una lunga doccia, poi indossò gli unici vestiti puliti che aveva e preparò il trolley. Alla fine, si sedette sul letto e prenotò telefonicamente un'auto per l'aeroporto e un posto sul volo delle sei per San Francisco.

Colse l'occasione per sdraiarsi un po'. Appoggiò la testa sul cuscino e lasciò affiorare tutte le emozioni che aveva bloccato durante l'autopsia sul corpicino di Katie. Sapeva quanto doveva aver sofferto la bimba mentre gli organi smettevano di funzionare uno dopo l'altro. Sentì riaccendersi la rabbia che aveva provato nel momento in cui si era resa conto che Katie non era morta solo di diabete ma anche per negligenza.

Le lacrime le scesero lungo le guance ma lei non cercò di fermarle.

Il cellulare appoggiato sul comodino squillò. Claire si tirò su, lesse il numero sullo schermo e rispose all'autista: « Washburn ». Poi aggiunse: « Scendo subito ».

Si lavò i denti, pagò il conto del motel con il telefono, raccolse tutte le sue cose e uscì prima dell'alba.

Per un colpo di fortuna, Edmund e Rosie si sarebbero

svegliati più o meno nel momento in cui lei avrebbe varcato la soglia di casa. Voleva raccontare tutto a Edmund mentre lui la stringeva tra le braccia. E aveva bisogno di abbracciare Rosie, di intrecciare i capelli alla sua bambina, vestirla e portarla al parco.

31

Il mio cellulare squillò nel buio. Lo afferrai, armeggiai un po' con le dita e alla fine riuscii a premere un tasto. Lo schermo indicava le sei e cinque e a chiamare era Clapper.

Non feci in tempo a rispondere « Boxer » che anche il telefono di Joe cominciò a vibrare freneticamente.

Ci mettemmo entrambi seduti con i piedi appoggiati sul pavimento. La voce di Clapper mi arrivò all'orecchio.

« Buongiorno, Boxer, è ora della sveglia. Poco fa hanno trovato un uomo morto nella sua auto parcheggiata in Washington Street. Si chiamava Carl Barrows, aveva ventitré anni e faceva il saldatore, ma in questo periodo era disoccupato. Nessun precedente e nessun biglietto sul cadavere.

« Sembra di rivedere Donahue perché sul sedile accanto a lui c'era una fiala di fentanyl. E anche Abend, perché le labbra erano pinzate. Sulla fronte, con un pennarello, qualcuno ha scritto 'Se parli muori'. »

Sussultai. « Conosco Barrows, è stato arrestato martedì durante un'operazione di ricerca di armi illegali e portato in tribunale, c'ero anch'io. La cauzione ammontava a cinquantamila dollari, dev'essere riuscito a pagarla. »

« Sarebbe stato meglio per lui rimanere in prigione. »

« Dove è esattamente la scena del crimine? Ci vado subito. »

«Sto mettendo insieme una task force» rispose Clapper. «Ho informato Brady. Ho bisogno che chiami Conklin, Alvarez, McNeil e Chi. Vi voglio nel mio ufficio alle sette.»

«Ci saremo.»

Ma Clapper non aveva ancora finito. «Ho chiesto anche all'FBI di inviare una squadra.»

Mi stavo domandando perché avesse coinvolto l'FBI ma fui interrotta dalla sua voce che ripeteva «Ci vediamo alle sette» prima di riagganciare.

Nello stesso momento udii Joe dire: «Va bene, Craig, ci sarò». Posò il telefono, si alzò e si sistemò i pantaloni del pigiama. «Steinmetz mi vuole alle sette nell'ufficio di Clapper per una riunione» disse. «Era lui che ti chiamava?»

«Sì. Che cosa ti ha detto Steinmetz?»

«Mi ha detto che Clapper sta radunando una task force con gli agenti più esperti della squadra, tra cui te. Più due persone dell'FBI, cioè io e Wallenger. Deve avere a che fare con quello di cui mi ha parlato Vega, il convoglio di armi dal Messico. Forse è già arrivato.»

Annuii, aveva senso. Indicai il bagno da sopra la mia spalla. «Vai tu per primo, io intanto chiamo la signora Rose.»

Telefonai all'anziana signora che ci faceva da baby-sitter implorandola di salvarci la mattinata.

«Dobbiamo uscire entrambi di corsa, c'è un'emergenza in centrale.»

«Non c'è problema, Lindsay.»

«Martha avrà bisogno...»

«Mamminaaa...» chiamò Julie.

«Oh no!» gemetti.

«Ho capito» disse la signora Rose. «Il tempo di mettermi qualcosa addosso e lavarmi i denti e arrivo.»

« Grazie, Gloria. »

« È un piacere. »

Mi vestii in fretta: camicia pulita, giacca e pantaloni del giorno prima e un paio di calzini puliti di Joe. Chi aveva il tempo di fare il bucato? Joe si occupò di Julie mentre io chiamavo i miei colleghi per avvertirli.

Fresca come se fosse mezzogiorno e fosse reduce da un lungo sonno e una buona colazione, la signora Rose suonò il campanello, in fretta come aveva promesso. Si era buttata una graziosa vestaglia di ciniglia verde acqua a pois rosa sopra la camicia da notte. Aveva delle pantofole pelose con le orecchie a punta e gli occhi semoventi. Sorrise e si picchiettò con l'indice i denti davanti.

Risi e le feci i miei complimenti. Pochi minuti dopo, Julie stava facendo colazione con pappa d'avena, io e Joe eravamo pronti, avevamo trovato le chiavi delle rispettive auto e ci eravamo precipitati giù per le scale.

Il traffico era scorrevole. Non ci perdemmo mai di vista mentre percorrevamo Geary Boulevard e arrivammo insieme al City Hall. Joe parcheggiò la sua Mercedes nel parcheggio, io invece lasciai il mio umile Explorer su Harriet Street. Nell'atrio mi bastò mostrare il tesserino alla sicurezza per saltare il metal detector, invece Joe fu costretto a svuotare le tasche e a togliersi la cintura.

Lo aspettai all'ascensore e quando mi raggiunse premetti il tasto numero cinque.

Nell'ufficio di Clapper c'era una caraffa di caffè, così ne riempii una tazza per Joe e una per me. Il capo salutò l'intera stanza e presentò i membri dell'FBI.

« L'agente speciale Mike Wallenger ha guidato la squadra durante l'arresto di un trafficante d'armi al Cow Palace, lavorava con Joe Molinari. Sapete tutti che Molinari è il marito di Boxer e un veterano di diverse agenzie d'intelligence, inclusa l'FBI, e in questa particolare missione impossibile è consulente sia loro che nostro.»

I sorrisi nella stanza erano tesi, anche il mio.

«Questo caso si compone di due parti.»

Si avvicinò alla caraffa, si versò anche lui una tazza di caffè e andò ad appoggiarsi alla sua scrivania.

«Ecco che cosa sappiamo.»

32

Clapper era in piedi con le spalle alla scrivania davanti alla sua task force di sette persone, stagliato nella pallida luce del mattino che filtrava dalle persiane.

«Ho esaminato il caso» disse.

A sinistra della scrivania c'era una lavagna bianca, su cui lui aveva tracciato una riga nera nitida dall'alto verso il basso. A destra della linea aveva attaccato i ritratti di tre uomini distesi sul tavolo dell'obitorio.

Sulla riga della cronologia aveva segnato i momenti importanti. Il primo corrispondeva al giorno in cui era entrata in vigore la nuova legge sulle armi da fuoco.

Il momento successivo era la fiera delle armi al Cow Palace. Clapper disegnò una freccia e vi scarabocchiò accanto il nome di Vega.

Prese in mano il puntatore che si trovava nel vassoio sotto la lavagna e lo utilizzò per indicare le tre date una dopo l'altra: il ritrovamento del cadavere di Brian Donahue, la scoperta del corpo di Roy Abend con le labbra pinzate avvenuta due giorni più tardi e infine, solo la sera prima, Carl Barrows.

Attirò l'attenzione del gruppo sull'immagine del volto senza rughe di quest'ultimo.

«Guardate bene che cosa gli hanno scritto in fronte con il pennarello: 'Se parli muori'. Parlare di cosa? Non c'è nessuna spiegazione. Le stesse parole erano scritte su un foglietto di carta ritrovato nella tasca di Abend.

«Anche tralasciando il fatto che due di loro erano ex poliziotti e che Barrows non era mai stato nelle forze dell'ordine, questi tre omicidi sono collegati. Il movente? Qualcuno voleva far sapere di essere insoddisfatto, voleva inviare un avvertimento a qualcun altro. Le prove? Zero: nessuna impronta, niente foto o video, nessun testimone.

«I referti medici indicano due morti per overdose, molto probabilmente provocate da una terza persona. La morte di Abend invece è stata causata da un forte trauma da corpo contundente alla nuca. L'assenza di indizi in tutti e tre i decessi, l'avvertimento sulla morte certa di chi parla e l'arco temporale degli omicidi mi portano alla conclusione che a uccidere questi uomini sia stata la stessa persona, o lo stesso gruppo di persone. Ma in che modo sono collegati?»

Alvarez alzò la mano e Clapper la invitò a parlare.

«I corpi sono stati rinvenuti da persone diverse in luoghi distanti tra loro?»

«Sì, esatto.»

«E l'assassino, o gli assassini, ha lasciato il ritrovamento al caso.»

«Che cosa intendi?» le domandò Clapper.

«Gli omicidi sono stati compiuti velocemente. Le vittime conoscevano il loro assassino, ecco perché non ci sono segni di lotta. E non c'erano tracce perché chi li ha uccisi indossava i guanti.»

«Buona intuizione, Alvarez, continua.»

«L'assassino, o gli assassini, si diverte, si burla delle vittime. E, se la minaccia è vera, sa che raggiungerà i destinatari desiderati.»

Clapper annuì, concordando con lei, e chiese a Wallenger di parlare alla squadra di Alejandro Vega.

Wallenger si alzò in piedi e raccontò l'arresto di Vega alla fiera al Cow Palace.

«Nel suo stand aveva una licenza contraffatta e centotré armi illegali, e più o meno la stessa quantità nel furgone. Le avrebbe vendute tutte, penso, se non lo avessimo fermato durante la prima ora di lavoro.»

Joe riprese da dove Wallenger si era interrotto: «Vega mi ha detto che la notizia del suo arresto probabilmente l'avrebbe fatto uccidere in prigione. Mi ha chiesto di provare a proteggere la sua famiglia. Gli ho promesso che avrei fatto del mio meglio e in cambio Vega mi ha confessato di far parte di una banda che traffica armi e droga, pezzi piccoli che si sono uniti per contare di più sul mercato. La sua storia corrisponde a quella dell'informatore di Boxer. Vega mi ha parlato dell'arrivo in California di un convoglio messicano con un grosso carico di armi di tipo militare e una partita di droga pronta per lo spaccio. Ha menzionato il fentanyl».

«Ti ha dato altri dettagli?» domandò Clapper.

«Niente tempistiche, né nomi, acquirenti o canali di distribuzione. Io e Mike lo abbiamo consegnato alla polizia messicana, ci hanno promesso che ci avrebbero avvisati se fosse saltato fuori qualcosa di interessante.»

«Quindi questo è quello che abbiamo» commentò Clapper. «Tre omicidi molto puliti e alcuni messaggi che ci indicano che due di loro sono stati ammazzati per aver fatto trapelare delle informazioni. Non sappiamo se siano collegati a questo convoglio in arrivo.

«Seconda cosa, forse è una pista: Donahue e Abend conoscevano entrambi Ted Swanson. Boxer e Conklin ieri gli hanno fatto visita. Boxer, vuoi aggiungere qualcosa?»

Stavo per fare un breve resoconto del nostro incontro con Swanson quando venimmo assordati dal fragore dei colpi di un'arma da fuoco. Fuori dall'ufficio di Clapper qualcuno sparava con un fucile automatico.

33

Il rumore degli spari echeggiò nell'aria.

Che cosa diavolo stava succedendo?

Le otto persone che si trovavano nell'ufficio di Clapper estrassero le pistole e corsero nel corridoio. Quando riuscii a vedere oltre i miei colleghi accalcati sulla soglia, la scena che mi si presentò davanti agli occhi sembrava congelata. A tre metri di distanza, in piedi da solo sul pavimento di marmo, un uomo bianco sulla quarantina con il fisico pesante e gli occhi folli stringeva un fucile semiautomatico con entrambe le mani.

Cappy McNeil tentò di attirare la sua attenzione.

« Ehi, amico, getta l'arma! Non vuoi fare del male a nessuno e non vuoi neanche morire, giusto? Mettila a terra! »

« Vaffanculo! » gli rispose l'uomo con rabbia.

Forse invece voleva proprio morire. Immaginai perfettamente la scena: quel pazzo che puntava l'arma verso di noi e uccideva tutta la squadra Omicidi in pochi secondi. Poteva diventare una strage, ma ancora non era successo niente. Cappy aveva già instaurato un contatto e sapevo che avrebbe sparato se l'uomo non avesse abbassato il fucile. Senza esitazioni.

Altrimenti sarebbe stato l'altro a sparare per primo.

Io mi trovavo leggermente di lato, dietro ai miei colleghi. Stavo controllando la mia linea di tiro per non rischiare di colpire Cappy o chiunque altro portasse un distintivo, quando Brady, che era in un angolo che l'assalitore non poteva vedere, improvvisamente si mosse e gli si tuffò sulle gambe. L'uomo cadde a terra con un forte ululato, esalando tutta l'aria contenuta nei polmoni. Il fucile scivolò sulle piastrelle lentamente verso i piedi di Conklin.

Conklin ripose la propria arma nella fondina e raccolse il fucile afferrandolo per la tracolla.

Dal pavimento l'uomo prese a sbraitare contro di lui.

«Non toccarlo!»

«Lo tocco eccome» gli rispose Conklin mentre portava l'arma nell'ufficio di Clapper. Paul Chi, il partner di Cappy ormai da molti anni, tenne fermo l'aggressore premendogli sulla nuca la canna della pistola mentre McNeil lo ammanettava.

«Come ti chiami?» gli urlò Chi.

Cappy perquisì l'uomo, frugandogli nelle tasche alla ricerca di un documento d'identità, ma non trovò nulla.

Chiamò il suo partner e insieme aiutarono il bestione a rimettersi in piedi.

«Amico» disse Chi, «sei in arresto per possesso di arma illegale, per aver minacciato otto agenti di polizia, per resistenza e per danneggiamento di edificio pubblico.»

Poi gli lesse i suoi diritti.

La situazione si era stabilizzata ma l'aggressione ci aveva spaventato tutti. All'improvviso mi accorsi che l'avevo già visto. Ma dove? Chi era?

Chiamai il sergente che si occupava delle celle al settimo piano.

«Abbiamo appena disarmato un pazzo qui fuori dall'ufficio del capo, ora ce l'abbiamo in custodia. Mandaci due uomini, più grossi sono e meglio è.»

«Subito.»

Dall'ascensore uscirono due guardie. Afferrarono l'aggressore per le braccia, uno per lato, e, mentre lui urlava «Non obbediremo!», lo trascinarono su per le scale per chiuderlo in cella.

Improvvisamente mi ricordai chi era e seppi come era entrato nell'edificio e come aveva nascosto l'arma. Si chiamava Ben-qualcosa, faceva il custode notturno nei fine settimana.

Nel corridoio fuori dal suo ufficio, Clapper ci guardò attentamente. Avevamo tutti l'aria scossa, eravamo carichi di adrenalina che non potevamo sfogare.

«Qualcuno ha qualcosa da dire?»

«Se parli muori» gracchiò Cappy.

Clapper gli fece un gestaccio sorridendo sotto i baffi.

«Riunione ogni venerdì mattina alle sette finché non avremo arrestato i colpevoli e fermato l'arrivo del carico d'armi. Wallenger e Molinari, voi venite con me.

«Un'ultima cosa prima di separarci: lavorate con gli informatori. Torchiateli, minacciateli, pagateli, fate tutto quello che è necessario per ottenere le informazioni migliori.»

34

Alle quattro di quello stesso giorno io e Conklin ci dirigemmo verso Chinatown a bordo di una Chevrolet grigia senza contrassegni. Avevamo dei precedenti con le gang di quel quartiere. C'era stato un arresto in particolare, iniziato con un normale mandato e conclusosi con la SWAT che sfondava la porta di un appartamento di Jackson Street e ingaggiava uno scontro a fuoco con sei trafficanti d'armi cinesi, tutti morti insieme a uno dei nostri come danno collaterale.

Kenny Chen faceva parte proprio di quella banda, era un pesce piccolo bravissimo a cavarsela scivolando tra le maglie della rete. Da allora era riuscito a ricostituire la banda di Washington Street anche se non ancora in tutto il suo splendore, ma il giovane aveva legami in patria e all'estero, un istinto infallibile e grandi ambizioni. Una volta aveva avuto perfino il coraggio di tentare di corrompermi.

Lo tenevo sotto controllo da qualche anno e sapevo che, quando non spacciava o non dormiva nella sua Volvo, Kenny Chen frequentava il Li Po Lounge, una locale che prendeva il nome da un poeta cinese ed era popolare sia tra la gente del posto che tra i turisti.

Conklin parcheggiò l'auto in divieto di sosta e appese al parabrezza il contrassegno della polizia, quindi ci dirigemmo al bar, all'angolo tra Grant Avenue e Washington Street. Dal marciapiede il Li Po aveva un'aria festosa, avvolto com'era da colori vivaci e insegne al neon. Praticamente irresistibile. Il mio socio tenne aperta la porta ed entrammo entrambi nella sala buia all'interno.

La scena, la cultura dominante e l'epoca storica cambiarono di colpo. Dal soffitto pendevano lanterne di carta e drappi e la sala era pervasa dalla musica che usciva da altoparlanti nascosti. Il bancone del bar era splendido: ondulato come un serpente, dominava uno dei lati della stanza mentre un Buddha delle dimensioni di un bambino occupava un posto d'onore in una nicchia.

Il lato opposto invece era arredato con tavolini nascosti da separé di pelle rossa, metà dei quali in quel momento era occupata. Individuai Kenny Chen seduto all'ultimo tavolo in fondo, con una bella visuale sulla porta d'ingresso. Era pallido come un vampiro e completamente vestito di nero, con una lunga coda di cavallo e i baffi spioventi.

Era impegnato al telefono quindi non si accorse del nostro arrivo. Sussultò quando io scivolai sulla panca accanto a lui e Conklin gli si sedette di fronte, ostruendogli la visuale.

«Ti dispiace se ci uniamo?» gli chiesi.

Chen assunse un'espressione infuriata e perplessa, poi si ricordò di me.

«Sergente Boxer? Non sarai ancora qui a rompermi le palle per quella sparatoria di anni fa, vero? Te lo dissi allora e te lo ripeto adesso: io non c'entro niente. Per quanto mi riguarda...»

«No, è per qualcosa di completamente diverso» lo informò Conklin sorridendogli. «Sono l'ispettore Rich Conklin, non ci siamo mai incontrati. Forse puoi aiutarci con un caso su cui stiamo lavorando, una questione che non ha a che fare con te.»

35

Chen posò sul tavolo il telefono capovolto, incrociò le mani e ci rivolse uno sguardo carico di sfrontatezza.

«Fatemi indovinare, si tratta di armi?»

Era uno scherzo?

Che cosa sapeva? Tutta la città era a conoscenza dell'arrivo del convoglio, oppure qualcuno in particolare l'aveva detto a Chen? Se sì, quella persona era morta?

«Puoi raccontarci qualcosa?» gli chiesi.

«Che cosa succede se vi dico quello che so?»

«Appunterò sul tuo dossier un bel biglietto che dice che hai aiutato la polizia di San Francisco. È un po' come un credito, potresti aver bisogno di noi un giorno.»

Chen ridacchiò. «Evviva!»

«Andiamocene, Richie» dissi a Conklin. «Stiamo perdendo tempo.»

«Aspettate!» ribatté Chen. «Potrei avere qualcosa per voi. Permettetemi di ordinarvi da bere.»

Di sicuro non volevo quello che stava bevendo lui. Il mai tai di Chen era una potente miscela di tre rum differenti più un non meglio precisato «liquore cinese».

«Mi spiace ma siamo in servizio» gli rispose Conklin.

Frugai nella tasca posteriore dei miei pantaloni, tirai fuori un portafoglio sottile e infilai due dita dentro la taschina di plastica. Ne estrassi una banconota da cento dollari ben piegata che posai al centro del tavolo laccato, tenendola ferma con le dita.

«Kenny, hai qualcosa da dirci che valga questo denaro?»

Lui ridacchiò di nuovo.

«Cento dollari e un'annotazione sul mio fascicolo? Oggi è come se avessi vinto alla lotteria! Dove sono i pasticcini?»

Feci per ritirare l'offerta quando la mano fredda di Kenny Chen afferrò la mia.

«Volete sapere qualcosa su Al Vega?»

La sorpresa mi si lesse in faccia.

Chen tirò indietro la mano e digitò qualcosa sul telefono, poi lo voltò verso di me. Lessi il banner della CNN che riportava le ultime notizie: EVASIONE A GUADALAJARA.

«Ecco qui.»

«Cosa?! È evaso?»

«Dico solo che ora sapete tutto quello che so io.»

Chen mi diede un colpetto sul dorso della mano. Ripresi la banconota, la strappai in due pezzi e diedi a lui la sua parte, anche troppo secondo me.

«Il resto te lo darò solo in cambio di informazioni su dove si trova adesso Vega. Informazioni valide.»

Lui imprecò in cinese e intascò la mezza banconota. Fu allora che mi accorsi dell'arma che teneva nella cintura.

«Appoggia tutte e due le mani sul tavolo, Kenny.»

«Che cosa?»

Feci un cenno a Conklin, che estrasse la pistola.

Infilando la mano sotto la giacca di pitone di Chen, gli tolsi l'arma e la esaminai: era una Luger semiautomatica, illegale dalla settimana prima.

Scivolai fuori dal divanetto e ordinai a Chen di alzarsi in

piedi e di mettere le mani sopra la testa. Gli presi la pistola e me la misi in tasca.

Lo feci voltare e lo ammanettai, mentre Conklin chiamava i rinforzi. Lessi a Chen i suoi diritti ma lui si rifiutò di ascoltarli. Conklin gli diede una pacca sulla nuca domandandogli: «Hai compreso i tuoi diritti?»

«Sei uno sfigato, lo sai?» ringhiò Chen.

Conklin glieli rilesse, riga per riga, aggiungendo dopo ogni frase «Hai capito?» Scortammo Kenny Chen verso la porta, oltre i clienti del locale, il Buddha e un paio di baristi, che abbassarono gli occhi.

Eravamo usciti tutti e tre in strada quando un'auto accostò al marciapiede. Mi identificai e Conklin fece salire Chen sul sedile posteriore.

Conklin mi sorrideva in un modo che conoscevo e che significava «Certi giorni amo il mio lavoro». Ricambiai il sorriso. Parlai con l'agente Einhorn che era al volante e gli chiesi di portare Chen in centrale, noi lo avremmo raggiunto lì.

Io e il mio partner rimanemmo vicini fuori dal Li Po a guardare l'auto della polizia allontanarsi.

Chiesi a Conklin di darmi le chiavi, avevo voglia di guidare.

36

Quella sera alle sette Brady convocò una riunione della squadra, così restammo raggruppati attorno a lui in fondo alla sala per più di un'ora. Cappy e Chi avevano esaminato il dossier di Swanson e avevano trovato un problema con Roy Abend.

« Sul rapporto semestrale su Abend redatto da Swanson c'è un commento: 'Indisciplinato' » disse Chi.

Conklin intervenne: « So che è un'ipotesi azzardata, ma se Abend fosse stato a conoscenza dei piani di Swanson che prevedevano rapine, omicidi e spaccio di droga, e non li approvasse? »

« Potrebbe essere andata così » commentò Chi. « Qualunque fosse il motivo, a Swanson lui non piaceva. Abend ha dato le dimissioni prima di essere licenziato. O ucciso. »

Parlammo un po', soprattutto delle ipotesi su Abend, e poi, senza sospetti e senza un piano d'azione per quella sera, Brady ci rispedì tutti a casa.

Varcai la porta d'ingresso del nostro appartamento alle otto e venti, così stanca che riuscivo a pensare solo alla cena.

Salutai Joe, al telefono nel suo ufficio, accarezzai il cane e diedi uno sguardo a Julie che dormiva profondamente. Mi diressi verso il cartone della pizza che vedevo sul bancone della cucina e ne tirai fuori un grosso trancio freddo. Visto che ero arrivata fin lì, ne approfittai anche per scolarmi quello che era rimasto del bicchiere di cabernet di Joe. Ancora prima di finirlo stavo già pensando di riempirlo nuovamente.

Joe terminò la sua telefonata, mi guardò in viso e subito si avvicinò alla mia sedia.

« Stai bene? »

« Credo di sì. Claire ha eseguito l'autopsia su quella bambina ed è molto scossa. »

« E se ti dessi qualcos'altro a cui pensare? » domandò mio marito.

« Forza, parla! »

Lui rise, poi disse: « Conosco un tizio che lavora alla National Public Radio di Sacramento ».

Annuii, per invitarlo a continuare.

« Bob Berman, è un produttore. »

Annuii di nuovo.

« Un paio d'anni fa mi ha chiesto un'intervista sul caso Scientific-Tron ma allora non potevo concedergliela. Come sai ne ero rimasto fuori troppo a lungo. In seguito; invece, sono stato molto impegnato. Alla fine, sono riuscito ad accettare e a trovare una data. Mi ero dimenticato che è fissata per domani. »

« Domani è domenica, giusto? Ed è a Sacramento? »

« Sì, la trasmissione di Berman inizia all'una. Se partiamo alle dieci possiamo goderci una bella gita rilassante. Per l'intervista impiegherò un'ora al massimo, ci fermiamo a pranzo da qualche parte e poi torniamo a casa. »

« Mi piacerebbe molto, Joe! Va bene, vengo con te. »

37

Julie gridava e piangeva: « No, no, no, no! Voglio venire con voi! » Andò avanti per tanto di quel tempo che Lindsay fu quasi sul punto di cedere ma Joe tenne duro.

« Tesoro, ci piacerebbe moltissimo portarti con noi ma non possiamo. Dobbiamo lavorare. »

« No, no, no! »

Il campanello suonò e si sentirono i due colpetti alla porta tipici della signora Rose.

Lindsay baciò la bimba su entrambe le guance, la strinse forte e poi recuperò la propria giacca dall'appendiabiti all'ingresso mentre apriva la porta. Martha prese a guaire riuscendo a peggiorare la confusione.

La signora Rose entrò e, guardandosi velocemente intorno, comprese in un attimo la situazione. Si rivolse a Julie: « Indovina chi andrà a fare un bel giro al parchetto per i cani adesso? »

Joe e Lindsay salutarono la bambina ancora una volta e le promisero di essere di ritorno prima che avesse il tempo di rendersene conto, poi la lasciarono insieme al cane in compagnia della signora Rose.

L'auto di Joe aveva il serbatoio pieno quindi lui mise in moto, imboccò Lake Street e si diresse verso Sacramento, passando per il Presidio e il Golden Gate.

Durante il viaggio chiacchierarono dell'imminente intervista, che avrebbe riguardato l'ultima notte allo Sci-Tron. Joe non era più così sicuro che accettare fosse stata una buona idea. Gran parte di ciò che era accaduto quella notte era confuso, e quello che invece ricordava era anche troppo vivido.

Lui e Lindsay avevano festeggiato il loro anniversario in un ristorante di pesce al Pier 9, proprio accanto all'Embarcadero. Il cielo al tramonto era rosa e, dalla loro posizione, avevano una magnifica visuale dell'orizzonte, della baia e dello Scientific-Tron, un futuristico museo della scienza costruito interamente di tubi di vetro e metallo, che occupava gran parte del molo di fronte.

Erano nel mezzo di un brindisi quando si era udito un boato assordante, seguito da uno schianto incredibilmente forte, come se il cielo si fosse spaccato a metà. Una nuvola a forma di fungo si era alzata in mezzo a una pioggia di schegge di vetro mentre l'edificio che ospitava lo Sci-Tron collassava.

Joe sapeva che quella sera il museo era aperto e che al momento dell'esplosione della bomba doveva ospitare almeno un centinaio di visitatori. Lui e Lindsay avevano abbandonato immediatamente la cena e, mentre lei aspettava la polizia e i soccorritori, l'addestramento e l'istinto di Joe avevano preso il sopravvento, così lui si era infilato tra le macerie pericolanti del museo alla ricerca di sopravvissuti.

«Ricordo ogni movimento che ho fatto tra quei rottami» raccontava ora alla moglie.

Dentro era buio pesto ma era riuscito, come un gatto, a individuare gli ostacoli per aggirarli o scavalcarli: reperti rovesciati, travi e pannelli crollati e debolmente illuminati dalle luci andate in frantumi, la sovrastruttura accartocciata e percorsa da sibili e scintille. Si ricordava di aver parlato con una donna il cui braccio spuntava da sotto una catasta di placche di alluminio e vetri rotti. Lei gli aveva chiesto di trovare il marito e di riferirgli dov'era nascosta la chiave della cassetta di sicurezza, poi una seconda esplosione l'aveva scaraventato a terra.

Come Joe avrebbe scoperto in seguito, il colpo gli aveva procurato una frattura del cranio che aveva danneggiato i ricordi più recenti. Anche ora, mentre tentava di riportare alla memoria quella notte, vedeva solo istantanee che duravano una frazione di secondo. Ma Lindsay era una testimone affidabile. Si ricordava chiaramente del momento in cui i vigili del fuoco l'avevano portato fuori in barella e di quello che le avevano detto i medici del pronto soccorso. Finché l'ospedale lo aveva permesso, era rimasta vicino a lui in terapia intensiva.

Mentre Joe si preparava per l'intervista con la NPR, Lindsay gli ricordò un po' di informazioni che lui aveva dimenticato: il nome della donna morta sotto le macerie, le visite di Julie in ospedale, la famiglia arrivata da New York per stare con lui, il medico che non era sicuro che sarebbe sopravvissuto.

«Bob Berman dovrebbe chiedere a te quello che è successo dopo.»

«No, per favore non suggerirglielo! Faccio schifo a parlare in pubblico.»

«Saresti bravissima.»

«Tu te la caverai sicuramente meglio.»

Joe parcheggiò, si passo una mano tra i capelli e con la punta delle dita seguì il percorso tortuoso della cicatrice che andava dalla sommità della testa fino alla nuca. Sarebbe davvero riuscito a raccontare i fatti di quella notte senza confondersi?

Alla reception incontrarono Bob Berman, produttore del programma e intervistatore. Berman sembrava avere meno di quarant'anni, sfoggiava un sorriso aperto, una camicia rosa e un papillon della NPR. Li accolse stringendogli le mani con entrambe le sue e poi li accompagnò a fare un tour della sede, progettata a forma di torta con i singoli studi al posto delle fette, la soluzione ottimale per produrre il suono pulito richiesto dallo standard dell'NPR.

«Come sai, saremo in diretta e riceveremo le chiamate degli ascoltatori» disse a Joe. «Se hai bisogno di un po' di tempo per rispondere a qualcuna delle loro domande puoi dirlo esplicitamente.»

«Ti avverto che potrebbe accadere» ammise Joe.

38

Joe si sentiva a disagio mentre aspettava che la luce verde lampeggiasse per dargli il via. I riflettori non gli piacevano, non gli erano mai piaciuti. Di nuovo, sarebbe stato meglio non aver mai accettato quell'intervista ma Bob Berman era stato convincente. «Joe, sei un cittadino che ha salvato delle vite, è una bella storia! Insomma, hai rischiato la tua vita per salvare quella degli altri, prenditi gli applausi!»

In quel momento, lui e Berman sedevano uno di fronte all'altro all'interno di uno studio a forma di cuneo dipinto di verde. All'estremità più stretta della stanza una finestra incorniciava la cabina dei tecnici. Berman, intanto, gli raccontava la storia dell'edificio rotondo della CapRadio, che si diceva fosse stato progettato a imitazione dell'astronave Enterprise.

Mentre venivano controllati i microfoni, Berman tentava di far rilassare Joe, e Lindsay gli faceva segni d'incoraggiamento dalla sua postazione dietro il vetro. Uno dei tecnici indicò loro il countdown con le dita. Allo zero, Bob Berman salutò gli ascoltatori e presentò Joe Molinari come ex vicedirettore della Homeland Security e agente speciale di lunga data.

Joe lo ringraziò e dichiarò di essere molto contento di trovarsi lì, sperando di avere un tono di voce naturale. Berman riprese poi la parola, per ricordare i dettagli di quello che era successo allo Sci-Tron e che aveva sbattuto la faccia di Joe sui notiziari televisivi e sulle prime pagine dei quotidiani nazionali.

«Vicedirettore...»

«Chiamami Joe.»

«Va bene, allora. Joe, per favore, racconta ai nostri ascoltatori l'ultima notte di vita del famoso Scientific-Tron di San Francisco.»

Ripensando a tutte le immagini che aveva appena rinfrescato grazie a Lindsay, Joe parlò a Berman, come fossero loro due da soli, della sua decisione di correre in soccorso dei superstiti, presa in un attimo, senza neanche pensarci, dell'oscurità all'interno del museo, delle travi contorte e delle lastre di vetro in frantumi.

«E una di quelle travi poi è caduta addosso anche a te» gli suggerì Berman.

«Ricordo solo di essermi risvegliato in ospedale qualche giorno dopo. Mia moglie Lindsay era lì ed è stata testimone del lavoro fantastico che i vigili del fuoco hanno fatto per salvare i sopravvissuti.»

Berman alzò un dito. Stava ascoltando in cuffia. «Joe, abbiamo una chiamata in linea» gli disse. «Come si chiama, signore?»

«Walters» rispose l'ascoltatore con una voce potente che echeggiò all'interno dello studio. «Agente Molinari, quella del museo è una storia vecchia. Perché invece non ci racconti di come tu e la tua squadra dell'FBI avete arrestato e deportato un commerciante al Cow Palace, la settimana scorsa?»

«Signor Walters, sta andando fuori tema...» intervenne Berman.

«Non posso parlare di quello che è successo alla fiera» gli rispose Joe.

«Ne parlerò io al posto tuo allora» insistette Walters. «Sei una spia del *deep state* contro il Secondo Emendamento. L'uomo che hai arrestato era colpevole solo di vendere armi. Solo di questo! Ma tu l'hai personalmente consegnato alla polizia federale messicana. Forse sai anche che la famiglia di Vega è stata appena massacrata a Guadalajara.»

Sconvolto da quello che aveva detto Walters, Joe guardò verso la cabina di registrazione. Non sapeva niente della famiglia di Vega. Lo sconosciuto stava mentendo?

Berman agitava le braccia cercando di attirare la sua attenzione.

Joe si avvicinò al microfono: «Signor Walters, glielo ripeto, non voglio e non posso discutere di questioni che riguardano l'FBI...»

L'uomo che si faceva chiamare Walters lo interruppe.

«Stai attento, Molinari. Ieri ho seguito quella tua mogliettina poliziotta e in questo momento sto fissando la tua auto, se vuoi ti leggo la targa...»

Berman si alzò in piedi e si passò un dito sulla gola guardando il tecnico, facendogli segno di interrompere la telefonata. Lindsay aveva fatto un balzo, aveva aperto la porta della sala di registrazione ed era corsa verso l'uscita. Joe si strappò le cuffie dalla testa e si precipitò anche lui fuori dallo studio per raggiungerla all'automobile.

«Anche se fosse stato qui, ora se n'è andato» gli disse lei.

Joe digitò un numero sul telefono. Si identificò e chiese del capo della polizia di Sacramento, che gli passarono subito.

«Sono stato minacciato di morte da una persona che ha

telefonato durante un programma radiofonico in diretta. Questo tizio fino a cinque minuti fa era davanti alla mia macchina e ha anche dichiarato di aver pedinato mia moglie. Ci troviamo nel parcheggio della CapRadio, l'auto è una berlina nera della Mercedes. Chiunque abbia fatto quella telefonata è sparito ma devo essere sicuro che sia tutto a posto... Sì, aspettiamo qui gli artificieri.»

39

Io e Joe, nel parcheggio, guardammo il robot risalire la rampa fino al veicolo blindato. Gli artificieri richiusero il portellone e Hank Clooney, il responsabile, ci rassicurò: «Nessun problema, potete ripartire. Arrivederci e buona fortuna!»

Occhieggiavamo ancora con sospetto la vecchia Mercedes di Joe anche se non c'erano bombe attaccate al telaio né collegate all'accensione. L'auto era sicura, certificata. Ci allacciammo le cinture e, quando Joe avviò il motore, la macchina fece le fusa come una vecchia pantera.

Ero ancora in uno stato di grande agitazione mentre ci dirigevamo a sud lungo la I-80, di nuovo verso San Francisco. Mi soffermavo ad ascoltare ogni ticchettio e osservavo le macchine che passavano cercandone una con un finestrino abbassato e una pistola puntata contro di noi. Fortunatamente non ce ne furono.

Chiamai Clapper e lo aggiornai.

«Boxer, Molinari è lì con te? Mettimi in vivavoce.»

Lo feci.

Clapper domandò in maniera sbrigativa: «Quel tizio, Walters, ha chiamato di nuovo?»

Rispondemmo di no all'unisono.

«Abbiamo il numero» proseguì Clapper. «Naturalmente si è servito di un maledetto telefono prepagato.»

«Comincio a chiedermi se fosse davvero vicino all'auto» gli rispose Joe. «Può aver preso la mia targa in qualsiasi altro momento. Potrebbe avere accesso al database della motorizzazione, o aver visto la mia auto parcheggiata sotto casa...»

Clapper concordò: «È vero. Potrebbe essere uno svitato, ma potrebbe anche averti nel mirino della sua pistola proprio in questo momento».

Comunicai a Clapper dove ci trovavamo e che stavamo tornando a casa. Poi chiamai la signora Rose mentre Joe telefonò a Steinmetz dell'FBI.

«Va tutto bene?»

«Certo» mi rispose. «Io, Miss Pasticcino e Martha siamo al Koret, stiamo per pranzare. Ho portato dei panini.»

«Saremo a casa tra un'ora al massimo» la avvertii.

Joe guidava alla velocità massima consentita dalla legge, e ogni tanto anche più veloce. Non ci fermammo per un pranzetto come avevamo progettato, era stata un'idea concepita in un momento e in uno stato d'animo totalmente differenti.

«Quello che hai detto a Clapper... Credi che Walters si stesse prendendo gioco di noi?»

«Più ci penso...» mi rispose Joe. «Mi è venuto in mente il tizio in piedi accanto a me al tavolo di Vega mentre lui mi mostrava l'arma semiautomatica, quello che lo ha avvertito urlandogli 'Federali' quando ha visto il mio distintivo. Poi l'ATF è intervenuta ed è scoppiato il caos.»

«La persona che ha chiamato potrebbe essere lo stesso tizio oppure qualche suo amico.»

«Dobbiamo guardarci le spalle. Che cos'altro possiamo fare?»

«Io guardo le tue» dissi. «E tu guardi le mie.»

« È quello che faccio sempre. »

Stavo ancora ridacchiando per la battuta quando mi squillò il telefono. Non conoscevo il numero così risposi alla chiamata: « Pronto? »

« Ti tengo d'occhio, sergente Boxer. Porti una pistola per proteggerti ma lo faccio anch'io » disse una voce.

Era lo stesso uomo che aveva chiamato in radio? Non ero in grado di dirlo. « Chi sei? Che cosa vuoi? »

« Voglio infilarti la canna della mia pistola in bocca. »

Ci furono un ronzio e un clic ma, anche se la chiamata era terminata, continuai a urlare contro il telefono: « Vigliacco! Bastardo! »

Joe accostò e spense il motore. Mi chiese cosa fosse accaduto e glielo raccontai. Facemmo qualche altra telefonata.

40

Chiamai un'altra volta la signora Rose dall'auto.

«Leggero cambio di programma, Gloria» le dissi. «Joe mi lascia direttamente da voi al parco, siamo più o meno a dieci minuti da lì. Dove vi trovate esattamente?»

«Siamo su una delle panchine accanto alla giostra, non lontano dalle scale.»

«Ho capito» risposi. Sentivo in sottofondo Julie gridare qualcosa a Martha, che le abbaiava di rimando. Erano suoni felici. Salutai la signora Rose e osservai il traffico mentre Joe chiamava Steinmetz. Fu una telefonata veloce.

«Steinmetz vuole vedermi nel suo ufficio il prima possibile, sta chiamando anche Clapper.»

«Clapper vuole mettermi sotto protezione» lo informai.

«Per me va bene» commentò Joe.

E a me andava bene rimanere confinata in casa? Avevo del lavoro da svolgere, dei casi da chiudere. Inoltre, se davvero ero un bersaglio, preferivo essere un bersaglio in movimento. Mentre Joe chiamava Wallenger e gli raccontava tutto quello che era successo, io controllai il mio telefono per vedere se mi fossero sfuggiti messaggi o chiamate. Trovai soltanto due telefonate perse di Claire, nessuna da parte del terrorista anonimo che mi aveva appena minacciato. Ci aveva spiati mentre lasciavamo la stazione radio?

Il mio istinto mi diceva di sì.

Davanti a noi la corsia interna era libera. Joe non se la lasciò sfuggire mentre correva superando il limite di velocità, rallentando in prossimità degli incroci per poi accelerare di nuovo. Non vidi nessuno che ci seguiva ma continuavo comunque ad avvertire l'inquietante sensazione che fossimo osservati.

Ci stavamo avvicinando al Koret, la parte del Golden Gate Park riservata ai bambini, dove nostra figlia era occupata a ridere e a divertirsi. Il Koret è un parco giochi straordinario, un luogo da sogno per genitori e figli. L'attrazione principale è una giostra antica con musica d'altri tempi e oltre sessanta animali colorati, con zoccoli e corna dorati.

Joe imboccò la via principale, oltrepassò l'area riservata ai cani e la parete d'arrampicata a forma di onda. Arrivati vicino alla giostra, si fermò ed entrambi scendemmo dall'auto.

Julie ci stava aspettando e ci chiamò. Le corsi incontro mentre Joe perlustrava il parco attorno a noi con il suo sguardo addestrato.

«Ho fatto un giro sul cammello!» mi annunciò.

«Il cammello? Davvero?»

La signora Rose confermò che era vero.

«E prima ho cavalcato il drago!»

«Ho scattato delle foto» disse la signora Rose. «Sembra nata per cavalcare draghi questa bambina!»

«Non vedo l'ora di vederle! Ma ora che ne dici se prendiamo Julie e Martha e ti diamo un passaggio fino alla tua macchina?»

In due macchine separate, rimanendo vicini, arrivammo a Lake Street. Parcheggiammo, aspettammo la signora Rose e ci infilammo insieme in ascensore, per poi scendere tutti al piano che condividevamo.

Sette ore dopo l'inizio della nostra faticosa gita eravamo a casa, sani e salvi. Sospirai rumorosamente, scrollandomi di dosso la tensione come fa un cane bagnato. Joe aprì la nostra porta d'ingresso e la signora Rose aprì la sua ma senza farsi vedere mi fece un cenno con la mano, lasciandomi intendere che aveva qualcosa da dirmi.

«Torno subito, Joe.»

Attraversai il pianerottolo ed entrai nell'appartamento di Gloria, più luminoso del nostro e arredato con mobili di stili diversi, resti del suo matrimonio e della casa dei genitori.

La donna chiuse la porta e disse: «Lindsay, sottolineo che non ne sono sicura, però voglio che tu lo sappia. Mi è sembrato che qualcuno ci spiasse quando sono uscita con Julie. Un'auto scura, nera o forse blu notte. Il sole era alto e inoltre non volevo fissarla troppo, ma con la coda dell'occhio ho visto qualcuno sporgersi e poi l'auto proseguire dietro di noi. Ho acceso tutte le luci, ho accostato e ho bloccato le portiere. Chiunque fosse ci ha superato senza fermarsi e poi è scomparso».

«L'hai visto in faccia?»

«Ci ho provato ma è successo tutto troppo in fretta. Era un bianco, se può esserti utile, e portava un cappellino.»

«Hai scattato una foto all'auto?»

«Non volevo togliere le mani dal volante.»

La paura tornò e fu immediatamente sovrastata dalla rabbia. Eravamo dei bersagli, tutti quanti.

41

Io e la signora Rose ci sedemmo nel suo salotto, entrambe molto preoccupate. Le raccontai della telefonata che Joe aveva ricevuto da un ascoltatore che sosteneva di aver pedinato la sua « mogliettina poliziotta », e del pazzo che mi aveva chiamato al cellulare per minacciare di infilarmi la canna della pistola in bocca.

Sul mio viso si leggeva perfettamente quanto fossi spaventata.

« Che cosa sta succedendo, Lindsay? Perché qualcuno ce l'ha con te e con Joe? »

« Si tratta di armi, di quelle che possono uccidere cinquanta persone con un solo caricatore. Hai sentito parlare della nuova legge che ha reso illegali le armi di quel tipo? Ad alcune persone non è piaciuta per niente. »

« Oddio! E io che pensavo di aver reagito in modo esagerato! »

« Non lo so... Ma se capita di nuovo qualcosa di allarmante e non riesci a contattarmi, chiama il 911! No, non piangere. Ne parlerò con il mio capo, va bene? L'auto che vi ha seguito potrebbe anche essere quella degli agenti sotto copertura incaricati di proteggere la mia famiglia. »

« Lo credi davvero? Sarebbe un... un sollievo enorme. »

« In caso contrario, la protezione assegnata a me verrà

estesa anche a te. Pensi di poter identificare l'autista guardando delle foto segnaletiche?»

«Non credo, mi dispiace.»

Il mio telefono squillò da dentro la borsa, era la suoneria associata a Joe. Risposi dicendo: «Tesoro, arrivo subito».

«Devo andare, Linds, ho bisogno che torni per Julie.»

La signora Rose aveva alcune faccende da sbrigare così, dopo averla abbracciata, riattraversai il corridoio.

«Mi dispiace ma Steinmetz mi sta aspettando» si scusò Joe.

«Joe, Gloria crede che stamattina una berlina nera o blu notte le abbia seguite al parco. Era troppo distante perché potesse vedere il volto del conducente e non è riuscita neanche a capire il modello dell'auto o a leggere il numero di targa.»

«L'hanno minacciata?»

«Solo innervosita. Come me, del resto.»

«Lo dirò a Steinmetz, chiudi a chiave la porta dopo che sarò uscito.»

«Naturalmente.»

«Se qualcuno chiama e tu non conosci il numero, non rispondere.»

Lo salutai con un bacio e lo osservai dalla finestra mentre attraversava la strada e saliva in macchina. Non vidi nulla di strano: nessuna berlina scura parcheggiata nelle vicinanze, nessun personaggio sospetto nella via.

Sciolsi Martha dal guinzaglio e le riempii d'acqua la ciotola. Julie aveva mangiato un panino ma io ero ancora ansiosa e affamata. Due uova strapazzate sarebbero state perfette, così ne preparai una porzione insieme a qualche fetta di pane tostato. Julie mi raggiunse al bancone della cucina con un bicchiere di latte al cioccolato e poi, dopo aver ripulito tutto, controllai di nuovo fuori dalla finestra.

Le nostre finestre offrono un'ampia visuale di Lake Street. Osservai il flusso regolare del traffico leggero tipico della domenica pomeriggio. Sembrava tutto normale.

E all'improvviso non lo fu più.

Parcheggiata a un isolato di distanza, dall'altra parte della strada rispetto al nostro condominio, c'era una berlina scura BMW. Così lontano e a quindici metri sopra il livello della strada potevo soltanto distinguere dei movimenti sul sedile anteriore. Due uomini, forse tre. Purtroppo il mio binocolo era rimasto in macchina.

La situazione non mi piaceva per niente.

42

«Vado a trovare la signora Rose» dissi a Julie. «Torno presto.»

Bussai con il solito segnale alla porta di Gloria. Visto che non rispondeva suonai il campanello. Venne ad aprire con i capelli bagnati e un asciugamano in mano.

«È successo qualcosa?» mi domandò.

«Credo che quell'auto sia qui fuori, devo andare a controllare.»

«Va bene, mi occupo io di Julie. Ma per favore, Lindsay, fai molta attenzione.»

«Farò in fretta, e starò attenta.»

Tornata insieme alla signora Rose nel nostro appartamento, dissi alla mia bambina: «Devo scendere ma torno tra un paio di minuti».

«Perchééé?»

«Torno subito, tesoro. La signora Rose ti farà compagnia.»

Le arruffai i riccioli mentre pensavo a come agire. Avrei camminato verso ovest rimanendo sul nostro lato della strada, avrei superato l'auto e poi sarei tornata indietro sul lato opposto in modo da potermi avvicinare da dietro alla BMW, per registrarne la targa e magari dare uno sguardo di sottecchi agli occupanti. Prima di intervenire.

Che cosa poteva andare storto?

Non aspettai l'ascensore, feci le scale di corsa e svoltai a destra uscendo dal portone, sempre tenendo gli occhi bassi. Nessuno, guardandomi, avrebbe capito che sorvegliavo la BMW. Nessuno.

Senza distogliere lo sguardo, superai l'incrocio con la Dodicesima. Quando fui abbastanza lontana attraversai la strada come avevo previsto e scattai una foto alla targa. Poi salii sul marciapiede e mi avviai velocemente verso le vetrine dei negozi. Tentavo di mimetizzarmi, quanto può farlo una donna bionda di un metro e settanta con le gambe lunghe. Continuai a camminare superando l'auto.

Da quella posizione riuscivo a vedere le finestre del nostro appartamento all'undicesimo piano, con il telefono sempre in mano. Ero in attesa del verde al semaforo e intanto controllavo le foto che avevo scattato alla targa, quando sentii un grido che mi raggelò.

«Ehi, Boxer!» urlò una voce maschile proveniente dalla BMW, ormai alle mie spalle. «Buona fortuna se vuoi zittire le nostre armi!»

Mi voltai per vederlo in faccia ma il parabrezza era fumé e io ormai ero troppo lontana. Riattraversai Lake Street per raggiungere l'altro lato della strada e mi servii di un furgone FedEx parcheggiato come copertura. Chiamai la centrale e beccai May Hess, agente di turno e amica di vecchia data. La informai sugli eventi della mattinata con frasi brevi e precise, terminando con le parole che mi erano state urlate dalla BMW.

«Sembrano esserci due o tre persone nell'auto, potrebbero essere armate. Devono essere fermate immediatamente.»

La chiamata successiva fu per Clapper. Speravo di avere

fortuna, avevo bisogno che mi rispondesse e che mi confermasse che ero protetta. Ma l'unica risposta che ottenni fu quella della sua segreteria telefonica.

Registrai un messaggio brevissimo: « È un'emergenza, richiamami! »

43

Non riuscivo a estraniarmi emotivamente. Se la mia teoria era corretta, erano stati quegli uomini a spiare Gloria mentre saliva in macchina con Julie Anne, la mia bambina, e a seguirle fino al parco. Ne ero più sicura ogni secondo che passava. Era probabile che avessero spiato anche l'arrivo mio e di Joe al Koret e poi ci avessero seguito tutti fino a casa. Sapevano dove abitavamo.

Lottai contro me stessa. Non potevo agire come avrei voluto, cioè estrarre la pistola, dirigermi verso l'auto e occuparmi dei tre uomini, senza l'appoggio del mio partner o dei rinforzi e senza delle solide basi per un arresto.

Dov'erano i rinforzi, dove?

Il fattorino della FedEx uscì dall'edificio accanto, risalì sul suo furgone e mise in moto. Perché Clapper non mi aveva ancora richiamato? La BMW era sempre parcheggiata dove potevo vederla ma per quanto tempo sarebbe rimasta lì? Dovevo fare uno scatto verso la porta di casa? Avrebbero provato a uccidermi se fossi partita di corsa?

Alla fine, tirai fuori la pistola dalla fondina e mi diressi verso l'auto. E proprio allora sentii il mio nuovo suono preferito al mondo: quello delle sirene in avvicinamento da tutte le direzioni. Due autopattuglie si fermarono all'improvviso vicino alla BMW, bloccandola contro il marciapiede, mentre una terza mi superava e andava a chiudere il traffico sulla corsia in direzione est. Due agenti in uniforme scesero per reindirizzare il traffico.

Mi voltai verso la BMW e vidi il sergente Robert Nardone e il suo compagno, l'agente Martin Einhorn, chiedere i documenti al conducente. Mi avvicinai a loro sempre con la pistola in pugno.

Io e Nardone ci conosciamo da dieci anni. L'ultima volta che l'avevo visto era stato spinto giù da una rampa di scale da un killer psicopatico. Ero felice di vederlo in quel momento e, da parte sua, lui impiegò un secondo a leggermi nello sguardo tutta la paura e la furia che non riuscivo a reprimere.

Gli raccontai i fatti.

«Va bene, Lindsay, ho capito. Ora allontanati, per favore.»

Nardone ordinò agli occupanti della BMW di scendere dall'auto.

Erano tre uomini giovani, vestiti in modo rispettabile e di provenienza etnica differente. Nessuno sembrava avere più di trent'anni.

Appoggiarono le mani sul tettuccio dell'auto come era stato loro ordinato, consapevoli dei poliziotti che li tenevano sotto tiro con le armi cariche, ma obbedirono ridendo come se fosse un gioco.

Non potevo stare semplicemente a guardare.

Lo stronzo che era seduto sul sedile del passeggero, quello che mi aveva chiamato urlando, era chino sulla macchina.

Mi avvicinai e lo perquisii.

Il rigonfiamento nella tasca della giacca si rivelò essere un portafoglio, non una pistola. Lo aprii. Si chiamava John D.

Anderson. Viveva nel quartiere di Cow Hollow. La fotografia sulla patente combaciava. Passando il portafoglio a Einhorn, gli sfiorai il braccio. Lui rise, dicendo che soffriva il solletico, e questo mi mandò su tutte le furie. L'avrei ucciso in quel momento.

Gli feci scorrere le mani lungo le gambe ma non trovai armi, nemmeno uno stuzzicadenti.

L'uomo abbassò le braccia e si voltò.

« Fermo » gli ordinai. « Non abbiamo ancora finito. »

44

Nardone ed Einhorn parlavano con gli altri due uomini, che continuavano a fare domande.

«Di che cosa si tratta, agente?»

«Di che cosa ci accusate?»

«Questo è abuso di potere, lo sapete?»

«Zitti!» ordinò Nardone.

Dalla perquisizione emersero portafogli, telefoni, chiavi e sigarette ma niente di illegale.

Mentre l'agente Einhorn raccoglieva i documenti e controllava i nomi sul computer dell'auto, io e Nardone interrogammo l'autista, un ventiseienne di bell'aspetto dai capelli biondo cenere, bei denti e nessun timore delle forze dell'ordine. Si chiamava Anthony Ruffo.

«Siete andati al parco giochi Koret stamattina?»

«Non che io ricordi.»

«Perché avete parcheggiato qui?»

«Non possiamo?»

Ruffo iniziò a dichiarare di poter parcheggiare dove preferiva, che quello era un Paese libero e altre variazioni sul tema.

«Un Paese libero, certamente» gli risposi. «Ma non è permesso molestare le persone e neanche pedinarle.»

Tenni d'occhio i tre uomini mentre Einhorn e Nardone ci davano le spalle e confabulavano tra loro vicino alla macchina. Poi Nardone mi si avvicinò.

«Boxer, l'auto è intestata ad Anthony Ruffo Senior. La patente di Junior è valida e la registrazione è aggiornata. Nessun precedente, non abbiamo trovato niente di interessante. L'auto è in divieto di sosta ma è tutto qui.»

«Sanno come mi chiamo, Nardone. Mi hanno chiamata per nome!»

«Hanno parlato di te ai notiziari, sei quasi famosa. Che cosa vuoi fare con loro?»

«Ho bisogno dei nomi, voglio fare un controllo approfondito sui loro precedenti e l'FBI farà lo stesso. Ma non possiamo trattenerli.»

«Sì, dobbiamo lasciarli andare» concordò Nardone.

Einhorn restituì i portafogli e gli altri oggetti, e i tre teppisti risalirono sulla loro auto da sessantamila dollari. Mi affacciai al finestrino dal lato del guidatore e dissi: «Non farti sorprendere di nuovo a bighellonare in questo quartiere. Per nessun motivo».

«Un motivo non è un crimine, sergente.»

«Sorridi, Ruffo.»

Gli scattai una foto, ma intanto arrossivo. Avevo lanciato un allarme per un divieto di sosta. Mi avevano preso in giro e io non lo avevo capito.

Ruffo partì e si diresse verso Bay Bridge. Dopo aver ringraziato gli agenti, voltai loro le spalle e tornai a casa.

45

Cindy era sdraiata sul lato esterno del letto, mentre il resto del materasso, circa due terzi, era occupato da Richie, che dormiva e russava.

Lei non riusciva a riaddormentarsi ed era ancora troppo presto per alzarsi, quindi rimase a letto a dare libero sfogo ai pensieri. Iniziò da Richie. La sera prima era tornato a casa poco dopo mezzanotte. Si era fatto la doccia, si era seduto sul bordo del letto e si era lasciato cadere fino a sprofondarvi dentro.

«Va tutto bene, tesoro?» gli aveva domandato lei. «Raccontami che cosa è successo.»

Sdraiato sulla schiena, al buio, era riuscito a risponderle con due parole, «Civic Center», ma era troppo stanco per metterne insieme di più, anche solo quelle cinque o sei necessarie a formare una frase.

Cindy aveva rimboccato le coperte a entrambi e aveva tentato di ricostruire quello che lui non le aveva detto. Richie aveva fatto il doppio turno quel giorno e le aveva telefonato dopo le diciotto, mentre lui e Alvarez stavano andando al municipio.

Le aveva raccontato che i Difensori del Secondo Emendamento stavano protestando e che erano armati.

«Ti amo, ti chiamo più tardi» aveva concluso.

Ma non l'aveva richiamata. Cindy aveva acceso la tv su

Sky News e aveva osservato lo sciame di manifestanti che scandivano le parole «Non obbediremo!» e brandivano armi automatiche. C'era anche qualcuno che sparava in aria. Erano intervenuti agenti mandati da tutte le stazioni di polizia della città e c'erano stati degli arresti, forse una dozzina.

Cindy conosceva Rich molto bene: era un uomo tranquillo, uno che rifletteva. La sua forza era proprio saper disinnescare quasi sempre le situazioni esplosive. Ma la protesta per le armi automatiche era un fatto eccezionale e lui non era addestrato al controllo della folla. Quei cittadini erano armati e stavano deliberatamente provocando, in un modo rabbioso che poteva avere esiti imprevedibili.

Aveva saputo dalla radio della polizia che anche le persone che manifestavano a favore della legge erano in strada, e molti avevano portato con sé i figli per farli assistere a quel momento storico.

Sebbene telecamere e giornalisti fossero presenti a riprendere il corteo, non avevano avuto notizia invece di quello che succedeva negli uffici delle forze dell'ordine, del misterioso carico d'armi in viaggio dal Messico a San Francisco.

Quel traffico e i tre omicidi irrisolti, Donahue, Abend e Barrows, sembravano collegati e Richie era stressato come mai prima di allora.

Cindy riusciva a malapena a far fronte al proprio, di stress.

I suoi pensieri tornarono agli album di ritagli di Evan Burke, quelli che il killer psicopatico le aveva regalato perché potesse scrivere la sua storia rivoltante. Cindy sapeva che aveva tutte le carte in regola per diventare un bestseller. Gli album erano pieni di foto e di appunti di Burke sulle sue vittime e quelle giovani donne morte ormai la perseguitavano. La loro corporatura era simile alla sua: taglia quaranta, altezza tra i centosessanta e i centosessantacinque centimetri.

Cindy era proprio il tipo di Burke.

Ogni volta che si concentrava sulle vittime si sentiva male, ma doveva farlo perché serviva a trasformare degli album di ritagli in un libro di successo che l'avrebbe resa famosa come scrittrice, le avrebbe procurato un contratto cinematografico e avrebbe sostenuto finanziariamente il resto della sua vita.

Il resto della sua vita con Richie.

46

Quando si fecero le sette, Cindy sgusciò silenziosamente fuori dal letto e si recò nel cucinotto. Si preparò un caffè solubile con la panna, prese una banana dal cesto della frutta e portò la colazione alla scrivania in soggiorno.

Aprì il portatile e recuperò il secondo capitolo del suo futuro libro. I fatti c'erano, la scrittura era buona, ma si accorse che mancavano i dettagli più cruenti. C'era bisogno di qualcosa che facesse battere il cuore ai lettori senza disgustarli tanto da convincerli a chiudere il libro di colpo e a recensirlo su Amazon con una sola stellina.

Era una linea sottile.

Cindy non era pronta ad affrontare il capitolo sulla studentessa che Burke aveva ammazzato nel parcheggio della scuola elementare del Sunset District, non ancora. Forse aspettare ancora un po' l'avrebbe messa dell'umore giusto.

Aprì il browser, cliccò sulle ultime notizie e, mentre scorreva verso il basso oltre gli articoli sulle proteste davanti al municipio, fu colpita da un titolo su Katie Caruso. La bambina era originaria della cittadina rurale di Rosewater, circa centocinquanta chilometri a nord di San Francisco. Claire ci era andata venerdì mattina per aiutare la nipote di un'amica con l'autopsia.

Il titolo, a caratteri cubitali, recitava ARRESTATI DUE SOSPETTATI NEL CASO CARUSO e l'articolo era firmato da un giornalista del *Rosewater Daily News*. Ma era solo un titolo acchiappaclic: il giornalista non riportava i nomi dei sospettati o le dichiarazioni del capo della polizia perché le indagini erano ancora in corso. Nessuna citazione neanche del procuratore distrettuale visto che era domenica e l'ufficio era chiuso.

Cindy aveva centinaia di domande sul caso e fortunatamente aveva anche una fonte interna. Era Claire che poteva darle tutte le risposte a patto che fosse sveglia e libera, il che era difficile, ma valeva la pena fare un tentativo. Le mandò un messaggio alle sette e un quarto che diceva «Claire, sei sveglia?» Un secondo dopo sullo schermo apparve una notifica.

Tutto bene, Cindy?

Sì, tutto bene. Dove sei?

Sono arrivata a casa ora, mi sto togliendo le scarpe.

Puoi dirmi qualcosa su Katie Caruso?

I genitori hanno confessato.

Oddio! Hanno ucciso loro la bambina?

Non posso dirti altro, tesoro, devi contattare il capo della polizia di Rosewater, Pou.

Cindy ringraziò l'amica per la dritta e, dopo averla salutata, mise il caffè a scaldare nel microonde. Due minuti dopo era di nuovo seduta alla scrivania, con una bella vista dalla finestra del soggiorno. Erano le sette e venti. Lindsay era sicuramente già sveglia, per portare fuori il cane o preparare la colazione a Julie. Le inviò un messaggio sperando di trovarla non solo sveglia ma anche di buonumore.

Lindsay non rispose al messaggio ma la chiamò qualche minuto dopo. Non disse «Pronto?» o «Cindy, sei pazza?» ma «Hai tempo per parlare?»

«Sì, ce l'ho» le rispose Cindy.

«Rimarrà tutto tra me e te?»

«Siamo amiche, Linds, puoi fidarti di me.»

«C'è qualcuno che perseguita me e Joe. Ci ha minacciato.»

«Chi è? E perché vi perseguita?»

«Vado per intuizione, abbiamo pochissimi indizi. Deve essere qualcuno che vuole che la nuova legge sulle armi automatiche venga abrogata. Hanno minacciato Joe, hanno minacciato la signora Rose e hanno minacciato anche me.»

47

Nella tarda mattinata di lunedì mi attivai.

Prima di andare al municipio avevo alcune cose da fare. Prima di tutto mi affacciai alla finestra e individuai le autopattuglie per assicurarmi che la famiglia Molinari fosse protetta da eventuali stalker, o peggio.

Nella mia testa sentivo il rumore della pinzatrice. Telefonai in centrale per essere sicura che le tre auto fossero davvero lì per noi, poi diedi da mangiare sia a Martha che a Julie e chiamai la signora Rose per chiederle se poteva accompagnare la bambina alla fermata dello scuolabus.

Neanche mia madre sarebbe riuscita a prendersi cura di noi meglio di quella cara donna che ormai era diventata un membro della famiglia, nonostante la fatica e il pericolo che ciò comportava per lei.

Uscii senza svegliare Joe e guidai nel traffico intenso del lunedì mattina verso la Hall of Justice. Salii le scale fino al quarto piano e salutai Bobby.

« Non dormi abbastanza » mi ammonì lui.

« Credi che non lo sappia? »

La sala era affollata, anche Brady era nel suo ufficio. Quando mi avvicinai alla sua porta, rimasta aperta, alzò lo sguardo, così entrai.

« Boxer, metti il sedere sulla sedia. »

Lo feci, poi domandai al biondo tenente in blu: «Hai parlato con Clapper?»

«Sì, mi ha chiamato. Hai visto le auto fuori da casa tua?»

«Sì.»

«Bene. Rimarranno lì ventiquattro ore al giorno, sette giorni su sette, finché tu e la tua famiglia non sarete di nuovo al sicuro.»

«Che cosa ne pensi?» gli chiesi, aspettandomi che mi esponesse qualche teoria sulle minacce.

Invece lui disse: «Hanno trovato un altro cadavere con le labbra pinzate. È successo domenica sera, sull'ultimo traghetto da Larkspur a San Francisco».

«Stai scherzando?»

«Dopo l'attracco una guardia che usciva da San Quintino l'ha trovato su una delle panche, coperto da alcuni fogli di giornale. Ha tentato inutilmente di svegliarlo ma le labbra pinzate gli hanno fatto capire ancora prima di sentirgli il polso che era morto.»

«Sappiamo come si chiama?»

«Arthur Guthrie. Il sergente Chi lo conosceva, faceva la guardia privata ma avrebbe voluto essere un poliziotto. Sposato, senza figli. In tasca aveva una banconota da un dollaro con il solito messaggio: 'Se parli muori'. Ma non c'era droga stavolta. Gli hanno sparato alla nuca, un colpo solo.»

«Sparato?» chiesi. «Non colpito o drogato a morte? Questi omicidi fanno chiaramente parte di uno schema ma i dettagli sembrano casuali.»

Brady fece un cenno d'assenso.

«Chiunque abbia ucciso Guthrie l'ha fatto utilizzando il proprio modus operandi» disse. «Non è una faccenda personale. Secondo me sono tanti assassini con un unico movente.»

«Chi si occuperà del caso?»

«Adesso ci stanno lavorando Alvarez e Conklin ma vuole entrarci l'ATF. Forse loro sanno qualcosa che noi non sappiamo.»

«Il fatto che Guthrie sia morto sul traghetto da Larkspur mi fa venir voglia di interrogare Swanson» dissi. «Forse il morto era passato a salutarlo, o a ricevere istruzioni.»

«Sto aspettando che il direttore mi richiami.»

Erano già le nove e mezzo quindi tornai nella sala riservata agli agenti, salutai Alvarez e Conklin, mi infilai tra quest'ultimo e la parete e mi lasciai finalmente cadere sulla mia sedia.

Conklin aveva l'aria di chi non dorme da giorni e, nonostante la sua giovane pelle di pesca, anche Alvarez sembrava a pezzi.

«Stiamo lavorando sulla manifestazione di protesta al municipio» mi disse Conklin e Alvarez mi fornì i dettagli: l'indignazione dei manifestanti, le armi, i cori e l'assalto alla sede municipale.

«C'è stata anche una controprotesta» proseguì. «Era come trovarsi in mezzo a una mandria in fuga, con gli animali che scappano in tutte le direzioni.»

«Ecco invece le notizie di oggi» aggiunse Conklin.

Mi passò gli appunti del patologo che aveva sostituito Claire, il dottor Dugan, e le foto scattate all'obitorio allo sfortunato cadavere, Arthur Guthrie.

Lessi il resoconto del dottore.

Rapporto preliminare sulla vittima identificata come Arthur Guthrie in base al documento d'identità e ai lineamenti. Maschio caucasico ben nutrito, sui trent'anni, contenuto dello stomaco indicato nell'allegato. Analisi del sangue in corso. Nessuna cellula epiteliale sotto le unghie, nessuna contusione sul corpo, nessun tatuaggio significativo. Vecchia cicatrice sulla scapola sinistra, nessun altro segno particolare. Anello nuziale all'anulare sinistro con incisione «Art e Mary per sempre». Ora approssimativa della morte: sabato, tra le dieci di sera e mezzanotte. Causa del decesso: ferita da arma da fuoco alla nuca. Modalità: omicidio. Labbra cucite insieme con graffette metalliche dopo la morte.

«Il biglietto dell'assassino è al laboratorio» mi informò Alvarez. «Ho appena parlato al telefono con Hallows. È stato ottimista: secondo lui le impronte digitali da rilevare sul traghetto potrebbero essere sulle sessantamila.» Hallows era il capo della Scientifica.

«Saranno anche di più.»

Aprii il cassetto in cui tenevo la cancelleria e ne tirai fuori delle barrette energetiche al gusto cioccolato e nocciole. Feci il gesto di offrirle ma nessuno accettò, così ne scartai una per me. «La pistola non è stata trovata, scommetto» dissi. «Ci sono testimoni?»

«Solo la guardia che usciva dalla prigione» rispose Conklin. «Richard Darby, quello che ha scoperto il cadavere.»

Conklin mi inviò un messaggio con le informazioni di contatto di Darby e poi volle dirmi quello che ne pensava. «Si tratta di omicidi molto meticolosi, Linds, è tutto troppo pulito. Nessun indizio, niente che possa condurci all'assassino.»

«Per quale motivo Guthrie era stato a San Quintino?» domandai.

«Ancora non lo sappiamo» rispose Alvarez. «La guardia,

Darby, non lo conosce ma sta facendo un controllo per noi, esaminando il registro delle visite. Dovremo comunque ricontrollare.»

«Io e Brady ci andiamo oggi, vogliamo parlare con Swanson anche a costo di farci prendere per il culo per mezz'ora. Forse avrà un po' di pietà.»

«Poi i cieli si apriranno e tutte le nostre preghiere verranno esaudite» ironizzò Conklin.

Gli rifilai un pugno sulla spalla, a cui reagì fingendo di andare al tappeto. In quel momento vedemmo Brady percorrere il corridoio tra le scrivanie, parlare con Bobby e leggere un messaggio. Alzò lo sguardo al soffitto per un momento e poi si avvicinò al punto da cui io, Conklin e Alvarez lo seguivamo con gli occhi senza perderlo di vista.

«Ci sono novità?» gli chiesi.

«Swanson. Si è impiccato in cella, è morto.»

Non riuscivo a crederci. Lo fissai a bocca aperta finché Conklin non parlò: «Ted Swanson si è suicidato? Non scherzare, Brady, non l'avrebbe mai fatto».

«Il direttore Warden mi sta inviando via fax la sua lettera d'addio.»

Brenda diceva sempre che avere un fax faceva molto anni Novanta; noi ne avevamo addirittura due, uno per il capo e uno per la sala agenti. Il nostro, sullo scaffale dietro la scrivania di Bobby, aveva cominciato a rumoreggiare.

Bobby recuperò il foglio appena arrivato e me lo portò. L'addio di Ted Swanson era indirizzato alla moglie. Non la conoscevo ma, a meno che non avesse un cuore di pietra, quella lettera l'avrebbe straziata.

48

Tre ore dopo io e il tenente Jackson Brady ci trovavamo nell'ufficio del direttore Hauser a San Quintino.

C'era soltanto una finestra, con vista sull'acqua. Alle pareti nessun certificato incorniciato, niente immagini di famiglia o foto dozzinali con qualche pezzo grosso del governo. Hauser era conciso quanto il suo ufficio: fissando Brady negli occhi gli consegnò alcuni documenti, chiedendogli di esaminarli subito e poi firmarli dopo aver visto il corpo.

Brady diede un'occhiata ai fogli, poi domandò al direttore: « Come si comportava Ted Swanson prima di morire? »

« Sembrava essersi ambientato bene. Non ha mai creato problemi. Si era guadagnato il privilegio di avere un tavolo suo in sala da pranzo. Dal modo in cui i detenuti parlavano di lui, direi che aveva un bel seguito. »

« Che cosa dicevano di lui? » gli chiese Brady.

« Che era un uomo misterioso, un ex poliziotto corrotto dei piani alti. »

Era facile perdersi nei ricordi del deplorevole passato di Swanson. Io, Conklin e Brady eravamo presenti quando la sua follia criminale era culminata nel sangue. Ricordavo chiaramente il momento in cui avevo dovuto identificare i cadaveri degli agenti di polizia. A mancare era il corpo del boss del cartello, noto come Kingfisher.

Brady chiamò il mio nome e io mi risvegliai, tornando al

presente. « Qualcuno aveva notato in lui tendenze suicide? » domandai al direttore.

« Quando l'avete incontrato la settimana scorsa vi è sembrato depresso? »

« No, direi tutto l'opposto. Cosa può essere cambiato? »

« Noi non ci siamo accorti di nulla. Che io sappia non era malato e non è stato minacciato. Nel caso vi steste domandando perché non l'abbiamo tenuto sotto sorveglianza, sappiate che faceva parte della breve lista dei detenuti a rischio, quindi veniva controllato dalle guardie ogni ora; ma Swanson conosceva il meccanismo e ha approfittato di una pausa tra due controlli. Ho appena parlato con sua moglie, non ne aveva avuto alcun sentore. Lo credeva sereno. »

« Gli aveva fatto visita? » chiese Brady.

« Sì, di recente, venerdì pomeriggio. Veniva almeno due volte al mese e ogni tanto si portava dietro il figlio, un bambino di circa due anni. Swanson sembrava normale, anche se non sempre si capisce che cosa una persona si porta dentro. Avete letto la lettera d'addio? »

L'avevamo letta.

« Ecco l'originale. »

Era stata scritta in stampatello, a matita, all'interno di una confezione di cartone di Cup Noodles. MI DISPIACE MOLTISSIMO, KIM. TI AMO TROPPO PER CHIEDERTI DI CONDIVIDERE LA MIA CONDANNA ALL'ERGASTOLO. ORA SEI LIBERA, SO CHE MI CAPIRAI. CON AMORE, TED.

Cazzo. Se non avessi conosciuto Swanson mi sarebbe dispiaciuto per lui, ma non sprecavo la mia pietà per un sociopatico che aveva indossato il distintivo.

« Aveva ricevuto minacce di morte? » domandai.

« Se anche fosse, non ne siamo a conoscenza. »

«Tra un controllo e l'altro qualcuno può aver avuto accesso alla sua cella?»

«Non saprei come» rispose Hauser. «Chiunque fosse entrato sarebbe stato visto dagli altri detenuti e da una dozzina di guardie. Si è costruito un cappio facendo a pezzi un lenzuolo, l'ha tirato giù il dottor Abel Tor. Siete pronti a vedere il cadavere?»

Brady articolò un breve «Sì» mentre io mi limitai ad annuire.

Impiegammo un bel po' di tempo ad attraversare l'edificio e a scendere nel seminterrato. Ebbi modo di prepararmi mentalmente ma la vista di quell'affabulatore con il volto da star del cinema sdraiato sotto le luci, freddo, fu comunque uno shock. La violenza che si era inflitto gli aveva causato dei grossi lividi attorno al collo e gli occhi erano tumefatti, come se fosse stato preso a pugni.

Il dottor Tor ci stava aspettando. Era un uomo allampanato e pacato, sulla sessantina.

«Ho eseguito delle radiografie: il collo è fratturato ma l'osso ioide è intatto, quindi quasi certamente non è stato strangolato da un'altra persona. Il nodo era sotto la mascella, proprio qui, è stato questo a rompergli il collo. Gli unici segni di lotta sono le abrasioni alle caviglie causate dai calci tirati al muro, e i graffi ai polsi fatti nel tentativo di risollevarsi, un ripensamento dell'ultimo secondo. Non ho riscontrato ferite da difesa. Lo definirei un suicidio.»

Anche a me lo sembrava.

Il fascino di Ted Swanson era svanito per sempre.

Non mi dispiaceva che si fosse ucciso ma la coscienza mi rimordeva un po'. Gli avevo disegnato addosso un bersaglio, in prigione. L'avevo fatto per ripicca, a causa della rabbia soffocata troppo a lungo. Per vendetta.

49

Hauser ci permise di utilizzare un ufficio a due porte dal suo per interrogare le guardie e i detenuti che si trovavano nelle vicinanze della cella di Swanson tra la mezzanotte e le quattro di quella mattina.

L'agente che aveva trovato il corpo di Swanson e aveva dato l'allarme si chiamava Dan Harris, lavorava a San Quintino da dodici anni e prima aveva fatto parte per diverso tempo della polizia di Grand Rapids. Era arrabbiato con se stesso per non essere arrivato in tempo.

«Al controllo delle due ho puntato la torcia verso il letto, dormiva. La stessa cosa alle tre. Alle quattro si era impiccato. Era ancora caldo ma il cuore aveva già smesso di battere.»

Il detenuto più vicino alla cella di Swanson, John Capuana, non aveva sentito nulla.

«Dormo molto bene, ho sempre avuto il sonno profondo.»

Altri sei detenuti ci dissero le stesse cose: «Non ho sentito nessun rumore», «Non so nulla», «Non stavo bene».

Lasciammo la prigione senza avere trovato niente, ero più arrabbiata di quando eravamo arrivati. Quel maledetto di Swanson aveva avuto l'ultima parola.

Io e Brady ripercorremmo il lungo tratto pedonale verso la fermata del traghetto sotto i raggi obliqui del sole del tardo pomeriggio. Dato che entrambi avevamo visto abbastanza morti durante la nostra carriera avremmo dovuto superare indenni la vista del cadavere di Ted Swanson.

Swanson era stato un cattivo poliziotto e un criminale, il peggiore. Ma l'avevamo conosciuto, avevamo lavorato con lui e, per un lungo periodo, ci eravamo anche fidati di lui.

Ero sconvolta e mi sarebbe servita tutta la camminata per confessare a Brady che cosa mi turbava di più. Perfino confidarsi con l'uomo che era il mio capo, il mio partner e un mio buon amico era difficile.

Lungo la strada c'erano altre persone oltre a noi. Alcune provenivano dal traghetto, altre vi tornavano. Ci passavano accanto a piccoli gruppi, chiacchierando, imprecando, ridendo o piangendo, ma io non volevo che sentissero le nostre parole.

Quindi la conversazione tra me e Brady continuava a interrompersi.

Durante una pausa tra un gruppetto e l'altro gli chiesi: «Pensi che si sia suicidato o che sia stato ucciso?»

«Secondo te?»

«Te l'ho domandato prima io. Comunque, penso che quella lettera potrebbe averla scritta chiunque. In maiuscolo, a matita, incisa sul cartone.»

«Te lo concedo ma Swanson era in isolamento. Com'è possibile che qualcuno sia entrato nella sua cella e l'abbia impiccato senza che nessuno lo vedesse?»

«Qualcuno l'ha fatto, Brady. Le guardie possono essere girate dall'altra parte o possono essere corrotte. L'assassino poteva avere la chiave della cella. Non so come, forse all'emporio fanno dei passe-partout. Non sappiamo se davvero nessuno è entrato, sappiamo solo che nessuno lo ammette.»

Ci spostammo di lato per lasciarci sorpassare dalla gente.

Fui costretta a raccontare a Brady quello che era successo l'ultima volta che ero stata a San Quintino.

«Ascolta, Brady, non te l'avevo detto ma dopo che io e Conklin abbiamo fatto visita a Swanson abbiamo attraversato l'area comune per andare a incontrare il mio ex informatore, Chris Manolo.»

«Va bene, e allora?»

«Il soffitto è aperto fino al quarto livello. Mentre camminavamo, ho urlato 'Swanson, la polizia di San Francisco ti ringrazia per l'aiuto'. O qualcosa del genere.»

Brady mi fissò ma io non riuscivo a guardarlo negli occhi. «Non avrei dovuto farlo ma provavo un odio viscerale per Swanson.»

«Come tutti noi.»

«Il fatto che sia stato ucciso, o che si sia ucciso, mi porta a domandarmi se non facesse parte di questa operazione di traffico di armi e droga. Forse era uno dei capi e dava ordini dalla sua cella, può aver inviato messaggi all'esterno tramite la moglie. O tramite altri visitatori, o qualche secondino.»

Avevamo ripreso a camminare. Stavano agganciando le rampe tra il traghetto e il molo quindi accelerammo l'andatura senza smettere di parlare.

«Brady, sono stati assassinati degli ex poliziotti che conoscevano Swanson. Donahue, Abend. C'è di mezzo la droga. Swanson aveva rubato fentanyl per milioni di dollari che non è mai stato recuperato. Secondo te è una coincidenza?»

«Stai pensando alla minaccia 'Se parli muori'? E visto che Swanson ha parlato con voi...»

«L'ho gridato a centinaia di persone, chiunque avrebbe potuto credere che Swanson ci avesse raccontato qualcosa. Ha parlato ed è morto.»

Scendemmo al molo e ci mettemmo in fila per salire a bordo.

«Sono paranoica o quello che dico ha un senso?»

«Ti direi che stai diventando paranoica se non fosse per la persecuzione di cui siete vittime tu e Joe. La tua teoria mi convince. Andiamo a parlarne con il capo.»

50

L'ufficiale giudiziario in pensione Robert Nussbaum era alla reception quando arrivò la telefonata per il tenente Brady.

« È fuori, mi dispiace. Se vuole lasciarmi un messaggio... No, non so quando rientrerà. » Bobby tacque mentre l'interlocutore si agitava a tal punto che la sua voce si sentiva anche lontano dal telefono, nella sala agenti.

Bobby lo lasciò parlare dell'importanza della questione, era un ex poliziotto e aveva bisogno che la chiamata venisse trasferita subito al telefono del tenente.

Bob teneva il ricevitore a qualche centimetro dall'orecchio e alla fine sbottò: « Signore, la smetta! »

Apparentemente la persona all'altro capo della linea smise di urlare e Bobby riprese: « Riferirò sicuramente... No, no, mi lasci soltanto il nome, il numero di telefono e il messaggio, così il tenente... Può sillabarmelo? » chiese infine per assicurarsi di avere capito bene.

« Ransom. R-a-n-s-o-m. E il nome di battesimo? Ho capito. A che numero vuole essere richiamato? Glielo rileggo. »

Bob lo rilesse e assicurò all'interlocutore che avrebbe parlato con il tenente in persona. « Sì, anche a lei. »

Quando ebbe finito di trascrivere il messaggio, Bobby fece ruotare la sedia e si trovò faccia a faccia con Rich Conklin, che da una distanza di cinque metri cercava di non origliare.

Si rivolse a lui e ad Alvarez: « Ehi, voi due, che ne dite se facciamo qualche minuto di pausa in sala relax? Ho bisogno di un caffè».

«Andiamo, Bob!» accettò Conklin.

«Qualcuno ha detto caffè?» gli fece eco Alvarez.

«Esatto!» confermò Bobby.

Si recarono tutti e tre nella sala relax, che era stata recentemente ritinteggiata per ovviare a cinque anni di appunti scritti sui muri. Presero le tazzine dagli armadietti e trovarono tutto il necessario sopra un vassoio vicino alla macchinetta. Bobby versò il caffè e tornarono tutti e tre a berlo in sala agenti.

Bobby si rivolse a Conklin.

«Quel James Ransom che ha appena chiamato sostiene di avere informazioni su Swanson.»

Alvarez sorrise e chiese: «Il signor Ransom ha spiegato che genere di informazioni?»

Bobby mescolò il caffè con un sottile bastoncino di legno e rispose: «Ha detto di essere un ex poliziotto. Ha saputo della morte di Ted Swanson e vuole parlare con il tenente. Ho fatto un veloce controllo nei file del personale e l'ho trovato: trasferito qui da Chicago quindici anni fa, per cinque anni è stato agente di pattuglia. Teddy Swanson era il suo partner».

«Dammi il suo numero» disse Conklin. «Ci parlo io.»

51

Nonostante fossero passati sei mesi dal trasferimento dalla polizia di Las Vegas, Sonia Alvarez stava ancora cercando di orientarsi a San Francisco ma North Beach, che sorgeva tra Chinatown, il Financial District e Russian Hill, ormai un po' la conosceva. Era una zona famosa per la vita notturna e l'ex poliziotto James Ransom vi aveva aperto un locale dal nome North Beach on the Rocks.

Rich Conklin e Alvarez si incontrarono alla macchina, lui le consegnò le chiavi e digitò sul navigatore l'indirizzo del bar. Durante il viaggio le ripeté quello che Ransom gli aveva detto al telefono.

«Sostiene che lui e Swanson erano come fratelli e che Teddy voleva sempre essere il migliore. Secondo lui non si sarebbe mai suicidato e io sono d'accordo. Swanson era un bastardo egocentrico e pericoloso. Ma ormai è morto, quindi non capisco l'urgenza di Ransom.»

«Forse è addolorato per la sua morte e vuole arrivare in fretta alla verità.»

«Sì, magari è così.»

Il North Beach on the Rocks era nascosto in una viuzza vicino a Columbus Avenue.

«Accosta lì accanto» suggerì Conklin ad Alvarez.

Lei riuscì a parcheggiare in doppia fila senza bloccare la strada. «Perfetto» commentò Conklin che, prima di scendere dall'auto, sistemò il lampeggiante rosso sul tettuccio e mise bene in vista sul cruscotto il lasciapassare della polizia.

Un omone sulla quarantina con una prominente pancia da birra e i capelli neri, che aveva evidentemente spiato il loro arrivo, aprì la porta e si assicurò che il cartello Chiuso fosse posizionato correttamente.

Prima di entrare, Conklin fece le presentazioni. «Sono Jimmy Ransom» disse l'uomo alla porta. «Barista e proprietario di questo posticino. Grazie mille per essere venuti. Entrate, prego.»

Ransom li scortò attraverso la sala del bar, che era accogliente e pulito. Presentò loro una cameriera che stava preparando il servizio serale e un ragazzo occupato a sistemare le sedie. Alle pareti erano appesi dipinti a olio di velieri e grandi schermi tv, dietro il bancone torreggiava uno scaffale pieno di boccali da birra e su un paio di sgabelli sedevano due sirene di gesso a grandezza naturale; il muro lì vicino era costellato di fotografie di clienti ritratti insieme alle statue: chi sorrideva, chi esibiva uno sguardo malizioso, chi faceva un gestaccio...

Alvarez sorrise alla vista delle sirene. «Hanno un nome?»

«Cleo e Marisol» rispose Ransom. «Ma dove ho messo le buone maniere? Posso offrirvi da bere?»

«È un po' troppo presto per noi, grazie, ma prometto di ritornare quando sarò fuori servizio» rispose Alvarez.

«Quando vuole!» le disse il proprietario del Rocks facendo strada. «Il mio ufficio è qui dietro.»

Il corridoio oltrepassava i bagni e arrivava fino a un accogliente ufficio nel retro. In un angolo c'era la scrivania mentre il resto della stanza era arredato con delle comode poltroncine e un tavolino da caffè ricavato dal boccaporto di una barca. Altri gingilli nautici decoravano le pareti di legno.

Alvarez sapeva che Conklin non era interessato all'arredamento. Stava osservando Ransom. Era da poco che lavorava con Richie ma aveva già capito quanto fosse bravo negli interrogatori, sempre perspicace e mai minaccioso. Ammaliatore.

Oltretutto Ransom non vedeva l'ora di parlare.

Chinandosi in avanti, con le braccia incrociate sulle ginocchia, Conklin domandò: «Jimmy, come hai fatto a sapere della morte di Swanson? È successo soltanto la notte scorsa, molto tardi».

«Mi ha telefonato la moglie di Ted. Conoscete Kim?»

«Conoscevo Nancy, la prima moglie» rispose Conklin. «Ted si è risposato dopo la condanna?»

«Sì. Kim ha una figlia da una relazione precedente e la situazione a lui va bene. Anzi, andava bene.»

«Che cosa ti ha detto Kim?» gli chiese Conklin.

«Mi ha detto che Ted è stato ucciso.»

Conklin si appoggiò allo schienale della sedia e Alvarez continuò al posto suo.

«Al momento nulla indica un omicidio, Jimmy. Ted ha lasciato un biglietto d'addio per sua moglie. Ma c'è un'indagine in corso.»

«Va bene, allora mi sento meglio. Non alla grande ma comunque meglio. Sicuri che non posso offrirvi nulla? Vi dispiace se invece io ne approfitto?»

«Per niente» gli rispose Alvarez.

Ransom tirò fuori dallo schedario una bottiglia di J&B e recuperò un bicchiere dal davanzale. Si versò un dito di liquore e tornò a sedersi.

Alvarez proseguì. «Quando hai sentito Ted per l'ultima volta?»

«L'altro ieri, se non sbaglio. Gli facevo visita più o meno una volta al mese. Capite, eravamo stati compagni di squadra per cinque anni. Poi lui è stato trasferito e io ho dato le dimissioni, ma siamo rimasti in contatto. Ho sentito dire di quello che aveva combinato da amici comuni. E ovviamente ho saputo anche della... della sparatoria con quella banda messicana.»

Conklin sospirò. «Sembrava una scena di guerra.»

«Ho letto, ispettore. Sono scioccato per la morte del mio vecchio partner ma...»

«Ma?»

«Ma era un uomo avido e troppo innamorato di sé. Per questo non credo che si sia ucciso, il suo ego non glielo avrebbe permesso.»

«Swanson non ti ha mai accennato a un traffico d'armi o al contrabbando di armi militari dal Messico?» domandò Conklin.

«Armi? No, mai.»

«E parlando di nemici? Te ne ha mai menzionato qualcuno?»

«Nemmeno, ma immagino che fossero in molti a odiarlo tra i poliziotti e i loro famigliari. Anche il cartello messicano non doveva amarlo particolarmente. Ted però si lamentava soltanto della qualità del cibo e della solitudine.

«Ecco» continuò Ransom. Prese dalla scrivania un blocco e una penna e vi scrisse sopra qualcosa mentre parlava. «Questo è il numero di Kim Swanson, forse lei può aiutarvi. La chiamerò per garantire per voi.»

Quando posò la penna, Alvarez si affrettò a recuperarla

afferrandola per la clip da taschino. Mentre Ransom non guardava, se la fece scivolare in tasca. E uscendo approfittò anche della presenza di Cleo e Marisol, le due sirene, per scattargli una foto. L'ex poliziotto si mise in posa per la macchina fotografica mentre Alvarez esclamava «Grandioso!»

Si scambiarono i numeri di telefono e ringraziarono Ransom, che ci tenne a ribadire la propria totale disponibilità in qualunque momento.

Quando furono di nuovo in auto Conklin, alla guida, commentò gli scatti di Ransom con le sirene. «Sei stata furba, Sonia. Vuoi fare un controllo sul volto?»

«Pensavo di occuparmi delle sirene...»

«Che simpatica...»

Alvarez rise. «Ho preso anche la penna, facendo attenzione a non rovinare le impronte» disse.

«Brava!» la apostrofò Conklin con un sorriso. Poi aggiunse che non gli interessavano Swanson, la sua morte e i suoi vecchi affezionati amici.

«Dobbiamo concentrarci sulle armi.»

«Ovunque siano» gli fece eco Alvarez. «Per prima cosa dobbiamo parlare con la vedova, secondo me. Se davvero la usava come tramite per le informazioni forse lei potrà fornirci qualche indizio.»

52

Ero arrivata di nuovo in ritardo al lavoro ma mi fermai alla reception per controllare se lo zio di Brenda avesse qualche messaggio per me.

Bobby terminò la telefonata che stava facendo e mi chiese: « Ti ha contattato il tenente? La riunione di Clapper prevista per venerdì è stata anticipata a stamattina alle nove. Che cosa sta succedendo? »

Speravo, anzi pregavo, che ci fosse una svolta nella faccenda delle armi in arrivo dal Messico o una grossa pista per uno degli omicidi. Una confessione per quello di Abend sarebbe stata il massimo. Era una brava persona e noi ancora non sapevamo niente del suo assassino, non era giusto. Eravamo in un vicolo cieco anche con Donahue, Barrows e ora Guthrie.

« Alla riunione parteciperà anche l'ATF » mi informò Bob. « Clapper è con loro in questo momento. »

« L'ATF? Va bene, Bobby, grazie. »

Guardai l'orologio, erano le nove meno dieci.

Salutai Alvarez e Conklin avvicinandomi a loro per raggiungere la mia postazione. « Buongiorno! Voi due sapete qualcosa di questa riunione con l'ATF? »

« Dovrebbe saperne qualcosa tuo marito » le rispose Conklin.

« Joe? Quando sono uscita dormiva ancora. »

« Brady ce l'ha detto solo dieci minuti fa. »

« Mi sa che è successo qualcosa » commentai.

Guardai verso l'ufficio di Brady in fondo alla stanza. La luce era accesa ma lui non c'era. L'ATF... Che cosa stava succedendo? Telefonai a Joe ma mi rispose la segreteria così lasciai un messaggio di una sola parola: « Chiamami ».

« Ieri siamo andati al locale di James Ransom per parlare con lui » mi informò Alvarez.

« Ah, bene. Che cos'aveva di così importante da dirci? »

« Che Swanson era una persona adorabile. »

« Dai, non può averlo detto davvero! »

Sogghignammo entrambe. Swanson non era altro che un traditore, un ladro e un assassino. « Chiamerà la vedova per mettere una buona parola per noi » proseguì lei.

« Secondo Ransom, Ted si amava troppo per mettere fine alla propria vita impiccandosi con un lenzuolo » aggiunse Conklin.

« Ah! Credo che abbia ragione. Voi che cosa ne pensate? »

« Abbiamo controllato Ransom su tutti i database possibili ma è risultato pulito. »

« Proprio niente? » chiesi.

« Ancora meno di niente » confermò Alvarez. « Ransom è chi dice di essere: è stato il partner di Swanson per cinque anni, la foto e le impronte digitali corrispondono a quelle registrate nel suo fascicolo e non ha precedenti. »

« Dopo la riunione faremo una visitina alla seconda signora Swanson » disse Conklin.

« Non vedo l'ora di sapere che cos'ha da dire » commentai.

Ci incamminammo insieme verso l'ufficio di Clapper al piano superiore. Non fummo i primi ad arrivare ma il divano era ancora libero così lo occupammo prontamente, invece Joe e Wallenger erano seduti dall'altra parte della stanza. Joe si accorse subito della domanda che avevo dipinta in faccia e mi sussurrò: «Non ne sapevo nulla».

Feci scorrere lo sguardo tutto intorno facendo mentalmente l'appello dei partecipanti. Sulla sedia accanto a Clapper c'era un uomo muscoloso con l'uniforme scura dell'ATF. Aveva una fossetta sul mento, grandi occhi castani e l'aria irritata, come se odiasse trovarsi lì.

Brady era mezzo seduto e mezzo appoggiato al davanzale della finestra, tra il divano e la scrivania di Clapper. Quando tutti i posti furono occupati e la task force fu presente al completo, Clapper disse: «Ragazzi, vi presento il capo dell'ufficio locale dell'ATF, Fred Braun. Gli agenti dell'FBI presenti dovrebbero già conoscerlo. In ogni caso, per risparmiare tempo, chiunque faccia una domanda dovrà prima dichiarare il suo nome.

«Innanzitutto, ha qualcosa da dirvi. Capo?»

Nella mia testa sognavo che dicesse qualcosa come «Abbiamo trovato le armi e i trafficanti, quella parte del caso è risolta».

Quanto mi sbagliavo.

53

Braun si alzò in piedi, si sfilò la giacca e la appese allo schienale della sedia.

Iniziò a parlare tenendo le braccia incrociate. «Grazie, Charlie, e buongiorno a tutti. Non vi conosco tutti personalmente ma so che lavoriamo allo stesso caso, con le stesse informazioni.

«Come sapete già, gli agenti speciali dell'FBI Mike Wallenger e Joe Molinari erano alla fiera delle armi della settimana scorsa al Cow Palace e avevano tra le mani uno stronzetto di nome Alejandro Vega, anche prima dell'intervento dell'ATF. Posso testimoniarlo.

«Sapete anche che Vega è evaso da poco. Ma lasciatemi dire una cosa: le voci che lo riguardano, sul cartello messicano e sul rifornimento di armi militari, sono una stronzata. L'ATF ha sprecato tempo e denaro su un mucchio di cazzate.»

«Che cosa?» intervenne Cappy. «Non è possibile, i cadaveri che abbiamo trovato sono probabilmente connessi a quel traffico...»

Braun lo interruppe bruscamente. «Il tuo nome?»

«Sono il sergente McNeil» ringhiò Cappy.

«McNeil, siamo a conoscenza dei cadaveri con le labbra pinzate, del fentanyl e della frase 'Se parli muori'. Quello che intendo dire è che c'è qualcuno a Città del Messico o nei dintorni che fa ammazzare degli sfigati qui da noi e vuole farla passare come una faccenda importante.

«Non lo è. È un imbroglio. Non sono in grado di dirvi il nome di questo stronzo, perché utilizza degli pseudonimi ed è un maestro nel travestimento. Ma questo fantasma si nasconde da qualche parte in Messico, fuori dalla nostra giurisdizione. E anche dalla vostra.»

Sempre con l'aria infastidita, proseguì: «Come ho già detto al capo Clapper, questi omicidi su commissione sono il gioco di qualche psicopatico. Potrebbe esserci un sicario diverso per ogni singolo caso. Ma quello che ho saputo da un alto funzionario del governo, una fonte molto affidabile, è che non esiste nessun convoglio carico di armi o di droga. Ci hanno preso in giro, tenetene conto.

«Va bene, Charlie» aggiunse poi rivolgendosi a Clapper, «ho detto quello che dovevo dire e ora taccio.»

«Certo, ti abbiamo sentito» rispose Clapper. «Hai espresso la tua opinione. Ma sai una cosa? Non ce la beviamo. Anche noi abbiamo le nostre fonti, oltre alle nostre buone ragioni per sospettare che il tuo contatto dica una sciocchezza. Grazie della visita, Fred.»

Il capo dell'ATF di San Francisco si appese la giacca a un braccio e uscì dalla porta. Clapper lo seguì, ritornando nella stanza solo dopo il *ding* dell'ascensore. Si chiuse la porta alle spalle e si rivolse alla sua task force.

«Tornate in ufficio e riprendete a lavorare sugli omicidi. Abend, Donahue... Le armi sono la chiave: continuate a sentire gli informatori, guardate ovunque. Dovete arrivare in alto, fino agli stronzi al comando.»

Ci ordinò di raddoppiare i controlli, di interrogare anche

chi sembrava non essere coinvolto e di ottenere i mandati di perquisizione per le abitazioni e i veicoli delle vittime.

Si lisciò i capelli con le mani, si appollaiò sul bordo della scrivania e riprese.

« Come Boxer e Molinari vi racconteranno nel dettaglio, nel fine settimana sono stati entrambi minacciati da qualcuno che ha menzionato le armi e il diritto di detenerle. »

McNeil si girò verso di me: « Davvero, Lindsay? »

« Te lo racconto dopo la riunione. »

Clapper continuò. « So che siamo bloccati ma, come ha detto una volta un qualche poeta, 'L'ora più buia è quella che precede l'alba'. »

« Capo? » chiamò Alvarez.

« Sì, ispettore? »

« Ci credi alla storia di Braun sull'assassino misterioso? Non sarà che l'ATF ci vuole depistare per prendersi tutta la gloria? »

« Io voto per questa seconda opzione » disse Wallenger.

« E io ti appoggio » gli fece eco Joe.

« Non lo escluderei, ma non mi interessa » rispose Clapper. « Noi non rispondiamo all'ATF. Loro fanno il loro lavoro e noi il nostro. »

Alzai la mano. « Parla, Boxer. »

« La situazione però è quella che hai descritto, capo. Non abbiamo indizi, nessuna prova, e la nostra pista migliore si è impiccata nella sua cella. »

« Ti sei dimenticata una parola, Boxer. »

« Quale, signore? »

« 'Ancora'. Nessun indizio, ancora. Nessuna prova, ancora. Chi è dentro a questo caso deve dare tutto se stesso. Qualcuno vuole abbandonare? »

Ci concesse un minuto di silenzio. In quel lasso di tempo ripensai all'uomo che aveva minacciato Joe alla radio, allo stronzo che voleva ficcarmi la pistola in gola, ai bastardi sulla BMW che avevano seguito Gloria Rose e la mia bambina. Ribollivo di rabbia ma riuscii a reprimerla. Di certo non mi sarei fermata prima di aver inchiodato gli assassini, messo fine al traffico d'armi e sbattuto i colpevoli in prigione.

Non sono una che molla. Conoscevo bene tutte le persone nella stanza, come se fossero stati amici d'infanzia, e sapevo che nessuno avrebbe alzato la mano per andarsene. Tutti tenevamo gli occhi puntati sul capo.

Il momento di silenzio finì, Clapper parlò.

«Bene, allora. Usate il cervello e state attenti. Riunione di aggiornamento venerdì mattina.»

54

Io e Sonia Alvarez scendemmo di corsa le scale fino alla sezione Omicidi, scambiandoci battute sul capo dell'ATF Fred Braun.

«Secondo me è preoccupato» disse lei. «Come se lo stessimo intralciando.»

«Se solo...»

«Se solo ci dicesse qualcosa che non sappiamo già, intendi?»

«Esattamente.»

Rientrammo ridendo in ufficio e ci concedemmo un caffè nella sala relax prima di raggiungere Conklin alla scrivania. Un attimo dopo arrivò anche Brady. «Riprendiamo a lavorare sul caso.»

In piedi in mezzo a noi, si informò sui progressi compiuti nelle ultime ventiquattro ore. Gli raccontammo tutto. Dopodiché ci ordinò di tenerci pronti a essere convocati anche in piena notte se ci fosse stato bisogno di disperdere una folla di manifestanti armati.

Poi Brady si rivolse direttamente a noi tre, seduti alle nostre scrivanie in fondo all'ufficio.

«Conklin, quel tipo, Jimmy Ransom, ha chiamato la moglie di Swanson?»

«Abbiamo appuntamento con lei alle undici.»

«Tu e Boxer andrete a parlare con la vedova. Alvarez, la

linea per le segnalazioni è stata intasata dalle chiamate mentre noi eravamo da Clapper. Controllale, vedi se qualcuna ti sembra attendibile. Io rimarrò in ufficio a seguire l'indagine. Mi farete rapporto ogni mattina prima di cominciare.»

Io e Conklin guidammo verso nord su una Chevrolet grigia priva di contrassegni. La seconda signora Swanson viveva a San Rafael, una ricca cittadina borghese vicino a San Quintino. Trovammo facilmente la casa, un'abitazione con il tetto di legno costruita qualche metro sopra il livello della strada, davanti a un bosco. Lungo Picnic Avenue sorgevano molte costruzioni simili.

Sulla cassetta della posta c'era il cognome SWANSON. Dalla strada, un viottolo risaliva la collina fino a un garage, davanti al quale c'era un minivan Sienna color carta da zucchero.

Parcheggiammo accanto al veicolo mentre la voce robotica del navigatore recitava: «Hai raggiunto la tua destinazione. Hai raggiunto...» Conklin spense il motore ed entrambi slacciammo le cinture di sicurezza.

Dal vialetto si vedeva il nastro nero teso sulla porta d'ingresso, a segnalare che la famiglia aveva avuto un lutto recente.

55

Eravamo in anticipo per l'incontro con la signora Kim Swanson, nata Wong. Sapevamo che ci stava aspettando ma non se saremmo stati i benvenuti o se dovevamo aspettarci di essere mandati al diavolo, in quel momento doloroso.

Mentre risalivamo il vialetto di ghiaia e assi di legno, qualcuno all'interno della casa socchiuse una tendina e rimase a osservarci.

Poi la porta si aprì e la vedova di Ted ci accolse: « Entrate. Piacere, Kim ».

Kim Swanson era di origini asiatiche, sembrava essere sulla quarantina e indossava pantaloni neri e una leggera camicetta bianca. Si era raccolta i capelli in una sottile coda di cavallo e non era truccata. Notai che all'anulare sinistro portava un semplice anello di fidanzamento, con un diamante, e una fede nuziale abbinata. Un bimbo di circa due anni, aggrappato al suo braccio destro, ci fissava con due iridi chiarissime.

« Entrate. Lui è Tommy » disse la signora Swanson mentre la seguivamo nel soggiorno lustro come uno specchio. « Non gliel'ho ancora detto, non so come fare. »

Chiamò « Lily! Lily! » e una ragazzina dai capelli scuri come quelli della madre uscì da una delle camere da letto. Kim le chiese di portare il fratellino a vedere la tv in modo da poter parlare con noi in privato.

La donna ci offrì due poltroncine e si sedette sul divano di fronte a noi. Mi guardai attorno: i mobili erano stati adattati ai bambini, le prese elettriche erano coperte e vicino alla vetrata che dava sulla veranda c'era un cavallino blu con le rotelle.

Sul tavolino accanto alla lampada si notava una foto incorniciata di Ted e Kim. Probabilmente era uno scatto del loro matrimonio: Kim indossava un abito a sottoveste color oro, Ted una giacca casual marrone chiaro sopra la tuta da carcerato.

Kim prese la foto e se la portò in grembo, stringendola con entrambe le mani.

Quella donna aveva appena subito un colpo durissimo ma noi avevamo bisogno di risposte, non potevamo permetterci di sprecare quell'occasione.

Le dissi che eravamo dispiaciuti per la sua perdita, che entrambi avevamo conosciuto Ted alla Southern Station. Lei assentì ma si capiva che quello che dicevamo non le interessava.

«Ero al processo» disse. «Vi ho visti tutti e due testimoniare contro di lui.»

Io annuii e Richie abbassò lo sguardo ma non ci scusammo. Kim non ci fece domande, sicuramente non vedeva l'ora che ce ne andassimo.

«Da quanto tempo vi conoscevate prima...» domandai.

«Prima di sposarci? Da cinque anni circa. Io e il suo vecchio partner, Jim Ransom... no, non importa. Conoscevo l'ex moglie di Ted, Nancy... Ma neanche questo è importante, giusto? Avrete delle domande da farmi sulla sua morte.»

«Qualcuna, sì» rispose Conklin. «Io e il sergente Boxer

siamo andati a trovarlo la settimana scorsa, speravamo che potesse aiutarci con un caso che stiamo seguendo. Non aveva informazioni da darci ma sembrava di buonumore.»

«Sì, era di buonumore, vero?» concordò Kim. «Quando l'avete visto?»

«Venerdì mattina.»

«Io invece sono stata da lui venerdì pomeriggio. È stata l'ultima volta che l'ho visto. Probabilmente è stato meglio per me non conoscere le sue intenzioni. Il direttore mi ha spedito la lettera che mi ha scritto.»

«Ha riconosciuto la sua scrittura?» domandai.

«Sì. E anche quello che ha scritto, che la sua condanna rinchiudeva anche me. È una cosa che mi aveva già detto ma non avrei mai pensato che intendesse dirmi addio. Non mi ha mai fatto sospettare nulla. So che voleva che Tommy potesse vivere tranquillo, senza dover dire agli amici di avere un padre dietro le sbarre a San Quintino.»

La voce le si spezzò in gola quindi si scusò e si diresse verso il bagno in fondo al corridoio. Sentii i suoi singhiozzi, poi il rumore dell'acqua che scorreva e, quando qualche minuto dopo tornò in soggiorno, aveva il viso chiazzato di rosa e stringeva in mano un fazzoletto.

Ricadde sul divano e si appoggiò allo schienale.

Dopo un lungo istante disse: «Ted mi ha detto di aver ricevuto delle minacce, ma ne parlava quasi con allegria, non sembrava davvero preoccupato. Non riesco a smettere di pensarci. Non ci riesco. Avrei dovuto riferirlo al direttore ma non l'ho fatto».

«Le ha detto chi l'aveva minacciato e perché?»

«No, no. Non mi raccontava mai i suoi affari, mi proteggeva. Avrebbe potuto chiedere il trasferimento in un altro carcere. L'avrei seguito con i bambini. Ma anche Nancy ha dei figli, sarebbe stato tutto troppo complicato.»

«Mi dispiace molto, Kim» le dissi. «Non le ha detto neanche di cosa lo minacciassero?»

Lei annuì, mentre le lacrime le cadevano sulla camicetta. Si asciugò gli occhi e il naso con il fazzoletto e si schiarì la gola. «Gli hanno detto che, se non si fosse suicidato, sarei morta io.»

La vedova di Ted sollevò la testa per guardarmi negli occhi.

«Si è dimostrato un uomo migliore di quanto credeste, non è vero?»

Annuii ma non ero d'accordo con lei. Swanson poteva aver dato la sua vita in cambio di quella della moglie e del figlio ma era per colpa sua, e solo per colpa sua, che altri padri di famiglia erano morti. A quello seguì un altro pensiero che non rivelai a voce alta. Io e Conklin avevamo visto Ted venerdì mattina. Kim era andata da lui nel pomeriggio, cioè dopo che avevo gridato a tutti che stava aiutando la polizia.

Ripensai alla minaccia trovata sui cadaveri. Se parli muori.

Il suo suicidio era colpa mia?

«Perché ha detto a Ransom che Ted è stato assassinato?» le domandò Conklin.

Lei sospirò. «Perché ero scioccata, e furiosa per il fatto che Ted potesse uccidersi senza che nessuno sapesse la verità. In un certo senso quello che gli ho detto è vero. Chiunque ci abbia minacciato, in pratica lo ha ucciso.»

Conklin allungò alla signora Swanson il proprio biglietto da visita e le disse con fare gentile: «Se scopriamo qualcosa...» Sapevo che era sincero ma l'espressione di Kim rimase impassibile.

La donna ci scortò attraverso il corridoio e ci accompagnò fuori, chiudendoci alle spalle la porta listata a lutto senza salutarci.

56

Mi misi al volante della nostra Chevy, percorsi il vialetto in retromarcia e poi puntai verso nord. Durante tutto il viaggio di ritorno da San Rafael mi sfogai urlando con Conklin, senza distogliere gli occhi dalla strada. Gli raccontai che ero furiosa quando avevamo visto Swanson l'ultima volta, come se non lo sapesse, che ero frustrata dai suoi modi disinvolti, dalla sua ostinazione e dal suo rifiuto di provare almeno a fare ammenda. Così, per punirlo, gli avevo schiaffato un bersaglio sul petto al grido di «Swanson, la polizia di San Francisco ti ringrazia per l'aiuto».

Non l'avevo premeditato ma non era una giustificazione. Ero perfettamente consapevole di aver mentito ai detenuti del Blocco C alludendo al fatto che Swanson avesse parlato. E poi, poche ore dopo, lui era stato minacciato: se non si fosse ucciso sarebbe morta sua moglie, la madre di suo figlio.

Gli dissi quanto mi dispiaceva per Kim, colpevole solo di aver preso la pessima decisione di sposare un poliziotto talmente corrotto che non c'erano parole adatte a descriverlo. Per non parlare del fatto che avrebbe trascorso il resto della vita in un carcere di massima sicurezza, senza nessuna possibilità di ottenere la libertà condizionale.

E adesso era morto.

«Tutto quello che le rimane è una lettera d'addio scritta a matita su un pezzo di cartone» dissi.

«E un figlio. E forse anche la casa.»

«Per colpa mia. È come se avessi annodato io il lenzuolo attorno al collo di Ted.»

Conklin, da buon amico, fece del suo meglio per consolarmi. Fu così chiaro e razionale che mi ricordo ogni singola parola.

«Swanson era uno spietato assassino, Linds. Non sei stata tu a ucciderlo e non sei stata tu a minacciare sua moglie. Hai pronunciato delle parole, e questo è quanto. Non colpevolizzarti troppo, va bene?»

«Mi prenderei a calci. Non perché mi piacesse ma perché probabilmente aveva informazioni che avrebbero potuto salvare chissà quante vite. Forse era lui il maledetto capo della banda e adesso quelle informazioni non le avremo mai.»

«Lindsay, sappiamo entrambi che Swanson non ci avrebbe detto nulla.»

Aveva ragione.

Mentre Conklin restituiva l'auto attraversai Bryant Street per andare da MacBain a prendere dei panini per gli agenti in ufficio.

«Ho richiamato tutte le sedici persone che avevano telefonato alla linea per le segnalazioni» ci raccontò Alvarez. «Nessuna di loro mi ha fornito informazioni verificabili o anche solo un'ipotesi interessante. Ormai potremmo chiamarla la linea delle lamentele.»

Venne interrotta da Bobby che mi si avvicinava. «Sergente, ho un messaggio per te.»

«Chi era al telefono?»

Pensai subito al peggio. Era successo qualcosa a casa? Julie stava bene? E Joe? E Gloria Rose?

Bob mi allungò il biglietto. «Ho scritto ciò che quell'uomo ha detto, parola per parola, e gliel'ho anche riletto per sicurezza.»

«Grazie, Bob.»

Il messaggio era di Kenny Chen, il mio informatore. Era rimasto in cella una o due notti e poi era uscito su cauzione.

Ho ancora quella mezza banconota da cento dollari. Ne voglio centomila, me ne darai metà quando ti avrò detto quello che so sulle armi e l'altra metà dopo l'arresto. Stasera alle otto, sai dove trovarmi. Non fare tardi. E vieni da sola.

57

Kenny Chen rispose alla mia telefonata al primo squillo.

«So che hai un'ottima opinione di me, Kenny, ma non ho ancora la facoltà di dare cinquantamila dollari sulla parola. Né la mia, né la tua.»

«Ascoltami, sergente, sto mettendo a rischio la mia vita per farti fare il colpo più grosso della tua carriera.»

«Avvicina la bocca al microfono, non riesco a sentirti.»

«Ti sto dando tutto!» mi urlò nell'orecchio. «La droga, i fucili d'assalto e, insieme, pure i ceffi che li stanno contrabbandando. Probabilmente riuscirai a catturare anche i potenziali acquirenti, come bonus. Sarà il caso più importante della tua vita. E ti costerà pochissimo. Porta i soldi, sergente, solo banconote non segnate e non tracciate. Se non ti va bene puoi rifiutare, venderò le informazioni all'ATF.»

«Verrò con il mio compagno di squadra.»

«Ho detto da sola.»

«Conosci Conklin, lo sai che è a posto.»

Chen riattaccò. Gli andava bene o avevo fatto saltare l'accordo?

Prima delle sette e mezzo di sera, Clapper e Brady recuperarono tre veicoli tra quelli sotto sequestro: un furgone corredato di portapacchi, una vecchia Camaro argentata a cui qualcuno aveva truccato il motore e una berlina Lincoln nera.

Alle otto Grand Avenue, tra Washington Street e Jackson Street, brulicava di turisti e di avventori dei bar. C'era più traffico di quanto mi aspettassi per un martedì sera e il Li Po era il locale più affollato. Attirava i clienti splendendo con le sue insegne al neon e le sue bandiere dai colori vivaci, esattamente come quando ci andavamo per incontrare Chen ogni fine settimana. Ero in piedi sul marciapiede vicino a Conklin. Con il telefono appoggiato a un orecchio, scrutavo la strada alla ricerca delle nostre auto.

Brady era nel furgone e ci osservava dall'altra parte della carreggiata. Potevo sentire la sua voce negli auricolari e lui la mia grazie al microfono che portavo nel taschino della giacca, camuffato da pacchetto di gomme da masticare. Kenny Chen era un tipo subdolo e, sebbene negli anni ci avesse passato alcune informazioni importanti, aveva perso credibilità quando per una sua soffiata ci era scappato il morto.

Avevo con me la somma richiesta in una borsa di tela. Non mi fidavo di Kenny ma speravo che facesse sul serio. Se ci avesse fornito informazioni valide ne sarebbe valsa la pena. Se invece avesse mentito o fosse diventato aggressivo, i rinforzi erano vicini.

Chiesi a Conklin se fosse pronto.

« Ricordami una cosa, Boxer: ho sempre voluto far parte della squadra Omicidi, giusto? »

Gli rivolsi un sorriso. « Più di qualsiasi altra cosa al mondo. »

« Volevo accertarmene. Va bene, andiamo. »

Conklin tenne aperta la porta ed entrammo nel locale, che come al solito sembrava appartenere a un altro pianeta. Il bancone si allungava come un serpente su uno dei lati della sala con il Buddha che giaceva placido nella sua nicchia. Dagli altoparlanti sul soffitto una musica inquietante permeava la stanza quasi buia. Una cameriera ci si avvicinò, chiedendoci se volevamo cenare. «Abbiamo un appuntamento con un amico che di solito si siede in fondo al locale» le risposi.

«Ah sì, il signor Chen vi sta aspettando.»

Congedammo la ragazza assicurandole che avremmo trovato la strada da soli. Chen, come previsto, era seduto al tavolo in fondo e parlava con un uomo che ci dava le spalle. Avvertii contemporaneamente Conklin e Brady.

«Pare che sarà una cosa a quattro.»

«Afferrato» rispose Brady. «Faccio entrare Chi, così avremo un paio d'occhi in più.»

Era una buona mossa. Chi, oltre a essere uno dei poliziotti più intelligenti che conoscessi, parlava il cinese mandarino. Sapendolo lì a coprirci le spalle, ci avvicinammo a Chen e lo salutammo. L'uomo seduto vicino a lui si alzò e se ne andò verso il bancone, troppo lontano in quel trambusto per poter ascoltare la nostra conversazione.

«Facciamo in fretta» disse Chen. «Sembrate usciti da una serie tv poliziesca.»

58

Appoggiai la sacca sul tavolino, aprii la cerniera e mostrai al mio informatore le mazzette di banconote vecchie e stropicciate. Kenny Chen si alzò, sbirciò nella borsa, si rigirò i pacchetti tra le mani e poi, soddisfatto, si risedette. Bevve il suo drink fino all'ultima goccia e sbatté il bicchiere sul tavolo. Sembrava pronto a darci le informazioni che stavamo pagando cinquantamila dollari.

«C'è un tunnel che corre sotto il confine, tra Tijuana e l'area di Otay Mesa, a San Diego. Dei tizi messicani usciranno da un tombino dalla nostra parte, con sessantacinque chili di fentanyl. Se li trovate e li spremete un po', in cambio di un accordo vi riveleranno chi c'è dietro tutta l'operazione.»

La cameriera si avvicinò per riempirgli di nuovo il bicchiere. Io e Conklin rifiutammo l'offerta di bere qualcosa e, quando lei si fu allontanata, Kenny riprese a raccontarci i dettagli.

«Ci sono tre camion pieni di armi, tutti e tre con il marchio FRESH TO YOU sulla fiancata. Si dirigeranno insieme verso Pennsylvania Avenue. Lì gli acquirenti prenderanno in consegna i camion e partiranno per non si sa dove, chiaro?

«Quindi dovrete radunare più agenti possibile e assicurarvi di arrivare puntuali, perché alla fine della transazione sia i corrieri che gli autisti spariranno chissà dove. La cosa più importante è non arrivare tardi, accadrà tutto in fretta.»

«Dicci ora e luogo.»

Chen estrasse dal taschino della giacca un foglietto di carta ripiegato e lo posò sul tavolino, reggendolo con le dita.

«Qui c'è tutto. Quando, dove e il mio numero di cellulare. È un apparecchio usa e getta e il numero sarà attivo solo per le prossime quarantotto ore, poi lo butterò.»

Presi il foglietto. Ora che avevo in mano le informazioni mi sarebbe piaciuto afferrare Chen, sbatterlo contro il muro e trascinarlo fino al furgone di Brady per poi restituire i soldi alla comunità.

Invece, spinsi la borsa di tela verso il mio informatore e tirai fuori, dalla tasca dei pantaloni, l'altra metà della banconota da cento dollari. Gli allungai anche quella.

I suoi occhi brillarono. «Sapevo che eri una brava persona. Ci vediamo qui domani sera con gli altri cinquantamila e con i vostri ringraziamenti. Vi aspetto.»

«Meglio per te che le informazioni siano all'altezza.»

«Non offendermi, sergente.»

Conklin si alzò dalla sedia, mi cinse le spalle con un braccio mentre passavamo davanti a Chi, seduto al bancone, e mi accompagnò fuori. Non sapevo se Chen ci avesse rifilato delle stronzate o se ci avrebbe fatto ottenere un encomio, sapevo solo che avevamo molto lavoro da fare.

Feci rapporto a Brady attraverso il microfono camuffato da pacchetto di gomme e lui rispose: «Avete fatto un bel lavoro, voi due. Chi, rimani ancora per un po'. Tieni d'occhio la situazione».

59

Clapper convocò la squadra. Ci ammassammo nel suo ufficio, dopodiché chiuse la porta e si diresse verso la scrivania; mentre mi passava vicino, disse: « Parla, Boxer ».

Era di umore nero. Comprensibile, viste le voci che circolavano sulle armi in arrivo in California, ma almeno potevamo essere grati del fatto che non ci fossero stati altri omicidi della serie « Se parli muori ». Aveva dichiarato alla stampa che le voci che correvano non erano veritiere. Se e quando ci fossero state novità, li avrebbe aggiornati direttamente lui.

Clapper mi guardava accigliato. Voleva qualcosa di utile, a prova di bomba, che valesse i cinquantamila dollari che aveva prelevato dal nostro magro fondo per gli informatori. Mi dispiaceva per lui, che era diventato capo solo da sei mesi. Me lo ricordavo a dirigere il laboratorio forense, un lavoro che aveva sempre amato. Come diceva Conklin, Clapper era stato promosso all'inferno.

Come se non bastasse, il sindaco avrebbe dovuto affrontare le elezioni nel giro di qualche mese e degli omicidi irrisolti lo avrebbero messo in cattiva luce. Il sequestro delle armi illegali e la cattura dei trafficanti, invece, avrebbero potuto garantirgli un altro mandato.

« Capo, il mio informatore è un piccolo e lurido bastardo» disse, «ma quello che ci ha raccontato sul traffico di armi e droga sembra credibile.»

«Hai già lavorato con lui?»

«Sì. Quattro volte su cinque ha avuto ragione, una volta ha sbagliato. In quell'occasione la SWAT ha salvato la situazione ma abbiamo perso un agente dell'FBI.»

«Eppure adesso ti fidi di lui, perché?»

«Ho l'impressione che voglia incassare il compenso per uscire dal giro degli informatori. Ci ha descritto un piano plausibile e riceverà il resto del denaro solo se saremo soddisfatti. È stato lui a chiamarci, io l'ho trattato con durezza. Ma è stato chiaro e preciso, mi ha convinto.»

«Conklin, tu sei d'accordo?»

«Io la vedo così, capo: non abbiamo ancora nulla, nonostante tutto il tempo che abbiamo dedicato a questo caso. Se l'informatore di Lindsay ci ha fregato rimaniamo al punto di partenza, cioè a zero. Se invece ci ha detto la verità mettiamo a segno un gran colpo... Fino al prossimo titolone sui giornali, ovviamente.»

Clapper si avvicinò alla finestra che dava su Bryant Street. Rimase per qualche secondo a guardare i fari delle auto che scorrevano sulla strada sottostante, mentre noi aspettavamo in silenzio.

Quando alla fine si voltò, esclamò: «Va bene, Boxer. Tu hai procurato questa opportunità e io ho deciso di correre il rischio. Ora parlaci del piano».

Chen mi aveva dato il foglietto di carta piegato. Lo tirai fuori dal taschino della giacca. Raffigurava una mappa tracciata a mano della parte più squallida di Potrero Hill. Aveva disegnato una X su Pennsylvania Avenue e una stella sul covo in cui si sarebbero nascosti i trafficanti durante l'attesa. Il pagamento e la consegna della merce agli acquirenti erano fissati per la sera successiva, alle dieci. Data e ora erano scritte in cima al foglio, vicino a una rozza stella a quattro punte che indicava i punti cardinali. Consegnai lo schema a Clapper. Lui lo guardò per qualche istante e poi lo passò all'ispettore Chi, la persona più vicina a lui.

«Fallo girare, l'ultimo fa le copie per tutti.»

«Va bene, allora» dissi, organizzando i miei pensieri. «Il mio informatore conosce solo alcuni dei retroscena di questo accordo. Sa che le armi passeranno il confine su grossi camion camuffati come trasporto di prodotti agricoli mentre la droga arriverà attraverso dei tunnel sotterranei. Il punto di partenza è da qualche parte tra Tijuana e San Diego, quello di arrivo a Potrero Hill.»

«Cold Morning...» sussurrò l'ispettore McNeil, il partner di Chi, facendo riferimento a un caso simile di qualche anno prima, un traffico che coinvolgeva armi e droga.

«Io sono nuova qui» intervenne Alvarez. «Che cosa significa Cold Morning?»

«La peggiore sconfitta della mia giovane vita» le rispose McNeil. «Un migliaio di poliziotti. Centinaia di chili di droga trasportati su piccoli carrelli elettrici attraverso questo tunnel lungo quasi un chilometro e alto nove metri. Anzi, non solo droga ma anche tonnellate di armi e circa cento veicoli. Se ricordo bene, abbiamo impiegato due anni per ideare un piano.»

«Esatto» commentai. «Noi abbiamo un solo giorno, oppure niente.»

60

Lasciai che quell'ultima parola echeggiasse nell'aria per qualche secondo.

Una retata del genere ci avrebbe permesso di togliere le armi dalla circolazione e la droga dalle mani di spacciatori di strada senza un briciolo di coscienza. Avrebbe significato orgoglio per il nostro lavoro. Orgoglio per noi stessi.

« Niente » non era un'opzione.

« Giusto » disse McNeil. « Cold Morning era una faccenda completamente diversa. »

Clapper sbuffò. Era teso fin quasi a scoppiare, come tutti noi. Guardai Brady: aveva le borse sotto gli occhi ma mi fece l'occhiolino.

« Vai avanti, Boxer, noi ti seguiamo » mi disse.

« Come si chiama questo informatore? » domandò Clapper.

« Uhm... Chiamiamolo Snoopy. »

Clapper abbozzò un sorriso con le labbra serrate.

Proseguii. « Snoopy afferma che, oltre alla droga, ci saranno tre camion con un carico di armi militari. Autisti americani, targhe della California e loghi familiari sulla fiancata, quegli adesivi magnetici che possono essere attaccati e staccati.

« La loro destinazione è il luogo fissato per lo scambio, vicino ai binari morti di Potrero Hill. Lì i camion possono andare e venire senza destare sospetti. Pennsylvania Avenue è piena di edifici abbandonati, compreso il magazzino che hanno individuato come base operativa.»

«Vai avanti» mi incoraggiò Cappy. «Fino a ora mi piace.»

«Grazie, Cappy, faccio del mio meglio. Domani, prima delle dieci, saremo tutti sdraiati nelle nostre auto prive di contrassegni o nascosti da qualche parte. A questo punto arriveranno i camion, rallentati dal peso delle armi. Gli autisti accosteranno e apriranno i portelloni, i corrieri della droga invece usciranno dal magazzino per aggiungere la loro parte di carico. Gli acquirenti arriveranno su mezzi poco riconoscibili, ordinari. Snoopy li descrive come 'auto usate o macchine per famiglie'. Immagino che vorranno ispezionare il carico e testare la droga, sicuramente pagheranno in contanti.

«Le chiavi dei camion verranno consegnate agli acquirenti, mentre i corrieri e gli autisti se ne andranno chissà dove sulle auto anonime. Anche i camion spariranno verso una destinazione sconosciuta.»

«Ma prima che ciò accada» intervenne Brady, «noi rovineremo la festa con un massiccio attacco a sorpresa: luci, pistole, gas lacrimogeni, granate stordenti, megafoni. Dovremo attrezzarci e posizionare le auto a farci da scudo. Capo, ci farebbe comodo anche un po' di copertura dall'alto. E, naturalmente, l'aiuto di Dio.»

Ma Clapper aveva qualche domanda. «E se anche loro avessero qualche sorpresa in serbo? Cosa succede se Snoopy passa informazioni anche a loro e gli rivela la nostra operazione? O se hanno una potenza di fuoco maggiore della nostra, o se sono più furbi?»

«Se la mia idea non ti piace, possiamo sempre rimanere in attesa e poi seguire i camion. Se ci riusciamo possiamo anche andare dietro a una o due delle auto, ma il carico rimane l'obiettivo primario. Capo, dobbiamo coinvolgere anche l'FBI?»

«Sì, Molinari e Wallenger.»

«O io o Joe» protestai. «Uno di noi due deve rimanere a proteggere la nostra casa e la nostra bambina.»

«Allora Wallenger dovrà scegliersi un altro compagno» decise Clapper. «Boxer, Conklin, Alvarez... Andate a scattare qualche foto a Potrero Hill. Al ritorno lavorerete con Brady per capire dove far appostare i membri della squadra. Voglio tutto entro stasera.»

Conklin aveva in mano il foglietto di Snoopy.

Quando la riunione si sciolse, disse: «Se qualcuno mi cerca, sono alla fotocopiatrice».

Echeggiarono le risate, ne avevamo bisogno. Pochi minuti dopo ero al telefono con Joe. Avevamo un piccolo problema.

Un problema alto novanta centimetri che stava per compiere quattro anni, proprio il giorno dopo.

61

Il momento non avrebbe potuto essere peggiore, ma né io né Joe potevamo sopportare l'idea di deludere Julie. Avevamo prenotato per quattro persone al Tonga Room del Fairmont Hotel a Nob Hill. Era stata una richiesta impegnativa per una festeggiata così piccola. Julie aveva visto in tv una pubblicità del Tonga Room ed era rimasta affascinata dall'atmosfera polinesiana. Il ristorante era circondato da capanne tiki dal tetto ricoperto di fronde di palma, ogni capanna aveva il suo tavolo e in mezzo scorreva un ruscello.

Julie era rimasta paralizzata per tutti e trenta i secondi dello spot: le capanne, la pista da ballo dove i ragazzi dondolavano i fianchi al ritmo della musica hawaiana e, a coronare il tutto, una torta di compleanno portata a un tavolo, con i commensali che gridavano di gioia e applaudivano il festeggiato, un bambino di sette anni.

«Venite a vedere!» aveva urlato Julie. «Guardate!»

Io e Joe le avevamo concesso vaghi cenni d'apprezzamento durante il telegiornale e più tardi, quella notte, ne avevamo parlato tra di noi a letto.

«È un locale in cui si serve alcol, lo sai» aveva detto Joe.

«Se è per questo, si serve anche a casa nostra» risposi. «Ehi, hanno anche un menu per i bambini!»

Julie ha moltissima immaginazione. Eravamo entrambi d'accordo che una cena di compleanno al Tonga Room era un ricordo che avrebbe serbato per tutta la vita. Il giorno successivo Joe aveva effettuato la prenotazione, poi la settimana aveva preso la piega che sapevamo: eravamo stati informati che dei criminali sconosciuti stavano organizzando un grosso traffico di armi e droga; Ted Swanson si era impiccato; ci era capitata tra le mani una serie di omicidi irrisolti.

Ma Julie compiva quattro anni. Mentre io e Joe ci vestivamo per la sua festa, ripercorrevo nella mia testa le tappe del piano.

Clapper avrebbe diretto l'operazione dal Justice Hall. Brady era il responsabile sul campo e sarebbe rimasto in collegamento con tutta la squadra. Avevamo controllato la zona tra Pennsylvania Avenue e Potrero Hill, e avevamo identificato i parcheggi meno visibili, le nicchie tra gli edifici e gli altri nascondigli. L'FBI avrebbe mandato tre agenti esperti che si erano offerti volontari. La polizia stradale era pronta a bloccare il traffico non appena i criminali avessero concluso il loro accordo. Non avremmo potuto essere più pronti, tuttavia...

Julie interruppe i miei pensieri.

«Mamma, andiamoooo!»

«Ti spiace lasciarmi almeno mettere le scarpe?»

Joe accompagnò Julie e la signora Rose con la sua spaziosa berlina mentre io li seguivo con il mio Explorer. Il tragitto fino al Fairmont Hotel era breve e, arrivati al Tonga Room, Julie prese a saltare su e giù torcendosi le mani come se tutto quello che vedeva fosse per lei, e lo era, in effetti. Un sogno diventato realtà. Cercai di condividere il suo stesso umore ma, nonostante l'atmosfera festosa e la felicità della mia bambina, non ero nello stato d'animo giusto per le capanne tiki.

Julie era stordita ma riuscì a rimanere seduta nello stesso posto abbastanza a lungo da dividere un piatto polinesiano con la signora Rose. Poi si mise in posa per le fotografie con indosso l'abito che la nostra vicina aveva cucito per lei, rosso a balze, con un'applicazione di paillettes sul corpetto e la scritta INDOVINA CHI COMPIE QUATTRO ANNI?

Considerata l'espressione di Julie, potevo affermare con certezza che il Tonga Room non era stato una delusione. Io fui costretta a rifiutare il drink rosa che ci offrivano e Joe fece altrettanto.

« Stai bene? » mi chiese.

« Sì, certo. »

Joe portò Julie verso la laguna e poi la scortò sulla pista da ballo. Controllai l'ora mentre la mia piccola pulce volteggiava e cantava canzoncine di cui inventava le parole. Le sette e un quarto, quasi l'ora di andare. In quel momento sentii il telefono vibrare dentro la tasca della giacca.

Era un messaggio di Brady, lui e Cappy stavano approntando il furgone, sarebbero partiti entro cinque minuti. Lo lessi e poi, quando Joe riportò al tavolo nostra figlia, la abbracciai forte. Mi fidavo di Brady. Mi fidavo della squadra e mi fidavo di me stessa.

Eppure, può sempre andare tutto a puttane.

62

«Dormirà profondamente stanotte» mi sussurrò la signora Rose senza farsi sentire.

Feci un cenno al cameriere.

«Mi lasci indovinare, pronti per la torta?» mi rispose.

Qualche istante dopo fecero la loro comparsa alcuni ragazzi con la divisa dello staff che reggevano una grossa torta al cioccolato. Intonarono *Tanti auguri a te* e mi consegnarono un lungo fiammifero di legno. Accesi con attenzione le quattro candeline blu, una per ogni anno di vita della nostra preziosa bambina.

La signora Rose disegnò un pesce sul tovagliolo e lo passò alla festeggiata.

«Julie, bacia il pesciolino ed esprimi un desiderio senza rivelarlo a nessuno.»

«Così?» domandò Julie.

Baciò il tovagliolo, ridacchiò e spense le candeline una alla volta, esprimendo il suo desiderio segreto. Il mio telefono vibrò di nuovo. Lo tirai fuori dalla tasca e guardai il numero sullo schermo. Speravo che fosse ancora Brady che aggiornava la squadra, invece era Kenny Chen.

Mi alzai dal tavolo per rispondere alla chiamata. «Kenny, c'è qualche problema?»

«C'è stato un cambiamento nel piano» disse.

«Che cosa? Che genere di cambiamento?»

«Lo scambio sta avvenendo ora. Proprio in questo momento.»

«Non è possibile!»

«Anche il luogo è cambiato.»

Balbettava. Era nervoso, com'era giusto che fosse. Mi comunicò un nuovo indirizzo in Carroll Avenue, un viale ampio nella zona industriale di Bayview. Conoscevo bene quel posto, avrei potuto nascondere l'Explorer in uno dei parcheggi tra le fabbriche.

Modificare il piano con un nuovo orario e una nuova posizione, con tutte quelle persone coinvolte, sarebbe stato impossibile. C'erano decine di agenti e veicoli in viaggio o addirittura già appostati dalle parti di Carroll Avenue.

Chen ruppe il silenzio. «Allora, che cosa mi dici?»

«Tieni il telefono acceso» gli risposi, e riattaccai.

63

Riflettevo. Era impossibile riorganizzarsi in così poco tempo senza far saltare la copertura: la confusione e la fretta potevano significare la morte di qualcuno.

Ma una sola persona, con un solo veicolo, avrebbe potuto appostarsi per osservare senza essere vista. Avrebbe potuto annotare i numeri di targa o seguire uno dei camion.

Tornai al nostro tavolo e lanciai uno sguardo a Joe. Lui capì all'istante.

«Vai» mi disse.

Mi rivolsi alla mia piccolina: «Tesoro, mi dispiace ma devo andare. Ti avevo avvertito, ricordi?»

Lei annuì vigorosamente, strizzando gli occhi e facendo ballonzolare i boccoli.

«Abbracciami forte!» le dissi.

La presi tra le braccia, le augurai buon compleanno e le promisi di darle di nuovo la buonanotte al mio ritorno. «Porta a casa un po' di torta anche per me» le sussurrai.

Poi diedi un bacio a Joe, ne soffiai uno con le dita alla signora Rose e uscii dal locale prima di perdermi d'animo. In auto mandai a Brady un messaggio a cui lui non rispose. Mi tolsi l'elegante giacca di seta che avevo indossato sopra l'abbigliamento tattico per mettermi il giubbotto antiproiettile e agganciarmi la fondina alla spalla. Presi la pistola dal safe box sotto il cruscotto, la inserii nella fondina in pelle e mi riempii le tasche di caricatori di riserva.

Avevo fatto tutto il possibile, ero pronta.

Misi in moto l'auto, accesi i fari e poi inviai un altro messaggio a Brady. « Chiamami, è urgente! »

Il telefono vibrò, risposi subito. « Dove sei, Boxer? » chiese Brady.

« Sto partendo ora da Nob Hill. Tu dove sei? »

Brady era a Potrero Hill. Gli riferii quello che mi aveva detto Snoopy, che il luogo era cambiato e che lo scambio era già in corso da mezz'ora.

Esaminammo le opzioni a disposizione mentre io guidavo verso Bayview. Potevamo annullare tutto oppure arrivare tardi ma forse ancora in tempo per vedere qualcosa, per identificare o perfino catturare qualcuno.

Brady prese una decisione. « Lascia perdere, Lindsay. Mi hai sentito? »

Sì, l'avevo sentito ma avevo l'adrenalina alle stelle. Ero combattuta: dovevo tentare di convincere Brady a venire con me a spiare dei criminali armati che si spartivano milioni di dollari in armi e droga? Oppure era meglio rispondere « Sì, capo, hai ragione » fare inversione e tornare al Tonga Room, dove avrei potuto dare un bacio al pesciolino e mangiare una fetta di torta?

« Tu e io, Brady » dissi alla fine. « Possiamo tenere d'occhio la scena. Suggerisco di fare così. »

« Tu sarai la mia morte, Boxer. Speriamo non in senso letterale. »

« È probabile che la festa sia già finita » proseguii.

Davanti alla mia auto correva un lungo rettilineo.

Schiacciai il piede sull'acceleratore e feci partire la sirena, correndo verso quello che il mio informatore aveva definito « il colpo più grosso » della mia carriera.

Bruciavo adrenalina come una macchina avrebbe bruciato benzina mentre, da sola, procedevo a tutta velocità.

64

Lasciai il telefono acceso per aggiornare la squadra. Il GPS indicava che mi trovavo a quindici minuti da Bayview, era un tempo sufficiente a permettere a quei criminali di portare a termine lo scambio e sparire se tutto era avvenuto come da programma. Se, appunto. In testa mi si affollavano moltissime domande.

Saremmo riusciti a imbucarci alla festa, a dare almeno una sbirciatina? O saremmo stati costretti a uscire allo scoperto? Quando imbracci un'arma è sempre una questione di nervi, dovevamo mantenerci svegli, calmi e pronti a ogni evenienza. Non volevo pensare a come sarebbe potuta andare a finire.

Sarei ritornata a casa quella notte?

Mi concentrai sulla strada. C'era poco traffico. Affrontai le curve strette una dopo l'altra, impiegando tre minuti netti da Powell Street a O'Farrell Street.

Quando mi vedevano arrivare a tutta velocità, con la sirena che ululava e i lampeggianti accesi, le auto davanti a me accostavano per lasciarmi passare. Andavo alla grande ma a un certo punto fui costretta a fermarmi per colpa della coda al semaforo che bloccava la rampa d'accesso all'Highway 101.

Chiamai al volo Brady: «Dove sei?»

«A Potrero Hill» rispose. «Pennsylvania Avenue è deserta, sembra un cimitero. Nessun convoglio, nessuna brutta faccia che scarica armi. Il magazzino è vuoto. Una mezza dozzina di agenti stazionerà vicino a Carroll Avenue, rimarranno di vedetta. Tu dove sei?»

«In questo momento in autostrada. Arriverò a Bayview tra un quarto d'ora circa.»

«Quando esci dalla 101 accosta. Ti raggiungo lì.»

Quando scattò il verde, i veicoli si riversarono sull'autostrada. Accelerai e superai il blocco, mi stavo avvicinando a Bayview. Avrei voluto che Chen fosse seduto sul sedile del passeggero, con le manette alle caviglie e ai polsi e soltanto la bocca impertinente libera, per rispondere alle mie domande.

Dove hai preso le informazioni, Kenny? Lavori per qualcuno? Ti stai divertendo?

Percorsi cinque chilometri di autostrada prima di imboccare l'uscita 430A, svoltare e fermarmi sul ciglio della strada come mi aveva ordinato Brady. Dopo avergli comunicato via messaggio la mia posizione, abbassai il finestrino e rimasi a osservare il traffico che usciva dalla rampa. Pochi minuti dopo, Brady frenò dietro la mia auto a bordo di un SUV ufficiale, con lo stemma della polizia impresso sulla fiancata.

L'espressione del suo viso rispecchiava perfettamente la mia, stavamo camminando in bilico su una corda tesa a trenta metri d'altezza, senza una rete di sicurezza. In due avevamo quarant'anni di esperienza con il crimine e confidavo in questo, ma stavolta le informazioni che avevamo ricevuto erano inaffidabili.

Ciononostante, volevo andare avanti, per due ragioni. La

prima era che Brady era il miglior poliziotto con cui avessi mai lavorato. La seconda era che volevo vedere con i miei occhi quel grosso traffico. Ero convinta che io e Brady avremmo trovato un modo per fermarlo.

65

Brady uscì dal SUV e salì sull'Explorer portandosi dietro il megafono. Raccolse i documenti e il ciarpame sparsi sul sedile del passeggero, infilando tutto nella tasca della portiera. Una volta allacciate le cinture, mentre io guidavo, ci coordinammo sul piano d'azione.

Mantenni la velocità sotto il limite e in pochi minuti arrivammo su Carroll Avenue, a Bayview. Era una strada larga, che oltrepassava i cortili posteriori delle piccole fabbriche e dei magazzini e proseguiva verso la baia, fino a un gruppetto di abitazioni dall'aria misera.

In quella piccola area industriale, illuminati dalla pallida luce della luna, scorgevamo betoniere, gru, rottami di automobili e di camion, montagne di pezzi di ricambio, lastre di marmo e mucchi di oggetti indefinibili. Abbassai i fari e proseguimmo a passo d'uomo in direzione di Arelious Walker Drive, controllando le banchine di carico e i cortili pieni di furgoni per le consegne parcheggiati in file ordinate dietro le recinzioni di rete metallica.

«Sembra tutto a posto» disse Brady.

Vero, anche se «tutto a posto» non era la definizione più appropriata. La zona era buia, silenziosa e ostile. Qualche luce brillava in profondità oltre le porte posteriori aperte degli edifici: le lampadine appese sopra le teste degli operai del turno di notte, le scintille dei saldatori, il suono di vecchi successi proveniente dalle radio. Ma nessuna traccia di uomini che trafficavano vicino a camion col logo dei grandi magazzini. Non si muoveva una foglia.

Brady scese dalla macchina e, con brevi cenni della mano, mi guidò mentre facevo retromarcia e infilavo l'Explorer in un vicolo stretto tra due vecchi edifici. Dopo che l'auto fu ben nascosta, risalì e trasmise la nostra posizione via radio alla centrale, mentre io scrivevo a Kenny Chen per chiedergli se ci fossero novità. Quello stronzo di Snoopy non mi rispose. Gli mandai un altro messaggio, stesso risultato.

Avevo appena riposto il telefono quando una Jeep Commander nera uscì dall'oscurità entrando nel nostro campo visivo, frenò e poi fece retromarcia, bloccando la nostra unica via d'uscita dal vicolo cieco dell'officina.

« Brady, potrei giurare che quella è la stessa Jeep che mi è passata davanti mentre ero ferma all'uscita dell'autostrada » sussurrai. « Poco prima che arrivassi tu. »

Dalla Jeep, il raggio di una torcia si fece largo nell'oscurità fino al nostro parabrezza. « Sì, è lei » disse una voce maschile.

Lei poteva riferirsi solamente a me.

66

Brady imprecò, afferrò il microfono della radio e trasmise la nostra posizione a tutte le auto, chiedendo rinforzi immediati.

Nel giro di pochi minuti tutti i poliziotti nel raggio di chilometri si sarebbero riversati su Carroll Avenue, ma noi non potevamo aspettare. Accesi i fari, illuminando la Jeep ferma perpendicolarmente di fronte a noi. Brady afferrò il megafono, abbassò il finestrino e disse a voce alta: «Polizia di San Francisco. Uscite dal veicolo, lentamente e con le mani in alto».

Vidi apparire dal lato del conducente della Jeep il puntino rosso di un mirino laser. Poi intravidi la sagoma di un fucile.

«Arma!» urlai.

Io e Brady ci riparammo sotto il cruscotto mentre le pallottole cominciavano a volare. I primi colpi fecero saltare il parabrezza, le schegge di vetro ricaddero tutto intorno a noi. Poi esplosero i fari, uno dopo l'altro. Uno degli specchietti laterali andò in pezzi e una scheggia di metallo mi ustionò la guancia sinistra. I proiettili si conficcavano nel telaio della macchina. Non osavo alzare la testa.

Sentii arrivare delle risate dalla Jeep. «Li abbiamo presi.»

Brady mi mostrò le dita: uno, due, tre.

Il cuore mi batteva forte ma eravamo stati partner in passato e avrei potuto affidargli la mia vita. Al tre, senza sollevare la testa, accesi il motore. Accelerai tenendo contemporaneamente il piede sul pedale del freno.

Un'altra raffica di proiettili si abbatté sul telaio dell'Explorer, sulle gomme e su ogni superficie di vetro. Rimanemmo bassi mentre le pallottole sibilavano nello spazio dove fino a qualche istante prima c'era stato il parabrezza, colpivano gli schienali dei sedili e uscivano sibilando dal lunotto.

Non rispondemmo al fuoco, aspettammo fino a che non ci fu un lunghissimo istante di silenzio.

« Ora! » ordinò Brady.

Premetti il piede sull'acceleratore e, con il capo ancora chino, mi preparai allo scontro. Ringraziai Dio per il peso del blocco motore che fece a pezzi la Jeep. Sentii lo scricchiolio del metallo che deformava altro metallo. Mantenni il piede sul pedale fino a quando la Jeep non finì schiacciata contro il muro del negozio dall'altro lato della strada, senza più possibilità di muoversi.

« Sei pronta? » mi domandò Brady.

Soffocai il nervosismo. « Sì, tenente. »

« Ora! »

Aprii la portiera e iniziai a sparare, appoggiando la pistola sul bordo del finestrino in frantumi. Brady fece lo stesso dalla sua parte.

La radio gracchiò un messaggio, era la voce di Clapper.

« I rinforzi sono in arrivo. Rispondi, tenente! »

« Abbiamo la copertura aerea? »

« È in arrivo anche quella. »

Estrassi dalla mia pistola il caricatore esaurito e lo sostituii con uno pieno. Sentii la portiera posteriore della Jeep, quella più lontana da noi, aprirsi cigolando.

«Non sparate!» gridò una voce.

Dall'auto scese un uomo giovane e magro. Indossava degli anonimi abiti scuri ma la mia attenzione si concentrò sul suo fucile AK. Lo reggeva in mano come un'offerta di pace.

«Getta l'arma!» Urlai. «Gettala subito!»

«Li avete ammazzati!» gridò l'uomo. Poi, sempre con il fucile in mano, si voltò e cominciò a correre.

Brady sparò in aria e urlò: «Fermo dove sei! Butta l'arma!»

Il ragazzo continuò a correre con il fucile verso l'oscurità in fondo a Carroll Avenue, in direzione dell'autostrada.

Una volta l'ex capo Warren Jacobi aveva detto alla nostra squadra: «Quando un sospettato ha un'arma, gli potete sparare in qualsiasi momento, anche se sta scappando. Di fronte, alle spalle, non importa. Abbattetelo».

Si riferiva a un incidente in cui eravamo stati coinvolti entrambi e che non avevamo mai dimenticato: una ragazzina di quindici anni aveva infilato la mano nella giacca e, al posto del documento, aveva tirato fuori una pistola e sparato a tutti e due. Eravamo quasi morti dissanguati in un vicolo del Tenderloin.

Questo sospettato era stato avvertito ma continuava a scappare. Così sparai e lo stesso fece Brady, alla mia sinistra, talmente vicino che lo sentii grugnire mentre premeva il grilletto.

L'uomo lanciò un urlo e cadde su un mucchio di rottami.

Brady corse verso di lui e mi chiamò gridando.

«Non respira!»

Tornò indietro con il fucile del morto e lo lanciò in quello che rimaneva della nostra auto. Con le armi spianate, ci avvicinammo alla Jeep. Proprio in quel momento una mezza dozzina di auto della polizia invase improvvisamente la strada, tra lo stridio di pneumatici e il frastuono delle sirene.

Gridai ancora una volta verso la Jeep: « Mani in alto! Fateci vedere le mani! »

Nessun movimento, nessuna voce, nessuno sparo. Niente.

Poi, quando le sirene attorno finalmente tacquero, dalla Jeep arrivò una voce flebile: « Non posso. Avvicinatevi ».

67

L'elicottero della polizia disegnava sulla strada un cerchio di luce illuminando le auto ferme, la massa accartocciata della Jeep, il mio Explorer crivellato dai proiettili, e i poliziotti che correvano in tutte le direzioni.

Brady, con la pistola in pugno, ordinò di nuovo agli occupanti della Jeep di alzare le mani e di gettare le armi fuori dalla macchina. Non successe niente. Ci avvicinammo, troppo per i miei gusti, e riuscii a sbirciare attraverso i finestrini abbassati.

Davanti, accasciati sui sedili, c'erano due persone immobili, un uomo e una donna.

Aprii la portiera del conducente e osservai bene l'uomo alla guida. Era Kenny Chen, con addosso la sua giacca pitonata tutta ricoperta di sangue. Il braccio destro era crivellato di colpi, il fucile abbandonato in grembo, gli occhi erano chiusi. Quando mi avvicinai per disarmarlo si svegliò, mi vide e tentò di muoversi. Gridò per il dolore e poi svenne di nuovo. Perdeva troppo sangue dalle ferite. La situazione non mi piaceva, non volevo che morisse: doveva darmi troppe spiegazioni.

« Kenny » lo chiamai a voce alta. « Kenny, sei messo male. L'ambulanza sta arrivando. Parlami, per chi lavori? »

Nessuna risposta, ma la sua mano prese a frugare il sedile, alla ricerca di qualcosa.

Gli puntai la pistola alla testa. «Mani in alto, ho detto.»

Chen le alzò urlando di dolore.

Brady mi raggiunse, si sporse nella Jeep e trascinò Chen in strada afferrandolo per il braccio sano. Poi lo fece rotolare a pancia in giù, lo perquisì e lo ammanettò.

«Ti presento l'informatore numero 7990, alias Snoopy, alias Kenny Chen» gli dissi.

«Signor Chen, lei è in arresto per il tentato omicidio di due agenti di polizia» dichiarò Brady. «E anche per possesso di un'arma illegale. E con questo la tratteniamo finché non abbiamo finito di formulare il resto delle accuse.»

Quando arrivò la prima ambulanza, Brady stava leggendo a Snoopy i suoi diritti.

«Hai... ucciso... la mia ragazza.»

«Ho risposto al fuoco» dissi.

Chiuse gli occhi quindi lo scossi. Poi lo chiamai ancora, a voce più alta.

«Kenny, resta sveglio! Resta con me!»

Lui mi guardò negli occhi e sussurrò: «Li hai... portati?»

I paramedici adagiarono Kenny su una barella e lo trasportarono sull'ambulanza ferma in fondo alla strada.

Kenny mi aveva davvero chiesto se avevo portato il resto del denaro?

Quell'idiota era venuto per prendere i soldi, i soldi che io avevo lasciato al sicuro a casa chiusi in cassaforte? Aveva inventato tutta una storia di traffico d'armi per mettere le mani su cinquantamila dollari?

Speravo che Kenny vivesse abbastanza a lungo da darmi delle spiegazioni.

68

Mi avvicinai al lato del passeggero della Jeep distrutta e osservai il corpo accasciato sul sedile. La donna era ricoperta dal mento alla vita dal sangue che fuoriusciva da una ferita sul collo. Il volto era girato verso il conducente ma anche così, nell'oscurità, riconobbi la vedova di Ted Swanson.

« Kim, riesci a sentirmi? » gridai.

Lei non rispose. Contattai la centrale. Urlando in mezzo al frastuono delle sirene comunicai il mio nome, il mio numero di matricola e la nostra situazione.

« Sparatoria con agenti coinvolti. Tre criminali a terra, uno dei quali non dà segni di vita. Mandate delle ambulanze al numero 1420 di Carroll Avenue a Bayview. Servono anche il medico legale e la Scientifica. »

Non avevo distolto gli occhi da Kim Swanson neanche per un secondo. Non si era mossa. Mi riavvicinai a lei per controllarle il battito: era debole ma c'era ancora. La pistola le era scivolata di mano ed era caduta a terra accanto ai suoi piedi. Mi infilai un guanto, la allontanai dalla sua portata e la misi in una busta recuperata dal kit che tenevo in auto.

Era compito della Scientifica identificare l'arma ma io la conoscevo bene: era una Glock 45, la marca e il modello in dotazione alle forze dell'ordine fino a qualche anno prima. Aveva un suo perché, anche se distorto.

Kim aveva tentato di ucciderci con la pistola di Ted Swanson.

69

L'elicottero ripartì. Le radio gracchiavano e parlottavano ancora ma le sirene erano state spente. I meccanici, i marmisti e i saldatori che uscivano dalle fabbriche facevano domande che rimanevano senza risposta. Al contrario, fu ordinato loro di stare indietro e di non toccare nulla mentre gli agenti tendevano il nastro fino a recintare la sezione rettangolare identificata come scena del crimine.

La task force arrivò al completo. C'erano tutti, insieme a un gruppetto di agenti dell'FBI che non conoscevo. Cappy, Chi, Conklin e Alvarez corsero ad assicurarsi che io e Brady stessimo bene, poi iniziarono a interrogare tutti i possibili testimoni della sparatoria. Chiedevano alle persone se sapessero qualcosa, se ci fossero dei video, se conoscessero le vittime.

Ora che il rumore era diminuito almeno della metà e nessuno sparava, mi toccai la guancia. Era appiccicosa.

«Tutto bene, Lindsay?» domandò Brady.

«Non è niente» risposi.

«Sei una donna fortunata, amica mia.»

«Vale per tutti e due.»

Brady aggiornò Clapper al telefono mentre io camminavo in tondo, osservando l'arrivo del furgone del coroner, le indagini all'interno dell'area delimitata dal nastro, il sopraggiungere del direttore della Scientifica Gene Hallows e dei suoi agenti, che sistemarono le luci e iniziarono a esaminare la scena. Rimasi in disparte mentre il resto della squadra si riuniva all'esterno della zona recintata.

Brady terminò la telefonata.

«Che cosa dice Clapper?» gli chiesi.

«Lo sai già, siamo fuori. Adesso comanda Chi. Dobbiamo consegnargli le nostre armi e i nostri distintivi. E poi ci servirà un passaggio, perché io e te ce ne torniamo a casa.»

Annuii ma avevo ancora in circolo talmente tanta adrenalina che mi sentivo bruciare. Avevo sparato a un ragazzo e l'avevo ucciso. Ero stata tradita da Kenny Chen e da Kim Swanson. Mi domandavo se le armi fossero passate altrove, senza ostacoli. I trafficanti erano ancora nascosti in attesa? Oppure Kenny si era inventato tutto?

Non avevamo più niente da fare lì ed era probabile che l'indagine sarebbe stata affidata alla polizia di Stato per evitare conflitti di interesse con la nostra squadra. Sicuramente avremmo dovuto farci da parte. Io e Brady, finché non fossimo stati scagionati completamente, saremmo stati confinati in casa.

Mi costrinsi a pensare ai lati positivi dell'indossare la tuta per tutto il giorno: fare la spesa, portare a spasso il cane, passare un po' di tempo con mio marito e mia figlia.

L'autorizzazione a tornare al lavoro poteva arrivare nel giro di pochi giorni o dopo mesi.

Brady chiamò il sergente Paul Chi, lo rassicurammo sulle nostre condizioni e gli consegnammo pistole e distintivi.

«Domani faremo rapporto a te e a Clapper» gli disse Brady.

Fu in quel momento che arrivò la stampa. Per prima la stazione mobile della WACD, poi iniziarono a comparire le telecamere e infine giornalisti, blogger e inviati locali, tra cui Cindy. Non mi aveva ancora visto ma sarebbe successo di lì a pochi secondi. Forse Conklin avrebbe potuto rispondere alle sue domande, ma se avesse chiesto a me che cosa era successo sarei stata costretta a dirle che mi dispiaceva ma non potevo parlarle di un caso in corso.

Cindy offrì a me e a Brady un passaggio in auto, che accettammo, mentre lei scherzava: «Brady, non costringermi a implorarti!»

Lui la avvertì subito del fatto che non poteva parlare con lei del caso e lei gli rispose: «Sai, amico mio, ogni tanto mi piacerebbe proprio venire colta di sorpresa. Qualcosa del tipo 'Cindy, ti andrebbe un'esclusiva?'»

Brady le sorrise. «Se potessi, lo farei.»

Conklin si avvicinò, mi toccò la guancia e mi disse: «Disinfettati, mi raccomando. Ti chiamo tra un paio d'ore».

«Va bene, non dimenticartene.»

L'auto della polizia di Brady era ancora parcheggiata sulla rampa dell'autostrada. Ringraziammo Cindy per il passaggio e prima di salire sul SUV la salutai con un abbraccio. Avviando il motore, Brady mi chiese qualcosa che non sentii. Appoggiai la testa all'indietro e, mentre mi riaccompagnava a casa, mi addormentai.

70

Mi trovavo nella mia auto, Brady seduto alla mia destra, incastrata tra le lamiere mentre si sparavano da una Jeep nera non identificata quando qualcuno mi scosse per la spalla.

Le coperte erano per terra. «Joe? Che ore sono?»

«Le sette e un quarto» rispose. «Ti dimenavi come un pesce fuori dall'acqua.»

«Che bella immagine.»

La violenza del sogno mi assalì all'improvviso ma in realtà non si trattava di un sogno. Era un ricordo. Vivido, e talmente reale che mi coprii gli occhi con le mani.

«Stamattina il telegiornale ha trasmesso un video della sparatoria» mi disse Joe. «A quest'ora sarà già su YouTube.»

«L'hai registrato?» gli domandai.

«Certo. Vai di là a guardarlo mentre io mi occupo di Julie.»

«Anch'io devo prepararmi.»

«No, non devi. Clapper mi ha informato che non devi andare al lavoro.»

Ah, giusto. La mia pistola e il mio distintivo erano sottochiave nell'ufficio di Clapper e lo stesso valeva per quelli di Brady. Mi sedetti sul bordo del letto tenendomi con le mani al materasso finché non mi sentii abbastanza stabile da alzarmi in piedi. Seguii Joe in soggiorno, dove mi lasciai cadere su una sedia.

Julie era seduta al tavolo della cucina a giocherellare con

i cereali, separava i piccoli marshmallow dalle ciambelline integrali.

«Julie, finisci la colazione» le disse Joe. «Perderai l'autobus!»

«Bù!» rispose lei. «Ciao, mamma!» E si cacciò una cucchiaiata di cereali in bocca.

«Ciao, ragazzina! Non mangiare troppo velocemente. Prima si mastica, poi si ingoia.»

Joe premette un tasto del telecomando e il video partì. Abbassai il volume, sapevo già che cosa sarebbe successo. Il video era stato girato dall'angolo tra Carroll Avenue e Ingalls Street e aveva immortalato ventidue secondi tra i più spaventosi della mia vita.

Guardavo quelle immagini riprese da una decina di metri di distanza, le armi da fuoco che impazzavano per Carroll Avenue. Contro il cofano del mio Explorer si abbattevano senza sosta i colpi provenienti dalla Jeep.

Era il momento clou.

Incrociai le braccia sul petto e strinsi con forza. Sentivo ancora i vetri rotti che volavano tutt'attorno, i fari che esplodevano prima a sinistra e poi a destra, uno specchietto che veniva sbalzato via.

«Basta?» chiese Joe, e fece per spegnere il televisore.

«No, no! Voglio vedere.»

Lui tornò a sedersi. L'inquadratura del video si abbassò e si offuscò, come se chi riprendeva avesse pensato che ormai era tutto finito. Ci furono diversi secondi di silenzio, poi buio. Nella mia mente rivedevo la mano di Brady, le sue dita che contavano i secondi e la sua voce che diceva «Ora!»

La videocamera non aveva immortalato quel momento e neanche quello in cui avevo premuto il piede sull'acceleratore, mi ero chinata sotto il cruscotto e avevo pregato. Poi il video riprese. Vidi l'Explorer scattare in avanti e schiantarsi contro la Jeep. Dal radiatore fuoriuscì un getto di vapore.

«Gesù, Biondina!» commentò Joe, evitando le parolacce a beneficio di Julie. L'immagine era tornata sul conduttore della trasmissione del mattino, Boris Neiman. Lessi i sottotitoli: *Ieri sera, a Bayview, si è verificato uno scontro tra poliziotti e civili, ci sono morti e feriti...* «Hanno menzionato il mio nome?» domandai a Joe. «O quello di Brady?»

«No, nessun dettaglio.»

Julie si stava avvicinando, quindi afferrai il telecomando e spensi la tv.

«Chi è Snoopy?» domandò Julie.

La sollevai in grembo e le chiesi: «Che cosa sai di Snoopy?»

«Sei tu che l'hai nominato.»

«Stavo dormendo, Jules, sognavo. È una persona che conosco per lavoro.»

«Lindsay, torna a letto» mi ordinò Joe. «Accompagno io Julie all'autobus.»

«Secondo te è troppo presto per chiamare Brady?» gli chiesi.

«Fossi in te lo lascerei riposare.»

Gli diedi ragione e tornai a letto. Un minuto dopo avevo preso il telefono dal comodino e stavo chiamando Brady.

«Come stai, Lindsay?» mi domandò.

«Meravigliosamente!» scherzai. «E tu?»

«Mai stato meglio» rispose restituendomi la battuta. Poi tornò serio. «Ascolta, Kim Swanson è morta in ambulanza senza riprendere conoscenza, i suoi figli sono stati affidati ai servizi sociali. Il tuo informatore corrotto è in terapia intensiva, privo di sensi.»

«Credi che ce la farà?»

«Fosse per me pescherebbe la carta *Vai all'inferno.*»

Mi venne da ridere. Poi domandai: «Si sa qualcosa del ragazzo a cui abbiamo sparato?»

«Sulla carta d'identità c'è scritto Roger Chen. Potrebbe essere imparentato con Snoopy, ma Chen è un cognome abbastanza comune quindi non abbiamo certezze. Aveva appena compiuto ventotto anni, disoccupato, nessun precedente. Samuels e Lemke stanno perquisendo il suo appartamento proprio ora. Non abbiamo idea di chi avvisare della sua morte finché Snoopy non riprende conoscenza.»

«Questo giovane Chen ha fatto fuoco contro di noi?» domandai a Brady.

«Chi è ancora in attesa del rapporto balistico. In ogni caso, era armato e si è rifiutato di gettare l'arma. Boxer, Clapper vuole vederci entrambi oggi alle due. Compila il tuo rapporto, ci vediamo lì.»

Mi sdraiai e mi appoggiai il cuscino di Joe sul viso ma non riuscii a riprendere sonno. Non potevo scacciare quelle immagini dalla testa, così mi alzai e mi preparai un caffè. Mentre aspettavo che salisse, aprii il portatile e iniziai a scrivere il mio rapporto, annotando quello che rammentavo e reimmergendomi nuovamente nei ricordi.

71

Erano quasi le dieci e Claire Washburn stava terminando l'autopsia su Kim Swanson, aveva iniziato alle sei del mattino. Come sempre era stata molto meticolosa e aveva annotato con grande cura ogni passaggio e ogni osservazione.

Aveva fotografato il corpo con i vestiti addosso e poi di nuovo dopo averlo spogliato. L'aveva pesato e aveva esaminato ogni ferita e ogni neo, oltre al piccolo tatuaggio sulla caviglia destra, un cuore vicino alla scritta «Ted». Aveva documentato anche le costose manicure e pedicure.

Finito l'esame esterno, aveva prelevato un campione di sangue che aveva etichettato e messo da parte per il laboratorio.

Poi era cominciato l'esame interno. Claire aveva pesato gli organi mentre li descriveva ad alta voce, registrando ogni parola, e aveva preso nota della posizione dei proiettili trovati nel corpo, tre in tutto, che erano stati imbustati ed etichettati. Altri sei avevano colpito la donna di striscio o ne avevano attraversato completamente il corpo. Annotò anche questo nel rapporto.

Riposizionò gli organi all'interno del cadavere e ricucì le incisioni mentre Bunny Ellis, la sua assistente, ripuliva gli strumenti e preparava la cella frigorifera.

«Bunny, chiama il laboratorio per favore. Avvisali che i vestiti e gli effetti personali di Kim Swanson sono pronti e che abbiamo per loro anche i proiettili estratti dal cadavere.»

«Certo, dottoressa. Avrei bisogno di una pausa.»

«Chiamiamo il laboratorio, puliamo qui e poi possiamo prenderci mezz'ora.»

Claire inviò via email la registrazione digitale dei suoi appunti a un addetto alla trascrizione, dopodiché lei e Bunny sollevarono il corpo di Kim Swanson e lo adagiarono su una barella per trasferirlo nella cella frigorifera. Bunny riportò i dati della donna morta sulla targhetta esterna e chiuse il cassetto.

Claire si recò nel suo ufficio e telefonò a Lindsay.

«Non ho molto tempo» disse Lindsay. «Più tardi ho un appuntamento con Clapper. C'è qualcosa che dovrei sapere e che puoi riferirmi?»

«Vediamo... La signora Swanson era una donna di origini asiatiche, ben nutrita, un metro e sessantacinque per sessanta chili, è morta ieri sera tra le otto e le dieci. Causa della morte: ferite multiple da arma da fuoco. Dei tre proiettili che ho asportato, due erano colpi mortali. Poi ci sono quelli che l'hanno attraversata: uno è passato nell'arteria carotide sinistra, un altro le ha squarciato un ventricolo. Lo stomaco era vuoto. Aspettiamo ancora l'esito degli esami del sangue ma non ho dubbi sulla causa della morte.»

«Grazie, Claire.»

«Linds, che cosa ci faceva lì?»

«Quando lo saprò, te lo dirò.»

Si salutarono proprio mentre la porta dell'ufficio di Claire si apriva. Lei alzò lo sguardo e si trovò davanti una ragazzina magra di circa dodici anni, di origine asiatica, con addosso una maglietta, un paio di collant e delle ballerine. Gli occhi grandi erano gonfi di lacrime. In piedi sulla soglia, fissò Claire dritta in volto e disse: « Voglio vedere mia madre ».

« Tua madre? »

« Kim Swanson. Sono Lily Wong, sua figlia. »

« Mi dispiace molto per tua madre, Lily. Chi ti ha accompagnato qui? »

« La signora Velshi, è rimasta in sala d'attesa. »

« E chi è la signora Velshi? »

Sulla soglia, alle spalle di Lily, apparve una donna sulla cinquantina. Il viso dolce, incorniciato da una massa di capelli biondi e grigi, aveva un'espressione sconvolta.

« Le chiedo scusa, dottoressa Washburn » disse la donna. « Qualcuno deve aver lasciato aperta la porta e Lily è sgattaiolata dentro. »

Lily si rivolse a Claire: « La signora Velshi si occupa dei ragazzini come me, quelli che non hanno più né una mamma né una famiglia ».

72

« Per favore, Lily, aspetta qui » disse Claire alla bambina, offrendole una sedia mentre raccoglieva i documenti sparsi sulla scrivania e li chiudeva nell'armadietto. « Devo parlare un attimo con la signora Velshi. »

Claire scortò la donna fino alla reception. Il bancone si trovava davanti alla porta che conduceva agli uffici, a una decina di metri dall'ingresso dell'obitorio.

Una fila di sedie di plastica di un rilassante grigio-blu correva lungo una delle pareti della stanza. Una delle sedie era occupata da un poliziotto, su quella accanto era adagiata una borsetta fatta all'uncinetto. Non c'era nessun altro. La bella ragazza dietro il bancone fece chiaramente capire a Claire, con l'espressione e i gesti frenetici delle mani, che aveva proprio bisogno di parlarle.

« È tutto a posto, Amy » la rassicurò Claire. « Ne parliamo dopo. »

Poi si voltò verso la signora Velshi.

« L'obitorio è assolutamente vietato ai minori. Chi è lei e perché ha portato qui la bambina? »

« Sono Nora Velshi, assistente sociale del Servizio per la protezione dell'infanzia. Questa povera ragazzina... Sua madre ieri sera non è tornata a casa, il patrigno si è suicidato qualche giorno fa... Il fratellino piange senza sosta in una culla... Ho portato via Lily da casa sua, non può tornarci.

Voleva vedere sua madre, dovevo almeno tentare. L'agente Seldon, qui, mi ha detto che potevo provare a chiedere. Dottoressa Washburn, Lily è disperata.»

L'agente di polizia si fece avanti: «Se c'è qualcuno da incolpare, dottoressa, quello sono io. Ho pensato che valesse la pena tentare...»

«Va bene. Va bene, datemi un minuto.»

Claire tornò in ufficio a prendere Lily e la riaccompagnò alla reception dalla sua tutrice.

Andò in cerca di Bunny, la trovò in bagno e le disse di Lily e della signora Velshi. «Dobbiamo farlo. Hai un camice di riserva?»

Bunny aveva la stessa taglia di Kim Swanson, quindi vestirono i resti della donna con la divisa di cotone blu grezzo. Le pettinarono con cura i capelli e coprirono con una garza la ferita al collo. Recuperarono i due anelli dalla sacca degli effetti personali. Una volta che la morta fu rivestita adeguatamente, Bunny la coprì fino alle ascelle con un lenzuolo e le sistemò le mani incrociate sul telo.

Kim Swanson era bianca, e fredda al tatto, ma così sembrava addormentata.

Claire tornò alla reception a chiamare Lily e la signora Velshi.

«Siamo pronte. Solo cinque minuti, d'accordo?»

Lily annuì, le lacrime che le rigavano il viso. «Sì, sì!»

Claire capiva la rabbia della bambina e il motivo per cui l'agente Seldon l'aveva portata lì. Le accompagnò nella sala delle autopsie, tenendo loro aperta la porta. Lily non esitò neanche un secondo: non appena vide la madre distesa sulla barella si gettò singhiozzando sul suo petto.

«Io rimango qui con te» disse Claire.

Lily si voltò verso di lei e urlò: «L'ha fatta uccidere lui, lo sai? È stato *lui*».

«Chi è *lui*?» domandò Claire.

«Lo sai!» rispose la ragazzina.

«No, davvero, non lo so. Dimmelo, per favore.»

Ma Lily non parlò più. Claire rimase in disparte e, dopo qualche minuto, la signora Velshi allontanò delicatamente la bambina dal corpo di sua madre.

«Tommy ci sta aspettando» le ricordò.

Lily si lasciò condurre fuori dalla stanza delle autopsie verso la sala d'attesa e Claire le seguì. Nel vederle, l'agente di polizia si alzò e restituì alla signora Velshi la borsetta, poi tutti e tre uscirono dagli uffici del medico legale mentre la dottoressa li guardava andarsene.

A chi si riferiva Lily quando aveva detto che *lui* aveva fatto uccidere sua madre? Claire tornò nel suo ufficio e chiamò Lindsay.

SECONDA PARTE

73

Quando Cindy riaprì gli occhi si ritrovò distesa per terra a faccia in su, confusa e nauseata. Rotolò sul fianco, sputò sul marciapiede e poi cercò di alzarsi in piedi ma non ci riuscì. Allora ricadde all'indietro, debole e disorientata. Un dolore lancinante, simile a una scarica elettrica, le si irradiò dal naso al viso, alla testa e alle spalle, giù fino alla punta delle dita.

Si toccò il volto e le sfuggì un gemito. Quando scostò le mani vide che erano sporche di sangue.

Che cosa era accaduto? L'avevano aggredita? Era stata investita da un'auto?

Un'ombra si stagliò sopra di lei.

Si schermò gli occhi e tentò di sbirciare attraverso le dita: su di lei incombeva un uomo. Era bianco, sulla trentina, con i capelli color sabbia. Il sorriso beffardo ne rovinava l'aspetto piacevole. Lo conosceva?

« Serve una mano? » domandò l'uomo.

C'era troppo sole quindi chiuse gli occhi e girò il viso dall'altra parte. Aveva la sensazione, non sapeva perché, che quell'uomo volesse farle del male. Con un filo di voce disse: « Ho... ho bisogno di rimanere stesa... ancora ».

L'ombra svanì mentre i ricordi della mattinata le tornavano alla mente uno dopo l'altro. Lindsay era stata sospesa. Cindy era andata a prendere... i biscotti al cioccolato, sì, a piedi da Sweets. E poi? Aveva chiamato un Uber che la portasse a Lake Street, gli aveva dato appuntamento al negozio.

L'auto le si era avvicinata lentamente e il conducente, dal finestrino aperto, l'aveva apostrofata in modo brusco. C'era stata un'incomprensione, prima di andare da Lindsay lei doveva passare in pasticceria, quindi lui l'aveva insultata. Lei gli aveva risposto qualcosa, gli aveva urlato di andarsene. Poi aveva voltato le spalle, mentre qualcuno scendeva dall'auto.

Ora ricordava: quel qualcuno aveva una pistola. E la guardava con rabbia. Dopo quest'immagine non c'era più niente, doveva averla colpita.

Attraverso le palpebre, Cindy vedeva rosso. Il sangue le scorreva lungo le guance, giù per la camicetta, fino a colare sul marciapiede. Riusciva a pensare lucidamente però, nonostante il dolore pulsante al naso e il taglio sul labbro. Alzò gli occhi, all'altezza della cintola dell'uomo, lo vide stringersi il pugno sinistro con la mano destra. Non ebbe più dubbi: era stato lui a colpirla. Ma non vide nessuna pistola.

Poteva averla nascosta nella cintura, avrebbe ancora potuto spararle.

Pensa, Cindy. Se voleva sopravvivere doveva farsi piccolissima, indifesa. Non doveva rappresentare una minaccia per lui. Come se non l'avesse visto prima e non lo vedesse neanche ora.

Doveva recuperare la sua borsa, se l'avesse presa lui avrebbe potuto scoprire dove abitava.

Laggiù! Lo zainetto di pelle nera era appena fuori dalla sua portata. Allungò il braccio più che poté, afferrò la borsa per la tracolla e se la portò al fianco. Sempre guardando per terra fece leva sui palmi delle mani, spostò il peso in avanti e in qualche modo riuscì a raccogliere le gambe sotto di sé. Doveva ignorare il dolore, pensò, poteva farcela.

Con uno sforzo tremendo balzò in piedi. Si mise lo zainetto in spalla e prese a camminare, ma aveva fatto solo un paio di passi che l'uomo la chiamò.

«Cindy, vero? Sei un'amica del sergente Boxer, giusto? Ho un messaggio per lei, riferisciglielo.»

La conosceva. Conosceva il suo nome e sapeva che lei e Lindsay erano amiche intime.

«Devo tornare a casa» mormorò Cindy.

L'uomo continuò a parlare.

«Sei pronta? Ecco il messaggio. Devi riferire a Lindsay: 'Non è ancora finita'. Hai capito, Cindy? 'Non è ancora finita'.»

Il semaforo era verde, Cindy attraversò la strada e si allontanò. Le urla del suo aggressore la raggiunsero: «Cindy, hai sentito parlare di quegli uomini trovati morti con le labbra pinzate?»

Cindy camminava sempre più veloce, sempre più determinata. Sapeva di che cosa parlava quell'uomo, conosceva il messaggio scritto a pennarello sulla fronte di uno di quei cadaveri: «Se parli muori».

Quella era una minaccia di morte.

Sentì sbattere le portiere dell'auto. Si voltò e vide lo sconosciuto risalire al posto di guida della macchina nera. Era successo davvero? Grazie a Dio se ne stava andando.

Cindy avrebbe voluto leggere la targa ma aveva ancora gli occhi gonfi e semichiusi, pieni di lacrime e accecati dal bagliore del sole. Allora tirò fuori dalla tasca il telefono e puntò l'obiettivo verso l'auto che si allontanava, sempre più piccola. Premette ripetutamente il pulsante della fotocamera scattando un'immagine dopo l'altra finché la macchina non svoltò, scomparendo dalla sua vista.

74

Ero seduta ad aspettare nell'anticamera dell'ufficio di Clapper con la borsa di tela appoggiata al mio fianco, leggendo le ultime notizie sul telefono. Dall'ufficio del capo uscì Brady, che mi fece un cenno di saluto con la mano mentre se ne andava. Clapper si affacciò alla porta e mi accolse calorosamente. Sembrava quasi tornato l'uomo con cui avevo lavorato quando era a capo del laboratorio.

«Siediti, siediti» mi invitò. «Come ti senti?»

«Come se avessi dormito dentro un poligono di tiro» risposi. «Continuo a sentire gli spari. Mi tremano le mani.»

«È comprensibile, Lindsay.»

Allungò la mano per ricevere il mio rapporto, aprì la busta e passò in rassegna le due pagine. In realtà sapeva già che cosa era successo la notte prima, era rimasto in ascolto dall'altra parte del microfono per tutto il tempo della sparatoria.

Lo avevamo aggiornato tra una raffica e l'altra e la linea con il suo ufficio era sempre rimasta aperta. La decisione di sollevare Brady dall'incarico e affidare a Chi il comando in attesa delle indagini era parte del protocollo da seguire quando un poliziotto era implicato in un omicidio.

«C'è qualcosa che vuoi aggiungere al tuo rapporto?» mi domandò.

«Detto tra noi, Charlie, mi sento un'idiota, una novellina. Potevano ammazzarci. Mi sento una stupida ad aver coinvolto tutta la squadra nei deliri di Kenny Chen e per qualche strano motivo mi sento anche in colpa per Kim Swanson. »

« Evidentemente aveva le sue ragioni per trovarsi lì, nessuna delle quali era buona. Ma non sapremo mai con certezza quali fossero. »

« Sai cosa penso? Penso che mi incolpasse per Ted. Per la testimonianza al processo, perché è stato condannato e poi si è suicidato. »

« Non è colpa tua, Boxer. Non la conoscevi, non le hai dato tu un'arma. La condanna, Swanson se l'è meritata, non dipende da te. Vuoi ridarmela? »

Porsi a Clapper la borsa piena di mazzette di banconote da venti e cinquanta dollari, per un totale di cinquantamila bigliettoni, che non erano stati consegnanti a Kenny Chen.

« Brady mi ha detto che, anche se sopravvive, Chen non camminerà più » dissi. « Ha detto qualcosa? »

« Sì, una parola sola. »

« Lasciami indovinare, 'avvocato'? »

« Lindsay, devi parlare con uno strizzacervelli. È obbligatorio. Vedrai che ti farà bene. »

Sfilò un biglietto da visita da una pila sopra la scrivania e me lo porse. C'era stampato Ari Green, psichiatra e, sotto, un numero di telefono.

Lo presi, ringraziai e gli chiesi: « Brady dovrà essere ascoltato dalla commissione e io no? »

« Era lui l'ufficiale in comando. Ma se avranno qualche domanda arriverà anche il tuo turno. Ti consiglio di aspettare lì fuori insieme a Katie. »

Katie Branch era l'assistente di Clapper come lo era stata,

prima di lui, del capo Warren Jacobi. Ci alzammo entrambi. « Un'ultima cosa, Boxer » disse. « È stata indetta una conferenza stampa. Farà benissimo agli ascolti, probabilmente, ma di certo non al dipartimento di polizia di San Francisco. »

« Poliziotti che sparano a cittadini innocenti... »

« Se fossi in te eviterei di accendere la tv stasera. »

75

Katie stava pigiando i tasti sulla console lampeggiante della linea di Clapper. Il suo continuo «Mi lascia nome e numero di telefono?» era la colonna sonora delle immagini che scorrevano nella mia mente senza sosta. Io coperta di schegge tra i capelli e sulle spalle; io che premevo sull'acceleratore; lo stridore dello schianto; gli spari contro il ragazzo che non aveva voluto gettare l'arma.

Mi riscossi quando Clapper mi chiamò.

«Vogliono vederti. Tu e Brady avete confrontato i vostri appunti? Risponderò io per te: no. Non l'avete fatto, vero? Non vogliamo che sembri che vi siate messi d'accordo su cosa raccontare.»

«No, ci siamo solo scambiati qualche parola quando eravamo ancora sulla scena del crimine. Chiunque lo avrebbe fatto. Non c'erano discrepanze.»

Clapper si strinse nelle spalle. «Vedremo.»

«Ho bisogno del mio avvocato? Brady ha chiamato il suo?»

«No. La commissione vuole sapere tutto sul tuo informatore, devono essere in grado di ottenere il meglio in questo inferno di pubbliche relazioni. Hai capito, Boxer?»

Non del tutto, Clapper.

Tornato in modalità capo, mi accompagnò lungo il corridoio fino alla sala conferenze. Mi fece entrare, mi indicò una sedia vuota su un lato del tavolo di quercia e ne occupò una a sua volta, a qualche metro di distanza. Ero circondata da membri delle alte sfere della polizia in abito scuro, dalle espressioni severe. Nessuno parlò o tantomeno mi fece le congratulazioni per essere sopravvissuta alla versione Far West di Bayview.

Indossavo i miei jeans migliori, una camicetta con i bottoni e una giacca di tela blu eppure mi sentivo nuda; comunque volessero metterla, quella era una commissione disciplinare e tutti mi stavano fissando.

Le indagini sull'incidente avvenuto a Carroll Avenue erano state affidate alla polizia di Stato da subito, quando ancora l'odore della polvere da sparo aleggiava nell'aria. Il capitano Clint Wysocki era il capo della polizia di Stato e, in quanto tale, anche il capo della commissione. I colpi di pistola mi erano rimbombati in testa per tutta la notte e non avevo avuto il tempo di indagare un po' su di lui.

Guardai Wysocki. Era un uomo stempiato, con il viso segnato e un sorriso trattenuto ma comprensivo. Stando alla sua giacca, era pluridecorato. Sembrava un tipo a posto ma non significava nulla, contava solo come avrebbe gestito il caso.

I miei sensi di colpa svanirono all'istante, sostituiti dalla rabbia per la vile aggressione di Kenny Chen e per il giudizio che dovevo subire da parte dei miei superiori. La repressi sotto la superficie ma rimase lì. C'era in gioco il mio distintivo. Stavano cercando un agnello sacrificale e io non avevo intenzione di servirglielo su un piatto d'argento, per giunta condito di salsa alla menta.

Clapper mi presentò. «Il sergente Boxer. Lavoriamo insieme da quindici anni, garantisco per lei al cento per cento.

Sono rimasto in contatto con lei e con il tenente Brady per tutto il tempo, seguendo le operazioni dal mio ufficio.»

Il capitano Wysocki si rivolse a Clapper: «Capo, ho ragione se dico che tu non conosci e non hai mai incontrato l'informatore noto come Kenny Chen?»

«Sì, confermo.»

Wysocki spostò l'attenzione su di me: «Sergente Boxer, grazie per essere venuta. Né il tenente Brady né il capo Clapper avevano mai incontrato Chen. Raccontaci quello che sai su quell'uomo e che cosa è successo, così saremo preparati alla sua morte o al suo futuro libro sulla brutalità della polizia. Dicci tutto del tuo informatore».

Non sapevo che cosa dire ma decisi che l'avrei capito mentre parlavo, così iniziai. Feci loro una breve cronaca della storia di Chen con il dipartimento, poi passai agli incontri al Li Po. Descrissi dettagliatamente il giochino che Chen aveva organizzato per me – il cambio di indirizzo dell'ultimo minuto – solo per ottenere il denaro.

«Perché lo ha fatto?» domandai. «L'avevamo pagato bene per le informazioni su quel trasporto d'armi proveniente dal Messico. Mentre sanguinava nella sua auto, senza alcun trafficante in vista, mi ha chiesto se li avevo portati con me. Pensava ancora ai soldi.»

Ammisi pubblicamente di essere stata ingannata e conclusi dicendo: «Nonostante questo disastro, abbiamo ancora quattro omicidi insoluti e forti ragioni per credere che siano collegati ai camion carichi di armi e droga provenienti dal Messico e che potrebbero essere ancora in viaggio verso la California».

Katie entrò nella sala conferenze, consegnò un biglietto al suo capo e uscì.

Clapper lesse tra sé il biglietto poi disse: «Al Metro Hospital, il signor Chen si è svegliato e ha rilasciato una dichiarazione a Blotter, un sito amatoriale di cronaca nera. 'Sono un informatore del sergente Lindsay Boxer. Doveva pagarmi cinquantamila dollari per le informazioni che le avevo passato. Così mi ha attirato in un luogo isolato e mi ha aggredito. Immagino volesse tenersi i soldi ma, purtroppo per lei, io so che cosa ha fatto'».

76

Sentire Clapper leggere che Chen dichiarava che io avevo tentato di fregarlo mi riempì di rabbia. Quell'uomo era peggio di un serpente a sonagli. Voleva vendicarsi per ciò che aveva perso a Carroll Avenue, era evidente.

La nota proseguiva.

«'Boxer mi ha attirato in una trappola. Lei e il suo partner hanno ucciso la mia fidanzata e mio cugino e mi hanno paralizzato a vita. Non lasciate che il sergente Lindsay Boxer la faccia franca.'»

Alcune mani si alzarono attorno al tavolo. Durante l'assalto di domande che mi vennero rivolte, Clapper non mi guardò ma all'ultima rispose direttamente lui.

«Boxer mi ha riconsegnato i cinquantamila dollari stamattina, non ho avuto neanche bisogno di chiederglielo.»

Dopo qualche istante fui ringraziata e congedata. Clapper mi riaccompagnò nel corridoio, dove Conklin mi stava aspettando.

«Lindsay» mi disse Clapper, «Chen è uno sbandato come la maggior parte degli informatori. La dichiarazione riportata online non è sotto giuramento. Diffonde la sua versione, probabilmente spera di influenzare la giuria o di ottenere un contratto cinematografico. Ignoralo. Prenditi qualche giorno libero, vai fuori città. Ti farò avere un'auto. Hai preferenze?»

«Una Ford Explorer. E il mio distintivo?»

«Presto lo riavrai, le indagini sono in corso. Ma te lo ripeto: non hai fatto niente di male. Sei stata raggirata. Conklin, pensaci tu.» Poi se ne tornò nel suo ufficio.

Il mio compagno di squadra sorrise ma sembrava preoccupato. Il dolore nei suoi occhi mi turbava.

«Cindy è stata aggredita qualche ora fa e vuole parlarti» mi disse mentre ci avviavamo verso l'ascensore.

«È stata aggredita *fisicamente*?»

«Sì, ha una piccola frattura al naso, il labbro gonfio e due occhi neri terribili a vedersi. Ma è una tipa tosta.»

Mentre l'ascensore scendeva controllai il telefono e trovai quattro messaggi di Cindy. Ascoltai il primo.

«Lindsay, richiamami subito!»

I tre messaggi successivi erano tre chiamate perse.

La vecchia Ford Bronco di Conklin era parcheggiata in Harriet Street. Da lontano scorsi Cindy sul sedile del passeggero, quindi io salii dietro.

Quando girò la testa per parlarmi vidi il suo bel viso gonfio e pieno di lividi. Gli occhi azzurri erano due sottili fessure all'interno di grandi cerchi viola.

«Oh mio Dio!» ripetei più volte incredula. «Che cosa ti è successo?»

«Ho sbattuto contro una porta» rispose. Cercò di sorridere ma non ci riuscì e si coprì con una mano la bocca gonfia. «Ahia!»

«Cindy, sei in grado di parlarmi senza muovere le labbra?»

«Sì, ma niente sparapunti, va bene?»

«Promesso.»

Mentre Conklin guidava in mezzo al traffico fino a Lake

Street, Cindy mi raccontò del gruppetto di uomini su un'auto nera che l'aveva aggredita e mi descrisse nel dettaglio tutto quello che ricordava del tizio che le aveva dato un pugno.

«Aveva una pistola, mi sembra. I ricordi sono un po' confusi. Prima di colpirmi l'aveva, ma dopo non l'ho più vista. Si teneva la mano come se gli facesse male quindi sono abbastanza sicura che sia stato lui a tirarmi un pugno.»

Le misi una mano sulla spalla per consolarla e scommisi con lei un dollaro che l'auto in questione era una BMW nera.

«Ho una decina di scatti del paraurti... tutti sfocati» disse. «Ma ci deve essere qualcosa di utile.»

«Mandameli.»

Lo fece immediatamente e la ringraziai. A quel punto la mia amica Cindy Thomas mi confessò una cosa che non mi aveva ancora detto.

«Linds, ho parlato della sparatoria sul mio blog.»

«Oh no!» intervenne Rich. «Sai che non devi farlo!»

«Sì, lo so. Ma non ho fatto nomi, nessuno. Ho scritto soltanto che c'era stata un'operazione di polizia a Bayview.» Le parole le uscivano soffocate per il gonfiore alle labbra. «Ho scritto che ci sono state delle vittime.»

«Va tutto bene, Rich» risposi. «Stamattina il video era già su YouTube. Cindy, sapresti riconoscere l'uomo che ti ha dato un pugno?»

«Forse. Ma, Lindsay... lui ti conosce. Mi ha chiesto di riferirti che non è ancora finita.»

Mi accasciai contro lo schienale. Se questi uomini erano gli stessi che avevano seguito la signora Rose al parco e poi si erano appostati sotto casa nostra, Nardone ed Einhorn li avevano registrati nel nostro database.

Mi sporsi in avanti e le domandai: «Quando puoi guardare qualche foto segnaletica?»

«Quando vuoi, anche adesso.»

«Rich, io non posso occuparmene. Parla con Nardone ed Einhorn. Se questi sono gli stessi uomini che hanno seguito e molestato me e la mia famiglia dovremmo già avere i loro nomi, i loro documenti, le loro foto e, chissà, forse anche altro.»

77

Quando aprii la porta di casa ero preoccupata e fremevo ancora di rabbia. La dichiarazione di Kenny Chen su Blotter era stata un duro colpo. Era un bastardo bugiardo ma la sua storia avrebbe affascinato metà dei cittadini: i poliziotti lo avevano attirato in trappola e poi crivellato di colpi. I poliziotti erano i cattivi.

Ehi! Kenny Chen aveva tentato di ucciderci!

La parola esasperazione non rendeva, me ne serviva una nuova, più potente.

Trovai Joe seduto all'isola della cucina con il computer portatile aperto davanti a sé e la mano chiusa su una tazza piena di caffè. Abbracciai il mio adorato marito e poi mi chinai a salutare Martha, che riuscì quasi a stamparmi una leccata sulla faccia.

« Hai visto la mia macchina? » mi chiese Joe.

« No, c'è qualcosa che non va? »

Tirò fuori il telefono dalla tasca dei pantaloni e mi mostrò una fotografia del parabrezza e dei finestrini laterali. I vetri erano completamente tappezzati di adesivi a favore delle armi con la scritta NON OBBEDIREMO.

« Posso staccarli ma non volevo portare la bambina giù in strada e non potevo neanche lasciarla da sola. Ho avuto un'idea. Chiama Cat. »

Capii al volo. Era quasi ora di cena ma telefonai a mia sorella Catherine, sapevo che non le sarebbe dispiaciuto.

Rispose immediatamente: «Come va, sorellona?»

«È una storia lunga. Che ne dici se io e Joe portiamo te e le ragazze fuori a cena?»

«Cucino io, ho fatto la spesa.»

«Ancora meglio!» risposi alla mia sorella più giovane, nonché l'unica. «Inoltre, ho bisogno di un favore.»

«Sì, qualunque cosa.»

Risi, figurandomela seduta sul suo tappetino da yoga mentre mi offriva desideri come il genio della lampada.

«Puoi tenere Julie per una settimana? Ci troviamo in una situazione che potrebbe diventare pericolosa.»

«Ho sentito della sparatoria al telegiornale, Linds. Stavo proprio per chiamarti.»

«Che cosa ne pensi?»

«Non è importante.»

«Per me sì» la esortai.

«Va bene. Prendi noi due: stessi genitori, stessa casa. Io sono una a cui piace coltivare pomodori e preparare la cheesecake. E tu? Tu sei il lato buono del nostro papà, che però era un poliziotto cattivo. Hai davvero fegato, Lindsay.»

Mi sfuggì un sospiro.

«Stai bene?» mi chiese Cat.

«Non è ancora finita» le spiegai.

Le raccontai che ero in attesa di sapere se ero ancora un poliziotto e che la mia auto era da buttare. E che il comitato «Più armi per tutti» aveva appena ricoperto di adesivi il parabrezza di Joe.

«Voglio portare la piccola via da qui» le dissi.

«Bene, perché a noi lei manca molto. Qual è l'orario di arrivo stimato?»

«Più o meno le sei e mezzo, traffico e buche permettendo.»

«Non vedo l'ora!» rispose.

Mentre Joe ripuliva i finestrini, telefonai alla signora Rose per avvertirla che saremmo rimasti fuori per la serata e che Julie sarebbe partita per una settimana.

«Anche mia figlia mi ha implorato di passare la sera da lei, Lindsay. Ottimo tempismo.»

«Fantastico, divertiti.»

La salutai con un bacio e poi bussai alla camera di Julie. Mi invitò a entrare e la trovai che organizzava un talk show con bambole e pupazzi vari. Rimasi ferma ad ammirare la dolcezza della scena per un lungo istante poi le domandai: «Ti piacerebbe passare qualche giorno con zia Cat e le tue cuginette?»

Lei sussultò. «Veramente?»

«Veramente! Facciamo i bagagli.»

«Venite anche voi?»

«Io e papà rimaniamo soltanto a cena e poi stasera torniamo a casa. Sei una ragazzina fortunata, tu potrai rimanere una settimana.»

«Con Martha?»

«Certamente!»

Ballò per qualche secondo, chiacchierò con i suoi amici in cameretta e poi mise fine alla *trasmissione*: «Qui Julie Anne, buon appetito e buonanotte a tutti!»

78

Io e Joe preparammo degli snack e le borse per Julie e Martha, chiudemmo a chiave la porta e scendemmo di sotto. Una volta in strada ci dirigemmo velocemente verso l'auto, senza distogliere gli occhi da tutto quello che si muoveva su Lake Street tra l'Undicesima e la Dodicesima.

Individuai la pattuglia di sorveglianza e chiesi ai due agenti se potevano seguirci per qualche chilometro, per accertarsi che nessuno ci pedinasse.

«Nessun problema.»

«Dopo prendetevi pure la serata libera, d'accordo?»

Esultarono.

Superata Fulton Street e attraversato il Golden Gate Park abbassai il finestrino. Martha era salita dietro di me, accanto al seggiolino di Julie. L'aria faceva volare all'indietro le orecchie del nostro cane così mi sciolsi la coda di cavallo e lasciai che il vento giocasse anche con i miei capelli.

Joe fece partire la sua playlist di musica blues e la mia tensione evaporò mentre il panorama scorreva. Quarantacinque minuti dopo ci fermammo davanti all'accogliente cottage di Cat, in riva all'oceano.

Mia sorella e le sue due figlie, Brigid e Meredith, ci aspettavano nel vialetto. Julie e le cuginette si abbracciarono tra gli strilli e corsero immediatamente a giocare con l'altalena sul retro. Joe e Martha andarono a correre sulla spiaggia e io rimasi con Cat in cucina a preparare la cena.

Poco dopo eravamo tutti seduti al tavolo da pranzo con vista sull'oceano. Cat aveva servito i suoi celebri tortini di granchio e un'insalata appena raccolta nell'orto, terminando il pasto con cioccolata calda e biscotti al cacao, gustati sulla veranda mentre guardavamo il sole tramontare.

Amo la mia famiglia.

Tutto – l'amore, lo stare insieme, la brezza marina – mi faceva venire voglia di rimanere a casa di Cat per un mese. Volevo anche vedere il suo ragazzo, Henry. Volevo costruire castelli di sabbia con le tre bambine. Volevo sdraiarmi sull'amaca con mia sorella a parlare del passato, del presente e del futuro. E volevo dormire fino a tardi e svegliarmi con Joe al verso dei gabbiani.

Purtroppo non potevo.

Dovevo rimanere a casa mia per guardarmi meglio le spalle. Dopo aver sparecchiato la tavola io e Joe distribuimmo baci e abbracci. In maniera molto buffa Julie ci raccomandò di fare i bravi. Uscimmo con l'auto dal vialetto e Joe suonò il clacson in segno di saluto mentre ripartivamo verso nord.

«Torniamo al mondo reale...» gli dissi.

«Potremmo essere a letto entro le nove, nove e mezzo al massimo.»

Ci scambiammo un sorriso nel buio.

«Sembra un programma perfetto.»

Ancora una volta mi sbagliavo.

79

Io e Joe sentimmo le sirene quando eravamo ormai vicini a Lake Street. Erano talmente tante e venivano da tutte le direzioni, rimbalzando amplificate nei vuoti tra gli edifici e sui muri delle stradine laterali, che era impossibile capire dove stessero correndo tutti quei veicoli delle forze dell'ordine, ma noi lo sapevamo: casa nostra era proprio nell'occhio del ciclone.

Tra Park Presidio e la Dodicesima la strada era stata chiusa, ma anche a tre isolati di distanza riuscivamo a vedere i lampeggianti che riempivano Lake Street a partire dall'incrocio con Funston Avenue. Non c'erano auto quindi il traffico era stato interrotto in entrambi i sensi.

Un agente in uniforme ci venne a prendere all'altezza di Funston Avenue, garantì per noi e fece passare la nostra macchina. Joe parcheggiò davanti a casa e notai subito, fermo davanti alla porta, un SUV bianco della polizia dall'aria familiare.

Brady e Conklin.

Brady era seduto al posto di guida. Mi avvicinai e il mio « Che cosa è successo? » si scontrò contro il suo « Perché non rispondi al telefono, Boxer? »

« Forse perché non mi hai chiamato? » gli risposi.

« Controlla! »

Tastai la tasca della giacca a vento, poi attraversai la strada e guardai all'interno dell'auto di Joe. Non c'era traccia del telefono né sul sedile, né sul cruscotto, né per terra. Mi tornò in mente all'improvviso: l'avevo messo nella tasca del blazer blu che avevo indossato quel pomeriggio all'udienza della commissione, un milione di anni prima. La giacca era rimasta a casa e così anche il telefono.

Non avevo bisogno di spiegare a Brady quanto fossi ancora sottosopra, appena ventiquattro ore prima ci stavamo togliendo le schegge di vetro dai capelli mentre il caso veniva affidato al sergente Chi. Tuttavia, non volevo ammettere di aver lasciato a casa il telefono quindi mi limitai a ripetergli la domanda: «Che cosa è successo, Brady?»

«C'è stata una manifestazione a favore delle armi. Gente che marciava e sparava, hanno cantato per tre ore intere.»

«Venite di sopra» gli dissi. «Julie è via per qualche giorno.»

Brady e Conklin erano visibilmente nervosi mentre salivano nel piccolo ascensore insieme a noi. Brady inspirava dal naso ed espirava rumorosamente dalla bocca. Anche lui, come me, era in ferie forzate; e Conklin aveva un aspetto terribile.

Tutti lo avevamo.

Era strano trovarci in quel grande appartamento senza Julie e Martha ma, se non altro, c'era silenzio. Domandai se volessero bere qualcosa. Brady e Conklin optarono per un liquore, Joe per un bicchiere di vino e io mi preparai una tisana.

Quando fummo tutti seduti attorno al tavolino da caffè chiesi: «Chi comincia?»

Brady indicò Conklin, facendomi sentire in colpa perché mi resi conto in quel momento che non avevo pensato a Cindy per tutta la sera. «Come sta Cindy?»

«Bene» rispose Conklin. «Ha riconosciuto lo stronzo che l'ha presa a pugni dalla foto della patente. Si chiama Anthony Ruffo, la BMW è del padre. Sembra che questo Ruffo le abbia procurato una frattura al naso.»

Imprecai ma Brady alzò una mano, facendomi segno di trattenermi. «Continua, Rich.»

«Abbiamo preso Ruffo, circondato come sempre dai suoi scagnozzi. Li tratteniamo per aggressione e per complicità in aggressione, il che è sufficiente per lasciarli in gabbia fino a stasera. Ruffo frequenta la facoltà di giurisprudenza, il padre è avvocato. Fortunatamente hanno minacciato Cindy con una pistola. Cioè, non che sia una fortuna ma sapete che cosa intendo.»

«Sono dei teppistelli in fasce» disse Brady. «Tutto quello che dobbiamo fare è minacciarli di una macchia sui loro bei fascicoli immacolati e spiffereranno tutto. Sono sicuro che almeno uno di loro parlerà; o forse si contenderanno l'onore di farlo, chissà.»

80

Joe riempì di nuovo i bicchieri, solo un goccio a testa. Eravamo tutti stanchissimi e Rich e Brady dovevano anche guidare. Mi rifugiai sulla poltrona, mentre Joe chiedeva a Rich dell'uomo che aveva aggredito Cindy.

«Che dice Ruffo in sua difesa?»

«Ha detto: 'Cindy chi?'» rispose Richie. «Ma sapeva che lei poteva identificarlo e che doveva trovare qualcosa da riferirci, quindi ci ha avvisati della marcia in programma lungo Lake Street per la sparatoria di ieri sera.»

«Non capisco» intervenni io.

«Lo scontro a fuoco vi ha reso nemici della legge contro le armi. Vi considerano dalla loro parte. Inoltre, c'è una novità, una notizia arrivata ad Alvarez con un passaparola tra colleghi: c'è un'altra vittima, un agente di pattuglia di San Diego con quindici anni di servizio.»

Richie ci mostrò sul suo telefono la foto del cadavere: aveva le labbra pinzate insieme e le lettere SPM scritte con un pennarello sul dorso della mano.

Se parli muori.

«Non avevo mai visto una città dividersi in questo modo» disse Brady. «Non dovrebbe essere la patria degli hippie, questa? E ciò mi riporta al motivo per cui ti cercavo, Boxer.»

«Ora sono qui, Brady.»

«Ho una sorpresa per te. Il negozio su Carroll Avenue ha una telecamera con rilevatore di movimento installata al secondo piano, con un'ampia visuale della strada. Cappy ha recuperato il video e io me lo sono guardato tutto, dal momento in cui siamo arrivati e abbiamo parcheggiato. Ha catturato anche l'arrivo della Jeep e le voci, non sono troppo chiare ma si sente cosa dicono: 'È lei' e 'Li abbiamo presi'.»

«Fantastico!» commentai. «E lo scontro?»

«Anche quello, in un bel bianco e nero sgranato» rispose Brady.

Esplosi in un applauso, non riuscii a trattenermi. Brady e Rich scoppiarono a ridere e Joe si unì a loro.

«E?» lo incalzai.

«E Clapper ne ha inviata una copia via email a Wysocki che ha sentenziato che gli occupanti della Jeep hanno aggredito per primi. Non ci sono dubbi. È stata legittima difesa, Lindsay. La telecamera ha registrato perfino il rifiuto del ragazzo di gettare le armi.»

«Quindi ora?»

Brady infilò la mano sotto la giacca e tirò fuori una pistola, la mia pistola. Me la allungò dalla parte del calcio. Poi recuperò un distintivo dalla tasca interna, il mio distintivo. Mi porse anche quello, senza staccare gli occhi dal mio viso.

Lo guardai e chiesi: «Siamo di nuovo in servizio?»

«Boxer, in veste ufficiale di tenente della polizia di San Francisco ti informo che sei stata reintegrata come sergente della squadra Omicidi. In qualità di tuo comandante ti do un ordine: vai a letto e fatti una dormita. L'udienza di quei tre stronzi è prevista per domani mattina alla Hall of Justice. Aula 2F. Yuki passerà a prenderti alle sette, è lei che se ne occupa.»

« Oh, cavolo » sospirai.

Erano servite ventiquattro ore d'inferno, più le due deliziose in compagnia di Cat, per rimettere a posto il mio mondo finito sottosopra. Forse. Mi ero appena ricordata del messaggio che Ruffo mi aveva inviato attraverso Cindy. *Non è ancora finita.*

« Ci saremo anche io e Cindy » disse Rich. « Racconterà a Yuki ogni dettaglio dell'aggressione. »

« Yuki potrebbe voler sapere di più anche dell'auto ferma davanti a casa vostra » le disse Brady. « La denuncia è stata registrata, potrebbe essere importante. »

« Joe? » chiamai.

« Io vengo con te, nessuno provi a fermarmi. »

Ci fu un altro scoppio di risa. Joe è un ragazzone, in splendida forma.

Si alzarono tutti in piedi. Uno alla volta, Conklin e Brady mi abbracciarono. « Grazie a Dio sei tornata! » mi sussurrò Rich.

Gli uomini si strinsero la mano, poi Conklin e Brady si diressero verso la porta d'ingresso.

L'ultima cosa che Brady mi disse prima di uscire fu: « Tieni il telefono acceso, Boxer ».

« Affermativo! » gli risposi, battendomi sulla tasca vuota.

81

Claire e Lily Wong, la figlia di Kim Swanson, sedevano l'una di fronte all'altra nel piccolo separé di un ristorantino a quattro isolati di distanza dalla sede del Servizio per la protezione dell'infanzia. Dalla cucina arrivava il tintinnio dei piatti mentre al bancone un uomo litigava con la moglie. La cameriera che le stava servendo mise loro davanti uova e pane tostato, succo d'arancia per Lily e caffè per Claire.

Claire diede un'occhiata all'orologio sopra il registratore di cassa. Le otto e un quarto. La aspettavano al lavoro non più tardi delle nove, ma Lily voleva parlarle e lei non voleva andarsene. Claire sperava che la bambina volesse spiegare quello che le aveva detto vicino al cadavere della madre: « L'ha fatta uccidere lui ».

Lily non stava ferma un attimo, incrociava le gambe e poi le distendeva, si arrotolava ciocche di capelli con le dita, giocherellava con i bottoni della camicetta. Era chiaramente in difficoltà, non sapeva come esprimere il dolore e la rabbia che provava. Claire la capiva. Se avessero trovato qualche parente la bambina non sarebbe stata inghiottita dal sistema e lo stesso valeva per Tommy. Ma Nora Velshi, l'assistente sociale, le aveva detto che non erano riusciti a rintracciare nessun altro membro della famiglia. Alla fine della giornata i bambini sarebbero finiti in affidamento. Lily aveva l'aria sconvolta.

Claire sollevò il coperchio del bricco di panna e se ne versò un goccio nel caffè. « A che cosa pensi, Lily? Io voglio aiutarti. »

« Uhm. »

La bambina infilzò le uova con la forchetta, assaggiò il succo d'arancia e fissò il toast con aria dubbiosa. Alla fine, spinse il piatto sul tavolo verso Claire, invitandola a servirsi di quello che preferiva.

« No, grazie » rispose Claire. « Mangia qualcosa, Lily. Fai lavorare un po' lo stomaco. »

Lily fece cadere la forchetta, lasciando il piatto al centro del tavolo, e si accasciò contro lo schienale di vinile senza distogliere gli occhi da lei.

« Quando ci siamo viste ieri » cominciò Claire, « tu hai detto qualcosa come 'L'ha fatta uccidere lui'. Non hai spiegato chi sia 'lui' ma la polizia vorrebbe trovarlo. Anche tu lo vuoi trovare, vero? »

Lily sospirò e si coprì gli occhi con le mani. « Pensavo fosse chiaro. »

« Purtroppo no. »

« Parlavo di mio padre, ovviamente. Ha convinto mia madre ad andare da qualche parte perché ci sarebbe stata una ricompensa. L'ho pregata di non farlo, ma lei mi ha risposto che sarebbe andato tutto bene. L'ho vista prendere la pistola, mi ha detto che sarebbe tornata entro un paio d'ore e che dovevo occuparmi di Tommy. Ma non è andato tutto bene, è successa la cosa peggiore che potesse accadere. Aveva dei figli, come ha potuto farsi coinvolgere in una sparatoria? Con la polizia poi! »

« Vorrei saperlo anch'io » le rispose dolcemente Claire.

Lily guardò Claire con gli occhi tristi. Era una ragazzina

di dodici anni il cui mondo era crollato da un momento all'altro. Basta TikTok, basta chiacchiere sciocche sui ragazzi: era rimasta senza madre, senza casa, senza affetto. Una tragedia.

Claire ebbe un'intuizione improvvisa.

«Si tratta di Kenny? Kenny Chen è tuo padre?»

«Bravissima!» rispose Lily. «Lo squallido, perfido Kenny Chen.»

Claire aveva saputo dal Metro Hospital, quella mattina presto, che Kenny Chen era morto durante un intervento chirurgico. Fece del suo meglio per non far trapelare dalla sua espressione lo shock e la sorpresa.

«Non è proprio un vero padre» disse Lily. «Era il fidanzato della mamma, tutto qui. Se fosse dipeso da lui, lei si sarebbe dovuta sbarazzare di me.»

Quella fu la goccia che fece traboccare il vaso. C'era abbastanza spazio nel separé perché la ragazzina potesse appoggiare la testa sul tavolo e singhiozzare, ma non per permettere a Claire di sedersi accanto a lei. «Mi dispiace, Lily, mi dispiace tanto per quello che ti è successo.»

Allungò la mano e la appoggiò su una delle spalle tremanti della bambina, lasciandola sfogare. Non voleva essere lei a dirle che anche Kenny Chen era morto, che era in arrivo nel suo ufficio coperto da un lenzuolo.

Dopo qualche minuto, Lily smise di piangere, prese un tovagliolo e si asciugò gli occhi.

«Mi dispiace» disse. «Di solito non mi comporto così.»

«Non c'è niente di male. Te la senti di rispondere a qualche domanda?»

«Penso di sì.»

Claire non credeva che Lily fosse in grado di farcela, ma

doveva provarci. « Lily, Ted Swanson era il padre di Tommy? »

Lily rise. « Questo è quello che diceva la mamma, ma com'è possibile? Ted era in prigione! »

« Devo saperlo perché il padre di Tommy, se non era Ted Swanson, è anche il suo tutore legale. »

« Quindi Kenny è il mio? »

« Be', se non ha rinunciato ai suoi diritti su di te. Ma... »

Lily fissò il viso di Claire e capì quello che lei non voleva dirle. « È morto? Dimmi che è morto! »

Claire annuì e Lily iniziò a ridere. « Davvero è morto? Quando? »

« Ieri notte, in sala operatoria. »

La ragazzina si immobilizzò per qualche secondo, metabolizzando la notizia, poi tornò al presente.

« Dottoressa Washburn, ho incontrato il padre di Tommy solo un paio di volte, di solito passava a trovarci a tarda sera quando già dormivo. Era un uomo gentile ma non mi interessava molto, la mamma era sposata con Ted. »

Lasciarono la tavola calda, Nora Velshi le aspettava fuori. Soltanto allora Lily disse: « Jim... Credo che il padre di Tommy si chiami così ».

« Grazie, Lily. »

« Se qualche volta avessi voglia di parlare con te, potrei? »

« Certo! » rispose Claire. Aprì le braccia e la ragazzina vi si gettò in mezzo mentre lei la stringeva forte. Le diede un bacio sulla testa. « Io sono dalla tua parte, Lily. »

Aggrappandosi alla piccola orfana, Claire ripensò alle tante bambine, vive e morte, che erano entrate nella sua vita. Nonostante il dolore, le considerava una benedizione.

82

Il tribunale per le udienze preliminari ricordava a Yuki un enorme deposito per gli autobus. L'aula era dieci volte più grande di quella di un normale tribunale e le lunghe panche erano piene di avvocati, clienti con le loro famiglie, testimoni e bambini che piangevano, litigavano e strisciavano i piedi sul pavimento. Ovunque risuonavano voci, grida e colpi di tosse. La tensione aumentava ogni volta che le porte in fondo alla sala si aprivano facendo entrare altre persone.

Il giudice Brookman si sgolava inutilmente per chiedere ordine. Con il martelletto tirava colpi tali da sfondare il tavolo, ne aveva avuto abbastanza.

« Che cosa fa? » domandò in un sussurro Lindsay, seduta alle spalle di Yuki.

« Stiamo a vedere... »

Il giudice si era alzato in piedi e, allungato il braccio, indicava una donna seduta qualche fila dietro di loro in compagnia di tre bambini molto rumorosi. Con un leggero accento texano, Brookman disse: « Signora... sì, parlo con lei. Porti fuori dall'aula la sua famiglia, per favore. Potete aspettare in corridoio ».

« Ma, giudice, noi siamo qui per... »

« Può chiedere alla guardia alla porta di avvisarla quando toccherà al suo caso. » Brookman spostò il braccio e ordinò di uscire anche a una coppia in compagnia di una nidiata di bambini. Continuò a dirigere il traffico all'interno dell'aula finché non fu soddisfatto dell'ordine che aveva ristabilito.

Le persone che circondavano Yuki, invece, rimanevano silenziose e concentrate. Alla sua sinistra erano seduti Rich e Cindy, a destra Brady. Joe e Lindsay si trovavano alle sue spalle. Yuki era vestita di rosso quella mattina. Il rosso era un avvertimento: faceva sul serio.

Dall'altra parte del corridoio centrale, su un'altra delle lunghe panche, sedeva l'avvocato Anthony Ruffo Senior, specializzato in casi di lesioni personali, incastrato tra il figlio e i suoi due compari. Probabilmente anche gli amici erano dei criminali ma su di loro Yuki non aveva niente.

Ruffo Junior invece era un'altra storia. Quel ventiseienne violento aveva minacciato Cindy con una pistola senza nessun motivo. Le aveva tirato un pugno in faccia solo per mandare un messaggio a Lindsay. Se la bravura di Yuki era pari anche solo alla metà della cattiveria di Ruffo, quest'ultimo sarebbe finito in prigione ancora prima che la corte si aggiornasse per pranzo.

L'attenzione di Yuki fu risvegliata dall'ufficiale giudiziario che chiamava ad alta voce il numero del loro caso. Diede un colpetto sulla spalla a Cindy, entrambe si alzarono e avanzarono superando le panche fino a trovarsi al cospetto del giudice Brookman. Yuki lo conosceva e sapeva che era intelligente, concreto e determinato. Un po' eccentrico anche, ma le piaceva.

Nel corridoio, intanto, l'avvocato Anthony Ruffo Senior e il figlio si mossero impacciati, urtandosi a vicenda e pestandosi i piedi, ma alla fine anche loro presero posizione davanti al giudice Brookman. Il giudice lesse le accuse e poi disse: «Prego, viceprocuratore distrettuale Castellano».

«Ho molte cose da dire, Vostro Onore.»

«Questa è un'udienza preliminare, viceprocuratore Castellano. Sa come funziona: io leggo le accuse, lei fa un breve riassunto dei fatti e io chiedo all'imputato come si dichiara.»

«È un caso complicato, Vostro Onore.»

Il giudice Brookman si versò dell'acqua da una brocca. «Ha tempo finché non avrò riappoggiato il bicchiere sul tavolo. Pronti, partenza, via!»

E cominciò a bere.

83

Sonia Alvarez era seduta da sola alle tre scrivanie che occupavano l'estremità in fondo all'ufficio. Brady, Conklin e Boxer erano in tribunale ma l'ufficiale giudiziario in pensione Bobby Nussbaum era riuscito a ottenere dal giudice un mandato, quindi Alvarez aveva trascorso le ultime due ore a esaminare i movimenti finanziari di Kim Wong Swanson.

Era rimasta concentrata per tutto il tempo, ignorando i telefoni che squillavano e le voci dei colleghi. In quelle due ore aveva imparato su Kim più cose di quelle che conosceva su sua sorella: sapeva tutto del primo lavoro come assistente amministrativa di uno studio immobiliare, della nascita dei due figli, del matrimonio con Swanson in carcere e del contratto d'affitto con riscatto della casa a San Rafael. Ma dov'era il suo testamento? Chi era il parente più prossimo? Kim aveva lasciato delle disposizioni in caso di morte?

La prima telefonata Alvarez la fece a Sam LoPriore, l'avvocato assunto da Kim Wong quindici anni prima. Era un azzardo ma, quando si trattava di risolvere un caso, Alvarez aveva una mira infallibile. LoPriore rispose alla chiamata. Sì, certo, si ricordava di Kim, gli dispiaceva moltissimo sapere che era morta. No, non conosceva altri parenti oltre ai figli ma sì, aveva redatto lui il testamento qualche anno prima. In effetti, quel testamento era stato fatto perché un amico di Kim aveva acquistato la casa in cui lei aveva vissuto fino... be', fino alla morte.

«Come si chiama quest'amico?»

Alvarez trattenne il fiato. Aveva sperato di ottenere il nome di un altro fidanzato o di un parente di Kim. LoPriore non conosceva i parenti ma il nome dell'amico sì. Un nome che anche Alvarez conosceva.

Quando l'avvocato pronunciò quel nome, il nome del proprietario della casa di Kim, fu uno shock. Alvarez aveva registrato tutta la conversazione e nel giro di pochi minuti ricevette la trascrizione automatica. Avrebbe tanto desiderato che ci fosse Conklin, perciò fu molto felice quando vide Brady attraversare l'ingresso.

Si alzò in piedi e disse: «Tenente, abbiamo un codice tre per il caso Swanson».

Brady si accomodò sulla sedia di Boxer, mentre Alvarez gli riferiva quello che aveva appena scoperto.

«Questa faccenda inizia ad avere un senso, tenente, me lo sento.»

«Conklin e Boxer stanno salendo» disse Brady. «Aggiornali rapidamente e portati dietro Conklin per l'arresto. Quando lo avrete in custodia chiamatemi. Lo interrogherete insieme. Ottimo lavoro, Alvarez.»

84

Alvarez trovò parcheggio al primo tentativo, un posto all'ombra in una delle viuzze laterali di Columbus Street da cui già si riusciva a vedere il bar. Conklin le batté il cinque, poi entrambi uscirono dall'auto ed entrarono al North Beach on the Rocks.

Era ora di pranzo: i tavoli erano pieni di persone che chiacchieravano allegramente e una decina di clienti aveva trovato posto al bancone del bar.

La barista di turno era una bionda dagli occhi azzurri che indossava una maglietta da uomo sopra i jeans e aveva le braccia ricoperte di tatuaggi fiorati. La donna riconobbe i due poliziotti e disse: « È nel suo ufficio, sul retro ».

Conklin e Alvarez attraversarono il locale buio, oltrepassando le sirene, e percorsero il corridoio fino alla porta in fondo, chiusa, contrassegnata dalla scritta blu PRIVATO.

Alvarez bussò, dietro la porta si sentì lo stridere della sedia sul pavimento seguito da passi pesanti, poi la maniglia girò e lei fissò la figura di Jimmy Ransom materializzarsi sulla soglia.

« Buongiorno, ispettori. »

« Possiamo rubarle qualche minuto, signor Ransom? »

« Chiamatemi Jimmy, vi prego » rispose lui facendo un passo indietro per lasciarli entrare.

Alvarez e Conklin presero posto sulle sedie davanti alla

scrivania, rifiutarono l'offerta di bere qualcosa e rimasero un attimo in silenzio prima di iniziare con le domande. Ma Ransom parlò per primo. «Stavo proprio per telefonarvi. C'è qualcosa di strano: non riesco a mettermi in contatto con Kim.»

Alvarez annuì e disse: «Quando ci ha chiamato qualche giorno fa...»

«Avevo ragione? Ted è stato assassinato?»

«In realtà no» rispose Conklin. «Non ci sono prove che lo dimostrino. Ma siamo andati a parlare con Kim.»

«A questo proposito, è successa una cosa molto triste. Avrà sentito parlare dell'operazione di polizia a Bayview» intervenne Alvarez.

Ransom aveva cominciato a riordinare distrattamente la scrivania. Gettò una bottiglia vuota nella spazzatura e Alvarez attese finché non la sentì cadere in fondo al cestino. Quando Ransom rialzò lo sguardo, gli disse: «Mi dispiace ma Kim era coinvolta e... Non c'è un modo piacevole per dirlo...»

Ransom impallidì. «È morta?»

«È spirata in ambulanza.»

Ransom reagì allo shock alzando la voce. «No, no, no! Non può essere vero! Kim è una casalinga, una mamma, perché dovrebbe essere...? No! Sicuramente si tratta di qualcun'altra, qualcuna che le somigliava.»

«Lily l'ha identificata.»

Il volto di Ransom era contratto dal dolore, le lacrime presero a sgorgargli dagli occhi.

Alvarez lo interruppe mentre ripeteva «Povera bambina. Com'è potuto succedere...»

«Jimmy, quando ci ha parlato del matrimonio tra Ted e Kim si è dimenticato di riferirci un dettaglio.»

Ransom guardò in direzione di Alvarez con l'espressione confusa, come se non ricordasse che cosa aveva detto e che cosa invece aveva taciuto.

Alvarez prese il telefono e cliccò sulla galleria delle immagini. Fece scorrere le foto sullo schermo fino a trovare, dopo alcuni lunghi secondi, quella che stava cercando.

«Riconosce questo bambino?» gli chiese.

Ransom afferrò il telefono con entrambe le mani.

«È Tommy, mio figlio. Non ditemi che è successo qualcosa di brutto anche a lui, vi prego.»

Alvarez lo rassicurò: Tommy stava bene, almeno fisicamente, e lui e Lily erano in carico ai servizi sociali. «Jimmy, sarò sincera con lei. Non so che accordo ci fosse tra lei e Kim ma le cose ora stanno così: c'è pochissimo tempo, Lily e Tommy stasera verranno dati in affidamento.»

«Ditemi che cosa posso fare per lui.»

«Rimarrà incastrato nel sistema per i prossimi sedici anni» disse Alvarez. «Ma se ci aiuta, noi aiuteremo lei. Se il test del DNA confermerà che è il padre, se ha la fedina penale pulita e una buona situazione finanziaria, credo che riusciremo a cambiare le cose.»

«Che cosa devo fare?»

«Venga con noi alla stazione di polizia» gli rispose Alvarez. «Ci racconti tutto quello che sa di Swanson, ci dica in che cosa poteva essere coinvolto in prigione. Lo faccia, si metta dalla parte giusta, quella dei servizi sociali e della polizia di San Francisco. Avrà buone probabilità di riavere suo figlio.»

85

Da dietro il finto specchio, nella saletta di osservazione, io e Brady guardavamo Alvarez e Conklin chiusi nella sala interrogatori con Ransom. Lui aveva ancora il viso sconvolto dal pianto ma stava tentando di ricomporsi. Gli avevano dato dei fazzoletti e un bicchiere d'acqua. Chiese se qualcuno si fosse occupato della sepoltura di Kim, e se avesse bisogno di un avvocato. Altre due lacrime gli scesero lungo le guance.

«Jimmy, non sei in arresto» disse Conklin. «Ma ormai sono le quattro passate e il Servizio per la protezione dell'infanzia chiude alle cinque.»

«Che cosa volete? Che cosa volete da me?»

«Noi pensiamo che Ted Swanson portasse avanti il suo secondo lavoro anche in prigione. Dicci quello che sai.»

«Perché lo pensate?»

«Sono morti dei poliziotti e molti di loro conoscevano Ted. Sono stati ammazzati per aver parlato di qualcosa, qualcosa di grosso. Pensiamo che Ted fosse coinvolto, potrebbe anche essere stato solo un intermediario. Adesso lui è morto, Chen è morto e anche Kim. Tutte persone che conoscevi, tutte morte nell'ultima settimana. Ti senti al sicuro? Come pensi di proteggere tuo figlio?»

Ransom si guardò intorno, scrutando la saletta in cui si trovavano: la telecamera, lo specchio. Poi si rivolse di nuovo a Conklin e Alvarez.

«Non so nulla di nessun piano. Adoravo Kim ma lei non mi ricambiava, era innamorata di Ted. Non sapevo che cosa c'entrasse Chen con lei e non volevo saperlo. Vaffanculo, sono contento che sia morto, ma perché ha dovuto portarsi dietro anche Kim?»

«Kim era armata» disse Alvarez. «Ha sparato con la pistola di Ted, c'erano sopra le sue impronte. Abbiamo ritrovato i bossoli dei suoi colpi per terra, in strada e nell'auto dei due agenti.»

«Dio mio, non è da lei!»

Conklin gli lasciò un momento per riprendersi poi disse: «Andavi a trovare Swanson tutti i mesi».

«Mi pagava per tenere d'occhio Kim e i bambini, per assicurarmi che a loro non mancasse niente. Mi ha fatto avere lui i soldi per l'acquisto della casa, potete verificarlo facilmente. Inoltre, una delle guardie mi passava i suoi messaggi da portare a Kim.»

«Messaggi?» domandò Alvarez. «Che genere di messaggi?»

Jimmy non rispose, si limitò a sbattere le palpebre.

«Li hai letti, vero? Andiamo, Jimmy!»

«Una volta sola. Si trattava di un messaggio personale ma c'erano delle scritte che non avevano senso, numeri e parole che sembravano dei codici. Ho risigillato la busta e l'ho consegnata a Kim. Sentite, non erano affari miei. Il denaro appariva come per magia sul mio conto corrente, bastava per tutto, pagavo l'assicurazione, le spese mediche, le tasse...»

Alvarez lo interruppe.

«Il nome della guardia che ti passava i messaggi, Jimmy. Fammi indovinare: Arthur Guthrie?»

« Ha parlato? Che cosa ha detto? »

« È morto. Il suo corpo è stato ritrovato sul traghetto per Larkspur. »

« Cristo! Non lo sapevo. »

« E i morti, Jimmy? » gli chiese Alvarez. « Swanson ti ha mai chiesto di uccidere qualcuno? »

« No! Siete pazzi? Ispettore, stando in squadra con qualcuno per cinque anni si arriva a conoscersi molto bene. Non mi avrebbe mai chiesto di fare una cosa del genere, sapeva che non avrei mai accettato. Mai! »

« Hai chiesto a Kim di spiegarti le parti in codice? »

« Avevo lavorato con Ted, e Kim stava crescendo il mio unico figlio... Ma sì, una volta gliel'ho chiesto. Mi ha lanciato un'occhiataccia che mi ha gelato. »

Ransom fece una lunga pausa, poi riprese: « Circa un mese fa, l'ho pedinata. Sentite, sto collaborando, non dovreste chiamare qualcuno? Per fermare l'affidamento, dico ».

« Ci arriviamo, Jimmy » disse Conklin. « Ci stavi raccontando che hai pedinato Kim. »

« Aveva con sé i bambini. È uscita dall'autostrada e ha raggiunto un'area di servizio per camionisti chiamata Round Two, dietro Upton Street. Poi nel parcheggio è entrata un'altra auto, arrivava dalla direzione opposta, che si è fermata proprio accanto al suo finestrino. Ho parcheggiato in un punto in cui non potessero notarmi e sono riuscito a vedere l'autista per qualche secondo. »

« Chi era, Jimmy? » domandò Conklin.

« Se ve lo dico, sono condannato a morte. Potrei morire già solo perché sono qui con voi. » Guardò verso lo specchio e puntò il dito nella nostra direzione.

« Mi avete sentito? Se parlo, morirò. »

«Jimmy, sono le cinque meno dieci» intervenne Alvarez. «Se ora parli avrai protezione, altrimenti sei libero di andartene.»

Conklin si alzò e aprì la porta.

«Aspettate» disse Jimmy.

86

Conklin tenne la porta aperta per Brady, che entrò nella sala interrogatori e si sedette accanto ad Alvarez dall'altra parte del tavolo rispetto a Ransom. Si presentò e prese in mano la conversazione.

«A quanto ho capito, ricevevi delle buste sigillate da Ted Swanson tramite la guardia carceraria Arthur Guthrie e le portavi a Kim Swanson.»

Ransom sospirò e poi rispose: «Non pensavo che ci fosse di mezzo un crimine».

Brady batté un colpetto sul tavolo con le nocche e proseguì.

«Hai seguito Kim fino a un'area di servizio per camionisti vicino a Upton Street. Qualcuno si è fermato con l'auto accanto a lei per parlarle dal finestrino, e tu hai riconosciuto questa persona.»

«Sì, giusto.»

«E Kim gli ha passato una busta?» gli chiese Brady.

«Non potrei giurarlo ma mi sembra di sì. L'incontro è durato pochissimo, un minuto al massimo.»

«Che macchina era?»

«Forse una Mercedes ma sono riuscito a vederla solo per pochi secondi, poi è sparita, nascosta dall'auto di Kim. Non sarei in grado di riconoscerla in un confronto.»

«Possono averti notato?»

«Se mi avessero visto ora sarei sottoterra. Quell'uomo ha occhi ovunque, potrebbe uccidermi in qualsiasi momento. E che cosa succederebbe a Tommy in questo caso?»

«Hai preso la targa?»

«No.»

«Dimmi se ho capito bene. Swanson ti faceva arrivare ogni mese dei soldi sul conto corrente per il mantenimento della famiglia.»

«Era un pagamento automatico, il nome di Ted non figurava.»

«Da chi arrivavano?»

«Dal Banco de México.»

«Qual era l'importo?» domandò Brady.

«Quattromila dollari.»

«Quindi ricevevi quarantottomila dollari all'anno per Kim, per il mantenimento dei figli e per il mutuo della casa, che appartiene a te.»

«Esatto.»

«Bastavano anche per pagare te per i tuoi servizi: recapitare i messaggi di Ted a Kim che ti arrivavano attraverso Guthrie e che erano indirizzati al tizio dell'area di sosta.»

Ransom aveva l'aria imbarazzata. Annuì.

«Secondo te, il tizio dell'area di sosta è il capo?»

«Direi di sì ma in realtà non lo so.»

«Va bene. Come si chiama?»

«Voglio protezione» protestò Ransom. «Per me e per Tommy, e anche per Lily. Fuori città, lontano dallo Stato. Ora. Chiama chi devi chiamare, vi darò quel nome quando saremo in aeroporto.»

«Ci vorrà un po' di tempo» rispose Brady. «Un giudice

dovrà valutare il tuo diritto di paternità e la tua idoneità a prenderti cura di tuo figlio e della sua sorellastra.»

«Sono un uomo morto» mormorò Ransom.

«Ecco che cosa ti offro» riprese Brady. «Te ne vai da qui su un'auto blindata. Ti portiamo in un albergo e mettiamo una scorta fuori dalla tua stanza. Domani ti facciamo arrivare in tribunale, con lo stesso livello di sicurezza che garantiremmo alla regina d'Inghilterra.»

«E i bambini?» chiese Ransom.

«Ai Servizi per l'infanzia hanno una camera da letto e un salottino. Rimarranno lì, c'è la tv, metteremo un'auto di pattuglia all'esterno e degli agenti anche all'interno dell'edificio finché non risolveremo la questione. In un modo o nell'altro.»

«Quindi o mi trasferisco da qualche parte con i bambini, oppure me ne torno al mio bar e i bambini vengono affidati a delle famiglie adottive.»

«Fossi in te» disse Brady, «sceglierei la prima opzione. Dicci quel nome. Poi ci darai il tuo indirizzo e le chiavi di casa, penseremo noi a recuperare le tue cose.»

«Riesco già a immaginarmi il foro del proiettile.» Si picchiettò un dito in fronte. «Non posso dire di non essere stato avvertito.»

Brady si girò verso lo specchio e ordinò: «Spegnete le telecamere e l'audio».

Eseguii gli ordini ma potei comunque vedere attraverso il vetro Brady che prendeva dal cassetto del tavolo per gli interrogatori un blocco e una matita rossa.

Ransom tirò fuori le chiavi. Scrisse l'indirizzo e quello che sembrava un breve elenco di oggetti personali, poi restituì il blocco a Brady.

Quest'ultimo diede una rapida scorsa alla lista e disse a Ransom qualcosa che suonava come « Scrivi anche il nome ».

Ransom afferrò la matita, scrisse due parole, chiuse il blocco e vi appoggiò la matita sopra.

Brady si alzò e si allungò in avanti per stringergli la mano.

Poi aprì la porta e lo sentii dire: « Resta lì per ora, Jimmy. Devo lavorarci su. Potresti darti malato così i tuoi dipendenti non chiameranno la polizia. Conklin, tieni compagnia al signor Ransom ».

Si diresse verso la saletta di osservazione e aprì la porta. « Boxer, nel mio ufficio. Abbiamo delle telefonate da fare. »

87

Io, Claire, Yuki e Cindy, le ragazze insomma, eravamo sedute fianco a fianco nel nostro separé preferito del Susie's Café. Con Cindy c'era anche Richie, sistemato a capotavola, dove veniva continuamente urtato sia dai clienti che dai camerieri.

La prendeva bene in ogni caso.

Yuki aveva ordinato margarita a fiumi, che non è il mio cocktail preferito ma è il suo e quella sera se lo meritava. Claire chiese del tè e Rich ordinò una birra alla spina. Io avevo optato per la tequila, Cindy invece sorseggiava con una cannuccia il suo margarita. Lorraine portò al nostro tavolo cestini di patatine al mais e ciotole in pietra lavica piene di guacamole. La piccola band di musica caraibica accordava gli strumenti, era un aperitivo perfetto.

Dopo il primo drink le risate già echeggiavano all'interno del separé. Tranne Claire, arrivavamo tutti dal tribunale dove avevamo assistito all'impresa di Yuki.

Imitando l'accento texano recitai «Prego, viceprocuratore distrettuale Castellano» e poi scoppiai a ridere pensando al giudice Brookman. «Ha tempo finché non avrò riappoggiato il bicchiere.»

Lo sbattei con forza sul tavolo. Yuki rise così come Claire, che si era persa lo spettacolo dal vivo.

«Il giudice ha posato il bicchiere» raccontò Yuki, «ma,

dopo aver visto la faccia blu e nera di Cindy e la mano bendata dell'imputato, be', è stato costretto a lasciarmi finire di parlare. Per forza. Non avevo bisogno del suo permesso, comunque. Ho raccontato al giudice, in un minuto, quanto fosse stata brutale e ingiustificata l'aggressione di Anthony Ruffo a Cindy. Il padre di Ruffo ha cercato di interrompermi ma Brookman gli ha ordinato di lasciarmi parlare. Così sono riuscita a terminare con un bell'inchino: 'Vostro Onore, chiedo che l'imputato sia trattenuto in custodia fino al processo'.

«E dov'è adesso Anthony Ruffo? In carcere, dove rischia di passare da uno a cinque anni.»

Cindy abbracciò Yuki dicendole, con la voce impastata: «Mia eroina!»

Claire alzò la tazza da tè e brindò: «A Yuki!»

Facemmo tintinnare i bicchieri e Yuki accettò l'applauso, prima di allungarmi il microfono, un grissino, dicendo: «Tocca a te».

Non sapevo come raccontare il mio pomeriggio insieme a Jimmy Ransom così passai il grissino a Claire, e a quel punto credetti di avere un'allucinazione.

Joe avanzava verso di noi dall'ingresso. Non appena raggiunse il nostro tavolo annunciò: «Chiedo scusa a tutti ma Clapper ha bisogno di Lindsay e Rich. Riunione della task force».

«Adesso?» sbottai.

«Ti dispiace riaccompagnare tu Cindy a casa?» chiese Rich a Claire.

«Nessun problema!»

Infilai un paio di banconote piegate sotto la brocca vuota

del margarita ma Yuki mi rimise in mano i soldi e fece una firma nell'aria, come a chiedere il conto.

Io e Rich seguimmo Joe in strada, curiosi: « E ora che cosa succede? »

88

Clapper stava parlando ma si interruppe mentre io, Joe e Rich prendevamo posto vicino alla finestra del suo ufficio.

« Bene, abbiamo appena iniziato. »

Quando ci fummo sistemati tornò a rivolgersi alla squadra: « È stato assassinato un altro poliziotto, il sergente Royce Bleecker della polizia di San Diego ».

La lavagna era nello stesso punto dell'ultima riunione, quella di tre giorni prima. Sul lato sinistro c'era la linea temporale degli omicidi, a destra quattro fototessere ingrandite che ci fissavano. Sotto i ritratti erano appesi gli scatti fatti in obitorio che mostravano tre dei cadaveri con le labbra cucite insieme da graffette metalliche.

Clapper aggiunse alla macabra esposizione l'immagine del volto di Royce Bleecker e, subito sotto, le foto scattate dal medico legale. Labbra gonfie, un foro di proiettile in fronte e le parole SE PARLI MUORI tracciate sul collo con un pennarello.

« Il sergente Bleecker viveva a San Diego e il suo capo, Lawrence Milton, lo conosceva bene, erano amici.

« Il capo Milton sostiene di aver raccolto moltissime voci sul carico di armi e droga in arrivo a breve attraverso i tunnel transfrontalieri di San Diego. Tutti abbiamo visto le foto di quei tunnel, passano da una larghezza di dieci metri a quella di un cunicolo. Alcune travi posano su pareti alte meno di un metro.

« La polizia di San Diego ha perquisito la casa e il garage di Bleecker. Hanno trovato delle armi di tipo militare. Un sacco di armi. » Tirò fuori foto di fucili M4, mitragliette e armi automatiche di ogni genere.

« È stata interrogata anche la fidanzata di Bleecker. Dice di non sapere nulla di questa faccenda ma ha collaborato. Gli investigatori che si occupano del caso le hanno dato il cellulare di Bleecker, lei conosceva il codice d'accesso e alla fine ha trovato una nota salvata in memoria: un testo criptato che sembra senza senso ma che potrebbe celare la data e l'ora fissate per la partenza del convoglio. Questo è tutto quello che abbiamo, tutte informazioni ancora da verificare. »

« Capo, qual è il piano? » domandò Alvarez.

« Tenete i telefoni carichi e state pronti a muovervi. »

Dopo che Clapper mise fine alla riunione, rimasi nel suo ufficio con Joe e Mike Wallenger.

« Charlie » disse Joe, « anche l'FBI dovrebbe essere coinvolta in questa faccenda. »

« Sì, sono d'accordo. Chiamo subito Steinmetz. »

« Conoscete il nome del boss? »

« Pensiamo di saperlo. »

« Non dovremmo mandare l'FBI ad arrestarlo? »

« Non ancora, Molinari » rispose Clapper. « Ma manca poco. »

89

Clapper telefonò a Craig Steinmetz, il capo dell'ufficio locale dell'FBI.

«Craig, sono Charlie Clapper. C'è una novità e forse abbiamo un piano. Sono seduto in macchina, giù in strada. Ti va di fare un giro?»

«Che macchina è?»

«Una Audi grigia. Sono da solo.»

«Scendo.»

Steinmetz lasciò detto in sala controllo dove stava andando e con chi. Attivò il registratore nell'orologio, poi lasciò l'ufficio e scese in ascensore fino all'altezza di Golden Gate Avenue. Sbirciò nell'Audi e vide Charlie Clapper al volante. La sicura della portiera scattò, Steinmetz la aprì ed entrò in macchina.

«Come vanno le cose, Charlie?»

«Sembra di stare in un fumetto della Marvel. Sai che ho il tuo stesso orologio, Craig?»

Lo mostrò a Steinmetz, che sorrise e slacciò il cinturino. «Ho un borsone da palestra sul sedile posteriore» disse Clapper slacciando il proprio.

Steinmetz allungò la mano dietro di sé, recuperò la borsa e vi lasciò cadere dentro orologio e telefono. Clapper fece lo stesso e coprì tutto con un asciugamano.

«Sono stato seduto tutto il giorno» disse Steinmetz. «Facciamo una passeggiata.»

Clapper chiuse a chiave l'auto e inserì l'allarme. Era un brutto quartiere ma il cielo era ancora chiaro e loro erano entrambi armati. Così si avviarono verso nord.

«Si tratta di quel grosso piano di contrabbando di armi e droga?» domandò Steinmetz.

«Sì, sembra che ci siamo.»

«Avete trovato chi comanda?»

«Lo abbiamo individuato ma non abbiamo prove.»

«Dimmi qualcosa di più» insistette Steinmetz.

«Abbiamo un testimone, qualcuno che ha assistito a uno scambio di informazioni. L'intermediario ora è morto. Questo è tutto.»

«Come avete intenzione di muovervi?»

«Vorrei tanto arrestare il sospettato e ottenere da lui una confessione sul contrabbando, senza trascurare che qui si parla anche di terrorismo, ma i testimoni morti non parlano purtroppo. Lavoriamo su alcune piste che potrebbero dare dei frutti.»

«Vuoi che interveniamo?»

«Non ancora» rispose Clapper. «Se ci muoviamo troppo in fretta rischiamo di far saltare tutto.»

«E quindi?» domandò Steinmetz.

«Lo teniamo d'occhio. Stiamo facendo pressione sugli informatori e sugli agenti per avere più informazioni possibile. Spero che i tuoi uomini siano in grado di decrittare un appunto che abbiamo trovato sul telefono di uno dei poliziotti assassinati.»

«Quello morto con la scritta 'Se parli muori'?»

«Proprio lui. Il poliziotto morto a San Diego potrebbe

essere il contatto sul posto, forse il capo sta facendo fuori tutti i testimoni. Quel piccolo testo illeggibile potrebbe contenere ora e luogo dello scambio.»

«Mi sembra più che altro un'ipotesi azzardata...»

«Lo so. Ma se dovessimo avere ragione tutta la polizia di San Diego collaborerà con noi. Anche l'FBI dovrebbe essere coinvolta nell'azione, gli arresti toccano a voi.»

«Sono d'accordo.»

«Molinari e Wallenger mi piacciono molto.»

«Benissimo, sono a tua disposizione. Ti posso mandare altri uomini se serve.»

«Grazie» rispose Clapper. «Ho bisogno anche di un altro favore: probabilmente, entro domani sera, dovrò attivare la protezione testimoni per alcune persone.»

«Dovrò tirare qualche filo ma credo che sia fattibile. Potrebbe costarti una cena, però.»

«Grazie, Craig, scegli tu il ristorante! In auto ho il telefono del poliziotto morto.»

Clapper lasciò cadere qualche moneta nella ciotola di un mendicante mentre i due uomini tornavano verso gli uffici dell'FBI.

90

Alle cinque Cindy era già sveglia e non riusciva a riaddormentarsi. Le era rimasto addosso lo strascico di un sogno, la sensazione di un paio di mani attorno al collo. Una stretta.

Era colpa del libro, colpa di quel cercare e scrivere parole con la voce di un serial killer che aveva davvero conosciuto. Quell'uomo e la sua storia la consumavano anche mentre dormiva.

Si alzò silenziosamente dal letto, si infilò la vestaglia di cotone rosa e andò in cucina. Sfogliò la sua collezione di bustine da tè e tisane e ne scelse una. Dopo che l'ebbe messa in infusione, fece raffreddare la tazza nel congelatore per qualche minuto e poi versò il liquido ambrato in un bicchiere dotato di cannuccia insieme a un paio di cubetti di ghiaccio.

L'appartamento aveva solo tre stanze. In una Rich dormiva profondamente, stravaccato sul letto. Il soggiorno era buio, la luce del mattino non filtrava ancora dalle persiane della grande finestra. Cindy accese la lampada sul tavolo, fece lo stesso con il laptop e la radio, e si collegò con la città che si risvegliava.

Seduta al tavolo ascoltò la frequenza della polizia ma sentì parlare solo di qualche intervento di routine. Segnalazioni di targhe e indirizzi, auto inviate su scene di effrazioni; un vagabondo, o un ubriaco, che si era addormentato sotto un furgone per le consegne era stato trascinato dal veicolo e c'era bisogno di un'ambulanza. Una pattuglia era stata mandata a rispondere a una chiamata per violenza domestica su Haight Street e un'altra si precipitava verso un incidente stradale a Union Square.

Cindy si tastò il viso con la punta delle dita per saggiare il dolore. Abbassò il volume della radio, aprì la sua casella di posta elettronica e cancellò le email di spam arrivate durante la notte.

Cinque e trentacinque. Sorseggiò il tè, fece un pensierino sulle uova con il bacon e osservò la strada ancora buia fuori dalla finestra, cercando di decidere se tornare a letto e accoccolarsi accanto a Richie senza svegliarlo.

Ma in testa le risuonava un silenzioso campanello d'allarme.

Aveva un libro da scrivere e quello era un ottimo momento per farlo.

Aprendo il file chiamato *L'ultima aggressione di Burke*, Cindy si immerse nello stato d'animo del serial killer. Rilesse l'introduzione che aveva scritto per quell'opera che sperava di finire in fretta.

L'aveva buttata giù sei mesi prima.

Sono una reporter di cronaca nera per il San Francisco Chronicle *e avevo scritto di alcuni omicidi che sembravano ricondurre al modello di un serial killer. Si trattava presumibilmente di un uomo con un debole per le giovani donne. Se esiste una fenomenologia specifica dei serial killer attratti dalle ragazze, questo ne aveva tutte le caratteristiche. Avevo seguito e documentato per il giornale cinque omicidi chiaramente commessi da lui. Mi facevano paura, le vittime avrebbero potuto essere mie cugine, o mie sorelle. Erano tutte giovani, magre e probabilmente mi assomigliavano più di quanto pensassi. E si erano fidate.*

Mentre raccontavo delle donne uccise, mi sorse la curiosità di capire come avevano incrociato il loro assassino. Volevo scrivere tutti i dettagli, come monito per le altre ragazze e per me stessa. Un uomo era stato identificato ma aveva negato tutte le accuse e si era tolto la vita. Soltanto dopo si era scoperto che non era lui il serial killer.

Il vero assassino era ancora a piede libero.

Mentre mi occupavo di questo predatore e dei suoi crimini, lui mi teneva d'occhio. Non per il solito motivo: non stava cercando una nuova vittima, cercava una biografa.

Aveva letto i miei articoli, se li era salvati. Questo sorprese tutti quando finalmente venne catturato grazie al coraggio degli uomini e delle donne dei dipartimenti di polizia di San Francisco e di Las Vegas, e del distaccamento locale dell'FBI. Ma nessuno fu più sorpreso di me.

Volle parlarmi, si dichiarò il più grande assassino di tutti i tempi e, per dimostrarlo, mi portò le prove. Mi diede le chiavi del suo tesoro composto da souvenir delle vittime, fotografie, mappe dei posti in cui le aveva sepolte. Nel corso del tempo mi concesse anche delle interviste, sia telefoniche che dal vivo, ci vedevamo una volta al mese separati dalle sbarre. Mi ha lasciato la pesante responsabilità di raccontare la sua storia.

Spero che le parole di questo assassino ricordino a tutti che uomini come Evan Burke camminano per le nostre stesse strade, frequentano le nostre scuole, le feste e i parchi, eppure non riusciamo a riconoscerli.

Le centotré vittime di Burke non sospettarono mai che lui sarebbe stato l'ultima persona che avrebbero visto, toccato, sentito o baciato.

Cindy fece gli ultimi ritocchi all'articolo, salvò il file e tornò alla sezione notizie. Un nuovo titolo campeggiava in cima al feed: FUCILI D'ASSALTO SEQUESTRATI IN UN PARCHEGGIO MULTIPIANO A LOS ANGELES.

E c'era anche altro. Intorno a mezzanotte, un'auto era andata a sbattere contro un furgone parcheggiato vicino al Fisherman's Wharf. Il proprietario del furgone era stato chiamato ma, prima del suo arrivo, la polizia aveva aperto le portiere del veicolo per verificare l'eventuale presenza di feriti. Invece aveva trovato una bella scorta di fucili automatici.

Cindy aprì la notizia sui fucili sequestrati in una nuova scheda e poi riprese a scorrere per controllare la prima pagina di altre città: Portland, Kansas City, Chicago, New York.

Ovunque saltavano agli occhi titoli che parlavano di armi. Che cosa stava succedendo?

L'aggressione l'aveva esclusa dal mondo tanto a lungo da essersi persa la notizia del giorno? Erano una coincidenza tutti quei sequestri di armi illegali in città diverse? Oppure si trattava di un'azione coordinata, un grosso carico di contrabbando distribuito in tutto il Paese?

Erano quasi le sei ormai.

Entrò in camera e svegliò Rich.

91

La task force era di nuovo riunita nell'ufficio di Clapper, convocata con un brevissimo preavviso. Erano le sette e quarantacinque e tecnicamente ero in ritardo ma, dal momento che la notte prima ero stata l'ultima a lasciare l'ufficio, verso l'una, mi concessi qualche attenuante quando incrociai il suo sguardo.

Conklin era in piedi e leggeva ad alta voce i titoli dei giornali: La polizia scopre scorta di armi militari nel bagagliaio di un'auto; Bambino di quinta elementare porta a scuola un AK47; Dipartimento dei Parchi rinviene deposito di armi in un capannone industriale.

«Cindy ha scovato un'altra dozzina di storie simili da una costa all'altra, tutte avvenute negli ultimi tre giorni.»

Rich si sedette accanto a me e Clapper domandò: «Che cosa ne pensate? Qualcuno ha qualcosa da dire?»

«Bayview risale a tre giorni fa» intervenni io. «Può darsi che, mentre noi eravamo appostati lì, lo scambio sia andato a buon fine altrove.»

«Sarebbe lo scenario peggiore» rispose Clapper. «La festa che è andata avanti senza di noi.»

«Oppure» continuai, «queste armi che compaiono tutte insieme, a centinaia di chilometri di distanza, sono una falsa pista per portarci fuori strada.»

«Sono entrambe ipotesi possibili» sentenziò Clapper.

Incaricò alcuni agenti di telefonare ai dipartimenti delle città colpite per sapere se c'erano aggiornamenti. Poi si alzò dalla scrivania e si avvicinò alla lavagna. Fissò i volti degli uomini assassinati, che gli restituirono lo sguardo senza davvero vederlo.

Potevo leggergli nel pensiero: non eravamo approdati ancora a niente. E non per mancanza di tentativi, tutti i poliziotti della Bay Area stavano lavorando agli omicidi. Le famiglie, gli amici, i vicini di casa e i colleghi dei defunti ci avevano detto tutto quello che sapevano e avevamo sprecato ore e ore di lavoro inseguendo false piste.

E il peggio doveva ancora venire.

Alvarez intervenne. «E se spargessimo la voce che abbiamo abboccato, che crediamo che il loro piano sia andato a buon fine?»

«Mi piace l'idea» disse Chi. «Peccato, abbiamo perso, le armi sono arrivate a destinazione. Così tutti smettono di osservare noi e noi siamo liberi di lavorare sul contrabbando come prima.»

«E questa volta senza le indicazioni di Kenny Chen» aggiunse Conklin.

Si fece una bella risata, ma io e Brady ci scambiammo un'occhiata. Soffrivo ancora per le conseguenze della sparatoria di Bayview. Avevo usato la mia arma, erano morte delle persone.

«Non ho finito con questo caso» disse Clapper, «e neanche voi dovete mollare. Dovete stare sempre all'erta, anche mentre dormite.»

Rispondemmo «Ci puoi scommettere!» e «Sissignore!» ma la verità era che eravamo fermi. Mi sarebbe piaciuto sapere cosa potevamo aver tralasciato o sbagliato. Cosa si nascondeva dietro quella corsa agli armamenti? Saremmo riusciti a risolvere quegli omicidi, su cui non avevamo ancora niente mentre il tempo continuava a scorrere?

92

Quando Clapper tornò dal bagno Katie alzò lo sguardo dalla scrivania.

«Capo, ho il caposezione Steinmetz in attesa al telefono.»

«Grazie.»

Clapper si chinò verso di lei e rispose alla chiamata direttamente dalla sua scrivania. Scambiò qualche parola con Steinmetz.

«Va bene, Craig, ci vediamo lì alle dieci.»

Mancavano dieci minuti quando parcheggiò l'auto in Eddy Street, a due isolati di distanza dalla sede dell'FBI. Pareva che Steinmetz avesse delle novità, Clapper si sentiva ottimista.

L'anno prima, in quel periodo, era ancora a capo di duecento tecnici tra laboratorio e Scientifica, partecipava alle indagini quando serviva e quando ne aveva il tempo ma sempre con un piacevole distacco. Era un tecnico, lui, i casi erano un problema degli agenti.

Ora quegli stessi agenti facevano rapporto a lui.

Dormiva meno, le sue responsabilità erano quadruplicate e non aveva nessuno con cui condividere l'angoscia. Lavorare con Steinmetz era un piacere. Anzi, più che un piacere, Steinmetz gli dava un po' di speranza.

Il capo dell'ufficio locale dell'FBI, corpulento e con il viso tondo, aprì la portiera dell'auto e salì sfoderando un ampio sorriso.

«Che cosa c'è di divertente, Craig?»

«Mi chiedevo chi di noi sarà il primo a dirlo.»

«Ti lascio l'onore.»

«Dobbiamo smetterla di incontrarci così!»

Risero entrambi, ed eccolo di nuovo: Steinmetz che gli infondeva speranza.

«Racconta» lo esortò Clapper.

Steinmetz si frugò nel taschino della giacca e ne tirò fuori un foglietto ripiegato.

«Ecco l'appunto recuperato dal telefono di Royce Bleecker. Non c'è granché ma è sempre meglio di niente. Questa è la tua copia, la mia ce l'ho stampata in testa.»

Clapper aprì lentamente il foglio, notando che era ricoperto di segni che sembravano geroglifici. Fissava la pagina mentre le file di lettere e numeri che correvano dall'alto verso il basso e da destra verso sinistra si condensavano in abbreviazioni. Era un rompicapo, non la soluzione che sperava.

«Hai un decodificatore di riserva?»

«Non l'ho portato. Comunque si tratta in parte di un codice alfanumerico e in parte di un guazzabuglio di caratteri. C'è sicuramente un libro alla base dell'enigma ma non sappiamo quale. È piuttosto primitivo, comunque. Queste righe, qui in basso a destra, menzionano un 'tunnel'.»

«Il passaggio sotto il confine.»

Steinmetz annuì. «Me lo aspettavo, ma di quale tunnel parlano? Probabilmente non lo avevano ancora deciso quando Bleecker è stato zittito. Ma ho anche delle belle notizie, Charlie.»

«Non tenertele per te!»

«Guarda qui: sembra che la data dell'operazione sia stata

fissata: la droga partirà da Tijuana domani. Al netto di eventuali imprevisti o incidenti, le informazioni del dipartimento di San Diego segnalano due punti del quartiere di Otay Mesa come i più probabili per la consegna.

«Qui, invece: questi numeri indicano che la partenza da Tijuana è prevista alle nove di sera. Dovrebbero arrivare a destinazione circa mezz'ora dopo. Considerati i milioni in gioco, sono propenso a credere che rispetteranno la tabella di marcia.»

Steinmetz proseguì. «I camion, probabilmente già carichi di armi, arriveranno in uno di questi due punti a recuperare anche la droga. I nostri uomini dovranno appostarsi e nascondersi prima del tramonto, diciamo verso le sei, e dovranno tenersi pronti a vegliare anche tutta la notte se sarà necessario.»

«Sono d'accordo con te» rispose Clapper.

«Questi due numeri invece potrebbero essere delle iniziali. Guarda, proprio qui.»

Steinmetz prese il foglio dalle mani di Clapper e cerchiò con una penna due cifre.

«Sei e due. Ti dicono qualcosa?»

Clapper disse: «La sesta lettera dell'alfabeto è la F, la seconda la B».

«Potresti avere ragione. FB.»

Clapper ripensò a James Ransom, il proprietario del North Beach, che aveva visto la moglie di Swanson passare un messaggio a Fred Braun, il capo dell'ATF, in un'area di sosta in mezzo al nulla. Braun, maledetto bastardo! Aveva tradito la sua agenzia, aveva tradito tutti, ma adesso le sue iniziali erano state trovate sul telefono di un uomo assassinato.

Clapper e Steinmetz parlarono ancora per qualche minuto, quest'ultimo gli assicurò che Ransom e i due ragazzini erano stati trasferiti con successo. Inoltre, a Wallenger erano stati assegnati dieci uomini con il compito di aiutare la sezione FBI di San Diego con il rompicapo del tunnel.

« Grazie, Craig. Ti meriti una cena a base di bistecca con contorno di anelli di cipolla, un ottimo Scotch e una fetta di torta al cioccolato con la ciliegia » disse Clapper ridendo.

« Soddisfatto, quindi? » domandò Steinmetz.

« Di più, stordito ed euforico. »

Steinmetz gli promise che si sarebbero rivisti presto, almeno virtualmente.

« Siamo pronti a combattere » disse Clapper.

Si strinsero la mano, poi Steinmetz scese dall'auto e Clapper lo osservò allontanarsi a passo spedito.

Si considerava un uomo meticoloso, era uno scienziato forense e un investigatore, uno che esigeva prove concrete prima di prendere una decisione. Ora invece era stato catapultato in un mondo di codici criptati e informazioni virtuali; lavorava con persone che avevano passato decenni, o anche l'intera vita, nei servizi segreti e spesso avevano alle spalle una formazione militare. Forse San Francisco era sotto assedio ma Clapper si fidava di Craig Steinmetz.

Tornò alla Hall of Justice di nuovo pieno di energia.

93

Il direttore di San Quintino salutò il capo Clapper e riattaccò. Poi uscì dall'ufficio e percorse il corridoio fino alla porta della sala comune, chiusa a chiave. La aprì e si fermò sotto le scale, concedendosi un momento per riflettere. I prigionieri avrebbero cenato di lì a un'ora ma ormai la situazione era tranquilla.

Tornato nel suo ufficio, Hauser digitò il numero di cellulare del capo dell'ATF, Fred Braun.

«Pronto?» rispose Braun.

«Fred? Sono Frank Hauser. È un brutto momento?»

«Sono in macchina» disse Braun. «Che cosa posso fare per te?»

«Ho qualcosa che potrebbe interessarti. Tra gli effetti personali di Theodore Swanson, deceduto, abbiamo trovato una busta indirizzata a te. Non ci sono eredi adulti o parenti ancora in vita quindi o la do a te o dovrò consegnarla a Clapper per le indagini.»

«Una busta per me da parte di Ted Swanson? Ma se non lo conoscevo neanche!»

«Non l'hai mai incontrato?»

«Una sola volta, era un agente e lavoravamo allo stesso caso. Fu prima che si rovinasse con le sue mani. Non so perché dovrebbe avermi lasciato una busta.»

«L'abbiamo passata ai raggi ultravioletti e al metal detector ma si tratta solo di carta, ed è tua. O la prendi tu oppure domani mattina la mando alla Hall of Justice e Clapper potrà ritirarla lì.»

«Puoi farmela portare da qualcuno?»

Hauser non rispose.

«È un no?»

«Braun, sto già forzando le regole. Devo almeno consegnartela sigillata, devi firmare.»

«Vengo a prenderla per le cinque, fatti trovare lì» e riattaccò.

«Prego» disse Hauser al cellulare ormai silenzioso.

Braun parcheggiò nel vialetto, in un bel quartiere vicino al Golden Gate Park. Lasciò la borsa in macchina e, attraverso il garage, entrò in casa dove trovò Greta, sua moglie, davanti ai fornelli, intenta a mescolare il contenuto di una pentola e ad alzare il fuoco sotto un altro tegame.

La baciò sul collo e la strinse in un abbraccio mentre faceva qualche calcolo. San Quintino era a venti minuti di macchina. Diciamo che ce ne sarebbero voluti altri quindici per quella maledetta sciocchezza della firma per la consegna della lettera di Ted Swanson. Poi il viaggio di ritorno, altri venti minuti, ma tutto dipendeva dal traffico.

«Devo uscire per un'oretta, una sciocchezza da sbrigare alla prigione» disse Braun. «Pare che Ted Swanson mi abbia lasciato un bigliettino d'addio. Solo problemi da quel tizio, sia da vivo che da morto. Tu mangia pure, potrei anche impiegarci di più.»

Braun risalì in macchina e partì, domandandosi mentre guidava se Swanson si fosse ravveduto all'ultimo minuto, prima di appendersi alle sbarre della sua cella. Oppure gli aveva lasciato delle informazioni che potevano rivelarsi preziose?

Che diavolo! Era il capo dell'ATF di San Francisco e doveva andare a caccia di una busta chiusa appartenuta a un uomo morto che aveva parlato con la polizia e poi si era suicidato. Probabilmente la lettera conteneva un vaffanculo. O magari si trattava davvero di informazioni importanti.

Braun pigiò sull'acceleratore.

94

Ero al volante di una Chevrolet Suburban blindata con Joe seduto sul sedile accanto a me, tutti e due all'erta mentre attraversavamo un quartiere residenziale del distretto di Richmond.

Wallenger e Conklin ci seguivano a un paio di macchine di distanza. La SWAT era già appostata nel giardino che era anche il nostro obiettivo, a due minuti dalla Twenty-First Avenue.

Fu Joe a vederla per primo: l'auto di Braun si allontanava a tutta velocità dalla casa azzurra a due piani al centro dell'isolato. Era un quartiere esclusivo ma non esageratamente lussuoso, la casa azzurra faceva parte di una fila di dodici abitazioni tutte simili.

Davanti a noi sfrecciavano alcuni ragazzini in bicicletta, i led che lampeggiavano tra i raggi delle ruote. Più avanti l'auto di Braun svoltò l'angolo e scomparve rapidamente alla vista.

Dalla radio ci arrivò la voce di Mike Wallenger.

«Diamoci dentro!»

Wallenger ci superò ed entrò nel vialetto della casa di Braun, parcheggiando l'auto già in posizione perfetta per inseguirlo se avessimo dovuto passare al piano B. Il piano A invece era notificare il mandato alla signora Braun e perquisire la casa da cima a fondo prima che il cervellino di Fred si accorgesse di essere stato ingannato.

Mentre scendevamo dall'auto la tendina di pizzo di una delle finestre al piano terra si aprì. Era Greta Braun che sbirciava fuori e ci osservava. La salutai con un sorriso, un gesto gioviale che la trattenesse dal chiamare il marito per farlo tornare subito a casa.

Ci tenne gli occhi addosso mentre percorrevamo il vialetto di cemento e salivamo i tre gradini che conducevano alla porta d'ingresso. Conklin mi superò e premette il campanello, sentimmo il suono echeggiare all'interno della casa. Mi battei una pacca sul taschino della giacca che conteneva il mandato, tastai l'impugnatura della pistola nella fondina appesa alla spalla e mi preparai all'eventualità di dover sfondare la porta.

La serratura scattò e la porta d'ingresso si aprì quel tanto che bastava per permettermi di scorgere una donna sulla cinquantina con i capelli striati di grigio, gli occhiali appesi a una lunga catena e un'ombra di sospetto che le faceva capolino nello sguardo.

«Che cosa posso fare per voi?» ci chiese.

Le mostrai il documento ripiegato, firmato dal giudice Philip R. Hoffman, che confermava la nostra richiesta di perquisizione.

«Lei è la moglie di Frederick Braun?» le domandai.

«Mio marito è appena uscito per una commissione. Tornerà tra un'ora, forse anche prima.»

Mi appoggiai alla porta in modo che non potesse richiuderla e presentai in due parole il nostro piccolo gruppo, volevo che avesse una visione chiara di chi eravamo e del nostro grado.

«Questo è un mandato di perquisizione per casa vostra»

dissi. «Include anche le automobili. Inoltre, siamo autorizzati a sequestrare computer e telefoni.»

Un'espressione di paura attraversò i lineamenti della signora Braun, che aprì comunque la porta. Mentre gli uomini entravano io mi fermai accanto a lei. Continuava a ripetere, sussurrando tra sé e sé: «Non capisco, non capisco...»

Non era compito suo capire, infatti.

Ero al culmine dell'eccitazione, ero sicura che fossimo sul punto di risolvere quel caso frustrante e zeppo di insidie.

Stavo lavorando con persone fantastiche, che conoscevo da anni e di cui mi fidavo.

Mi sentivo ottimista.

95

Eravamo nel soggiorno dei Braun, una stanza ordinata, arredata con mobili semplici e robusti, con vista su uno scorcio della baia. Da quello che vedevo sarebbe stato un gioco da ragazzi perquisire quei centocinquanta metri quadrati, ci avremmo messo la metà del tempo che avevamo a disposizione. La casa era così spoglia che c'erano pochissimi nascondigli.

«Io e Conklin andiamo in garage» disse Wallenger. «Lindsay, rimani con la signora Braun, va bene? Joe, tu occupati dello studio.»

Gli uomini sciamarono fuori, frugando sistematicamente in tutti i cassetti, aprendo gli armadi, picchiettando sulle pareti, sul pavimento e sul soffitto.

La signora Braun mi seguì mentre facevo il giro del soggiorno. Tentavo di tranquillizzarla con i miei capelli biondi e il mio sorriso. Mi disse che suo marito era a capo dell'ATF e che «sarebbe andato su tutte le furie» perché non avevamo aspettato il suo ritorno.

«Andrà tutto bene, lo conosciamo» mormorai. Così lei collaborò e mi aprì il ripostiglio delle scope. Mi mostrò dove teneva l'asse da stiro, mi fece vedere le fotografie del matrimonio esposte in camera da letto e quelle dalla laurea della figlia.

Controllai l'orologio: il tempo volava. Probabilmente in

quel momento Fred Braun era già di ritorno sul Golden Gate Bridge, guardando l'acqua fuori dal finestrino, infuriato per il viaggio inutile e per la perdita di tempo.

Conklin e Wallenger tornarono dal garage. Ci mettemmo in cerchio attorno a Conklin mentre lui ci mostrava le foto che aveva scattato con il telefono. La signora Braun non riusciva a vedere nulla al di sopra delle nostre spalle.

Un'immagine dopo l'altra, vidi passare davanti ai miei occhi una collezione di armi automatiche illegali sistemate ordinatamente negli armadietti per gli attrezzi e appese alle pareti interne di un grosso camper. Erano della stessa marca e dello stesso modello di quelle ritrovate nel garage di Royce Bleecker. Si trattava di repliche di alta qualità di armi americane, ma queste erano state fabbricate in Repubblica Ceca, Messico, Polonia e Russia.

La signora Braun riuscì a inserirsi nel gruppo, afferrò con le dita il polso di Conklin e lo costrinse a inclinare il telefono in modo che fosse rivolto verso di lei.

« Le conserva per lavoro » disse poi, mentre si allontanava per accendere le luci e spegnere il forno. Joe le rispose spiegandole che non era consuetudine delle forze dell'ordine tenere in casa le armi sequestrate. Quelle armi di fabbricazione straniera erano sicuramente illegali.

Greta Braun mormorò che era impossibile. Poi sentì il rumore di un'auto che entrava nel vialetto e si zittì. I nostri calcoli erano stati giusti ma il tempo era passato troppo velocemente.

« Ecco Fred! » disse. « Fred è tornato! »

96

In un attimo la situazione cambiò drasticamente. Wallenger e Conklin si diressero verso la porta posteriore, scesero i gradini del portico e si appostarono sul retro. Io rimasi vicino alla signora Braun, pronta a trattenerla, mentre Joe usciva dall'ingresso principale.

La donna si avvicinò alla finestra e io la seguii. Insieme guardammo Braun rallentare nel vialetto, evitando la Suburban di Wallenger che occupava gran parte dello spazio progettato per due automobili.

In piedi sui gradini dell'ingresso, Joe lo aiutò a fare manovra e poi gli fece cenno di entrare in casa.

Braun frenò bruscamente e scese dalla macchina. Alzò lo sguardo verso la porta e verso Joe. Pensai che stesse tentando di valutare l'espressione del suo volto, la distanza che c'era tra loro e il tempo che ci sarebbe voluto per percorrerla. Sarebbe riuscito a rientrare in auto?

Tre SUV neri blindati arrivarono dalla Twenty-First Avenue e si fermarono in posizione tale da impedire all'Audi qualunque movimento. Braun era chiuso da tutti i lati ma risalì comunque in macchina. Lo vidi allungarsi sul sedile fino al vano portaoggetti e Joe, notandolo a sua volta, in una frazione di secondo corse giù dai gradini e raggiunse la portiera. La gamba sinistra di Braun sporgeva ancora dall'auto. Joe la bloccò contro il telaio sbattendo lo sportello.

Braun urlò.

Joe estrasse la pistola, la afferrò con entrambe le mani e gliela puntò in faccia.

«Mani in alto! Fammi vedere le mani!»

Braun le alzò e Joe gli si fece ancora più vicino. Trasalendo dal dolore, il capo dell'ATF gridò: «Molinari, che cazzo stai facendo?»

Joe gli rispose in maniera tranquilla, quasi amichevole.

«Abbiamo un mandato di perquisizione per la tua casa e la tua auto, oltre a essere autorizzati a sequestrare i tuoi file e tutti i dispositivi elettronici.»

«Perché? Che cosa diavolo succede?»

Joe aprì la portiera, continuando a tenere bloccato Braun. «Esci dalla macchina con le mani in alto!»

Reg Covington, il capo dell'unità SWAT del nostro dipartimento, si avvicinò insieme ai cinque uomini della sua squadra. Finalmente in piedi dopo l'appostamento, avevano le armi pronte.

«Fred Braun» disse Joe, «sei in arresto per possesso e commercio di armi illegali. Hai il diritto di rimanere in silenzio...»

«Al diavolo, se nella mia proprietà c'è qualcosa di illegale ce l'hai piazzata tu!»

«Mani dietro la schiena, ora!»

«Vaffanculo!»

Joe fece voltare Braun, lo schiacciò contro l'Audi e gli puntò la pistola al collo. La SWAT lo ammanettò e lo perquisì, sequestrandogli l'arma che portava alla caviglia, quella nel vano portaoggetti e il telefono che teneva in tasca. Poi lo caricarono su uno dei SUV.

Lasciai che Greta Braun chiamasse la figlia, quindi confiscai anche il suo telefono. Ero impaziente di andarmene da lì.

Io e Joe chiudemmo la fila di auto che si dirigeva verso l'ufficio dell'FBI al numero 450 di Golden Gate Avenue, dove Braun era stato portato. Un'ora dopo, ancora ammanettato, il capo dell'ATF era seduto al tavolo di metallo di una delle sale per gli interrogatori.

Era così incazzato che sembrava stesse per avere un infarto.

97

Io e Conklin eravamo nella saletta di osservazione, dietro il finto specchio, a guardare Joe e Wallenger che interrogavano Fred Braun. Quest'ultimo non forniva nessuna spiegazione per le armi che avevamo trovato nel garage o per il chilo di eroina scoperto dalla SWAT in un vano segreto sotto il cruscotto dell'Audi.

Non ci provava neanche.

Si limitava a imprecare, fare ostruzionismo, minacciare vendetta e muoversi convulsamente sbattendo le gambe della sedia contro il pavimento, mentre il nastro registrava le sue urla e le sue smentite veementi.

Quasi mi dispiaceva per lui. Cioè, non proprio, ma capivo che non si sarebbe mai aspettato di venire scoperto per colpa di un messaggio in codice troppo facile da decifrare trovato sul telefono di un poliziotto morto.

Craig Steinmetz gli si sedette di fronte con l'espressione dura. Vidi in lui l'uomo di cui mi aveva parlato Joe: l'ex tenente dei marine che aveva preso parte a Desert Storm; l'alto ufficiale di Quantico ora direttore della sezione FBI di San Francisco.

«Fred, stai sprecando il tuo tempo oltre che il nostro. Fatti un favore: dicci dove si trova l'uscita del tunnel a Otay Mesa e dacci il nome di chi ha ucciso quei cinque uomini, tre dei quali erano ex poliziotti e uno una guardia carceraria di San Quintino. Ti do la mia parola che, se collabori, intercederò per te. Lo faremo tutti. Potrebbe voler dire essere mandato in un posto in cui tua moglie possa venire a farti visita.»

«Non sono colpevole di nulla, Craig, dovresti conoscermi. Proverò la mia innocenza in tribunale.»

«Stai commettendo un errore, Fred. Abbiamo le prove del tuo coinvolgimento in un'operazione di contrabbando di armi e droga in programma per domani. È bastato un apprendista per decifrare quel codice, e ci ha impiegato dieci minuti.»

«Continua, Craig.»

«Che cosa ti è successo, Fred? Si è trattato di avidità? Di stupidità? Oppure eri il galoppino di Ted Swanson? Anche se in realtà il motivo non mi interessa. Ti sto offrendo di trasformare il tuo tradimento in un aiuto al Paese, sappiamo che sei un uomo perbene che ha solo commesso un grosso errore.»

«Risparmiami questi discorsi.»

«Va bene, Fred, come vuoi. Allora verrò all'udienza preliminare a spiegare al giudice perché sia giusto negarti la libertà su cauzione. La mia parola avrà più peso della tua e mi assicurerò inoltre che tu trascorra il tempo, prima e dopo il processo, tra i detenuti comuni e che si sappia che hai parlato con l'FBI. Mi capisci? Che hai parlato!»

Braun si fissava le mani giunte. «Voglio la mia telefonata.»

Wallenger si sporse in avanti, muscoloso e con la mascella squadrata, un fisico da esperto di arti marziali.

«Braun, ci prendi in giro? Questa è la tua ancora di salvezza! Arrenditi o ti inchioderemo per le armi, la droga e gli omicidi, anche se dovessimo metterci tutta la vita!»

La risata di Braun esplose ancora prima che riuscisse ad aprire la bocca. Si strozzò, imprecò e sputò. Infine, inspirò profondamente.

«Sono anni che ho quelle armi in garage. Non sono lì per essere vendute, sono souvenir. Ecco la verità.»

Steinmetz si rivolse a Wallenger: «È proprio stupido».

«Voglio la mia telefonata» ripeté Braun.

Wallenger si alzò dal tavolo e tornò con l'iPhone di Braun. «Detta pure, penso io a fare il numero.»

Braun avrebbe ceduto o avrebbe chiamato un avvocato? Generalmente sono brava a indovinare ma in quel momento non avrei saputo dirlo.

Erano appena passate le otto di sera. C'era un aereo pronto a portare Mike, Joe e altri agenti dell'FBI a San Diego. Se Joe e Mike non fossero stati in aeroporto entro le dieci, quell'aereo sarebbe partito senza di loro.

Braun fissava il telefono nelle mani di Wallenger. Poi alzò lo sguardo verso la lucina rossa che lampeggiava in un angolo del soffitto.

«Accendi il registratore» disse. «Basta stronzate.»

«Dove sbuca il tunnel con precisione?» domandò Joe.

Braun ruotò le spalle prima in avanti e poi indietro, per alleviare la pressione sui polsi ammanettati.

«Apri Maps sul telefono.»

Wallenger diede un colpetto al telefono e lo posò di fronte all'infuriato capo dell'ATF, in modo che vedesse il piccolo schermo e non solo le sue terribili prospettive future.

98

La mattina dopo aver arrestato Braun, Joe si svegliò all'alba in una camera dell'Holiday Inn di San Diego, appena fuori dall'I-5. Spostò la lampada sul tavolino traballante sotto la finestra e si mise a esaminare sul laptop gli schemi che aveva appena ricevuto dall'FBI.

All'altro lato della camera Mike Wallenger calciò via le coperte, sbadigliò sonoramente e disse: «Buongiorno, Butch. Come hai dormito?»

«Come un gattino, Sundance.»

Wallenger si alzò dal letto, infilò i piedi nelle pantofole fornite dall'albergo e si avvicinò a Joe. Guardò lo schermò del laptop, che mostrava una ripresa aerea del distretto industriale di Otay Mesa.

«Uno dei due luoghi identificati è questo» disse Joe indicando il cerchio tracciato sull'azienda Vytek Machinery in Customhouse Court. «L'altro è questo.» Posò il dito su un magazzino, la scritta diceva BLUE BELL APPAREL.

Wallenger grugnì. «Bene.»

«E ora abbiamo avuto la conferma. Ho appena sentito Steinmetz: l'FBI di San Diego ha ottenuto per ventiquattr'ore una copertura aerea e un sonar per il controllo in profondità del terreno in questi due punti. Hanno avuto il mandato e stanno approntando il collegamento video.»

«Facciamo le cose in grande» commentò Wallenger.

«Tutt'a un tratto ho capito che ultimamente mi annoiavo» rispose Joe.

Premette un paio di tasti e l'immagine sullo schermo si suddivise in sei inquadrature parziali della stessa fabbrica.

«Ecco la Vytek.»

Una scala di legno collegava il piano terra a un soppalco. Alla parete nord erano appoggiati due carrelli elevatori e alcuni pallet carichi di merce. Ingrandì una a una tutte le inquadrature, soffermandosi sulla numero quattro. «Questa parete dà sulla strada, il tunnel sbuca qui.»

Tracciò una X con l'indice.

«Di che cosa è fatto il pavimento, compensato?» domandò Wallenger.

«Non lo so ma sembra fragile. Un ascensore idraulico sale dal tunnel al pavimento della fabbrica. Il pavimento si solleva e la droga sale insieme ai corrieri. I corrieri la caricano sui carrelli a mano e la trasportano nel parcheggio uscendo da questa porta. Semplice e veloce.»

Wallenger guardò con attenzione tutte le inquadrature, poi chiese a Joe di mostrargli quelle della Blue Bell. Osservarono anche quelle una a una, confrontandole, passando da quelle del primo piano a quelle del piano terra. Gli spazi erano vuoti e ordinati, un campo di battaglia con pochi ostacoli.

C'erano dei furgoni in entrambi i parcheggi, con loghi e nomi delle società dipinti sulle fiancate.

«Potremmo nasconderci in quei furgoni, hanno dei finestrini sui lati» disse Wallenger.

«Dopo il tramonto» convenne Joe. «Sì, mi piace. A te?»

«Tremendamente. Speriamo di non doverci ricordare della legge di Murphy.»

Joe sorrise. I militari non si stancano mai di ripetere che nessun piano sopravvive al primo contatto con il nemico.

99

Il telefono di Joe vibrò per un messaggio in arrivo. Lo lesse, si alzò e scostò le tende della finestra per controllare prima di aprire la porta. Era arrivato l'agente speciale James Cortland, cecchino e specialista di incarichi sotto copertura.

Cortland era alto un metro e ottanta, portava dei dreadlock che gli arrivavano sotto le spalle e aveva l'abitudine di non vantarsi mai dei numerosi encomi che aveva ricevuto.

« Ciao, Molinari, è da un bel po' che non ci vediamo! »

« Da troppo tempo! »

I due si strinsero la mano e scambiarono qualche parola mentre esaminavano gli schemi sul portatile. Pochi minuti dopo Wallenger si unì ai colleghi al tavolo e si rivolse a James: « Che cosa ne pensi di questa faccenda? »

« Mi piacciono entrambi i luoghi individuati. Andiamo a farci un giro. »

James fece fare a Wallenger e Molinari una divertente visita guidata del quartiere industriale di Otay Mesa, poi si diresse verso l'ufficio FBI di San Diego, sulla Vista Sorrento Parkway. Dopo i controlli vennero accompagnati tutti e tre in una sala conferenze grande la metà del campo da basket di una scuola superiore.

Un centinaio di sedie sfregarono sul pavimento mentre i comandanti della SWAT, le forze speciali, gli agenti dell'FBI di San Diego e di San Francisco e i capi delle squadre di sorveglianza, dei cecchini e delle unità anticrimine prendevano posto. Quando al tavolo non ci furono più posti liberi, gli agenti rimasti si sistemarono sulle sedie ai lati della stanza.

C'erano persone che Joe non vedeva dai tempi del dipartimento della Homeland Security, che lo chiamarono per nome e si avvicinarono per salutarlo. Poi nella stanza calò il silenzio, l'agente speciale in comando Analise Thompson si era avvicinata zoppicando a capotavola e aveva acceso il computer.

L'agente Thompson era una donna attraente sulla sessantina ed era rimasta ferita in Afghanistan, quando l'elicottero su cui viaggiava era stato abbattuto. Dopo essere tornata negli Stati Uniti aveva dedicato la propria vita all'FBI. Salutò gli uomini e le donne presenti e poi disse: «Non abbiamo mai tentato un'operazione di queste dimensioni con così poco tempo a disposizione. Quindi, non dobbiamo sprecare neanche un secondo...»

Le luci si abbassarono.

Joe, Wallenger e un'altra novantina di agenti rimasero fermi a osservare il puntatore laser mentre Thompson iniziava a parlare. Mostrò l'immagine di uno dei tunnel utilizzati per il passaggio di droga, armi e immigrati dal Messico agli Stati Uniti.

«La maggior parte di questi tunnel è dotata di luci, di ventilatori e di rotaie in miniatura che li percorrono per tutta la lunghezza.

«Perché vi mostro questo tunnel? Perché qui due anni fa, durante un tentativo di traffico di droga, è successo un casino. Il carico era più o meno a metà strada quando i trafficanti si sono scontrati con la polizia e c'è stata una sparatoria. Una buona metà della droga, circa trecento chili, per un valore di milioni di dollari, è stata riportata in Messico; i corrieri sono riusciti tutti a scappare. Ma abbiamo imparato qualcosa in quell'occasione.

« Nelle ultime ventiquattro ore abbiamo preso il controllo delle due fabbriche e abbiamo tenuto d'occhio i furgoni. »

Thompson premette un tasto e sul grosso schermo apparve uno schema.

« Questo è quello che abbiamo chiamato il tunnel numero uno. Viaggia verso nord passando sotto José de Gálvez, poi dopo duecento metri traccia una curva di novanta gradi sotto La Media Road e sbuca nel quadrante nordovest della Vytek Machinery. Dopo le sei nell'edificio vengono spenti sia le luci che i ventilatori. Nel parcheggio potrebbero rimanere alcuni veicoli. Abbiamo provveduto a tagliare la recinzione all'ingresso.

« Il tunnel numero due è lungo il doppio e sbuca all'interno di un magazzino di proprietà della Blue Bell Apparel. L'edificio è praticamente vuoto, stanno cercando un affittuario. »

Mentre Thompson parlava, Joe si rese davvero conto di quante persone erano coinvolte: personale di sorveglianza, agenti dei servizi aerei e dei corpi speciali. L'FBI di San Diego, come quella delle altre città, aveva una propria divisione aerea, che era stata chiamata a operare sul campo. Non si trattava di droni o di elicotteri, ma di bimotori Mitsubishi che sarebbero stati in volo in cerchio una decina di chilometri sopra l'obiettivo. Avrebbero inviato informazioni alla sede dell'FBI per il posto di comando, così come per l'unità mobile e per le squadre di sorveglianza. Secondo l'intelligence i camion avrebbero avuto targhe della California e sarebbero stati sorvegliati una volta attraversato il confine di San Diego.

Fred Braun non sarebbe stato in grado di ideare un piano così complesso senza una grossa organizzazione e almeno un socio dall'altra parte del confine.

Se avevano ragione, c'era un altro criminale. Un pezzo grosso. Qualcuno che era ancora coinvolto? O che aveva abbandonato tutto quando, alle sei della sera prima, Braun aveva smesso di rispondere al telefono?

100

Dopo venti minuti dall'inizio del briefing, l'agente speciale Thompson esaminò l'organigramma che mostrava quali squadre avrebbero operato, dove si sarebbero appostate e a chi avrebbero fatto rapporto. Lei avrebbe sovrinteso a tutta l'operazione.

«Se qualcosa va storto potrò accorgermene e avvertirvi. Sarò in collegamento anche con gli agenti sotto copertura e con il capo della sezione di San Francisco. Ci saranno cecchini appostati da entrambe le parti, non avrete bisogno di ulteriore copertura. Le voci dicono che il capo del cartello El Carriola manderà nel tunnel il figlio Pepe. Ha ventidue o ventitré anni ma pare abbia già totalizzato una decina di omicidi. Ecco una sua foto.»

L'immagine mostrava un ragazzo messicano alto e di bell'aspetto che faceva il pieno alla sua macchina. Il veicolo sembrava essere un pick-up di fabbricazione americana ma si vedeva pochissimo nell'inquadratura. Non c'era modo di capire la marca e il modello o di leggere la targa.

Thompson proseguì. «Si fa chiamare El Diablo. Massima prudenza se lo individuate. Meglio prenderlo in custodia che mandarlo all'obitorio, ma va bene anche l'obitorio se si rivela l'opzione migliore.

«Diamo un'altra occhiata alle mappe.»

Joe studiò con attenzione la piantina della Vytek sullo

schermo. Quasi tremila metri quadrati di cemento circondati da un parcheggio ancora più vasto. Thompson puntò il laser verso l'area in cui probabilmente sarebbero stati sistemati i camion.

«La vera conferma sarà l'arrivo dei camion durante la notte. La posta in gioco sembra quasi troppo alta per questa banda di disperati: migliaia di armi, centinaia di chili di droga... aspettatevi di tutto, anche uno scontro a fuoco.

«Una volta che saremo pronti, gli agenti sotto copertura e i poliziotti si sostituiranno agli autisti e guideranno i camion carichi fino al punto di consegna, qui a Potrero Hill, dove pensiamo che gli acquirenti saranno in attesa. La polizia sequestrerà il denaro e li arresterà. Tutta l'azione sarà registrata.»

Alzò le dita incrociate e sorrise.

Joe aveva una discreta fiducia in quel piano: agenti, tecnologia sul campo, la competenza dell'FBI e il supporto militare. Thompson era un'agente di prim'ordine, e lui era orgoglioso di rientrare in quella compagnia fatta di uomini e donne incredibilmente abili e fedeli.

Ma gli appunti mentali che si era annotato tre ore prima al motel gli mostravano ora anche una potenziale montagna di problemi, che si era ulteriormente ingigantita quando aveva realizzato quante sarebbero state le parti in campo.

Si risintonizzò su quello che stava dicendo Thompson.

«Come vi ho già spiegato, è improbabile che questi trafficanti si arrenderanno solo vedendoci. Ci sarà uno scontro. Se i delinquenti riescono a rifugiarsi nei tunnel e a scappare in Messico perdiamo metà del valore dell'operazione. Dobbiamo prenderli, interrogarli e sbatterli in galera.»

Joe ebbe un'idea. Non era a prova di bomba ma si era accorto che avrebbero avuto il tempo di bloccare la via di fuga dei trafficanti una volta che questi fossero entrati nell'edificio, spedendoli dritti tra le braccia dell'FBI quando avessero tentato di uscire.

Quando Thompson chiese se qualcuno avesse domande o commenti, Joe alzò la mano.

Thompson lo interpellò, rivolgendosi a lui con la sua vecchia posizione nella Homeland Security. « Vicedirettore? »

« Comandante, ho avuto un'idea. »

Lei fece un cenno d'assenso e in poche parole Joe illustrò quello che aveva in mente.

101

Me ne stavo seduta al buio su una sedia da campeggio all'interno di un furgone parcheggiato, o abbandonato, fuori dal magazzino della Blue Bell Apparel. L'FBI aveva piazzato nell'edificio videocamere e microfoni e Mike Wallenger aveva avuto l'idea di praticare dei fori nel veicolo per sistemarvi delle piccole telecamere. All'interno i tecnici avevano fissato uno schermo delle dimensioni di un iPad, in modo che anch'io fossi collegata al sistema audiovideo.

Era tutto tranquillo, non c'era niente da vedere.

Le nove e mezzo.

L'attesa nel furgone sarebbe durata almeno altre tre ore ma io ero ancora nervosa per la sparatoria di quattro giorni prima. Sobbalzavo istintivamente a ogni abbaiare di cane, ogni clacson, ogni fruscio della radio, persino a causa del rumore del traffico sull'Highway 905 in lontananza.

Avrei voluto chiamare Joe ma non potevo. Era assegnato alla Vytek Machinery e aveva bisogno di rimanere concentrato sul suo lavoro. Come io avevo bisogno di rimanere concentrata sul mio. Io e Joe ci eravamo separati deliberatamente, per dimezzare il rischio di lasciare Julie orfana quella notte. Dovevamo essere prudenti.

Ma cavolo, quanto avrei avuto bisogno di parlare con lui.

Venni strappata ai miei pensieri dal rombo di un camion che entrava nel parcheggio. Guardai lo schermo ma il veicolo era troppo veloce perché potessi identificarlo o leggere la targa, e i fori consentivano un'inquadratura troppo ristretta. Vidi il camion parcheggiare parallelo all'edificio proprio dove aveva previsto Thompson: vicino all'uscita, in modo da caricare velocemente la droga e ripartire con rapidità.

Feci scorrere l'immagine sullo schermo per osservare l'interno del magazzino ma la telecamera a infrarossi non mostrava nulla, nemmeno un topo. Tornai al parcheggio e vidi arrivare un secondo camion, più grande del primo.

Mandai un messaggio all'agente speciale Thompson, già collegata. Lei rispose con poche parole che esplosero come una bomba tra le trenta persone, uomini e donne, in attesa: «Attenzione, tutti quanti! Si comincia!»

Il secondo camion parcheggiò subito dietro al primo. La porta della cabina si aprì e ne scese un uomo, che si avvicinò all'edificio e si fermò faccia al muro per pisciare prima di venire raggiunto dall'autista del primo veicolo. Le voci arrivavano attenuate ma si capiva che parlavano in inglese. Erano stati incaricati di guidare fino a San Francisco quei camion carichi di dollari per scambiarli con armi e droga.

Ma noi avevamo altri piani.

Sentii nell'orecchio la voce dell'agente Thompson. «Sergente Boxer, tieniti pronta.»

Dopo tre ore di completo isolamento, udii un leggero colpo contro il portellone posteriore. Una voce parlò attraverso la lamiera.

«Agente speciale James Cortland. Sono un amico di Joe.»

Avvicinò il distintivo dell'FBI a una delle telecamere.

«Sei Cort, giusto? Hai sentito Joe? Sta bene?»

«Sì, sta bene» mi rispose. Sospirai di sollievo e lo feci entrare. «È un piacere conoscerti finalmente, Lindsay.»

«Anche per me.»

Ci stringemmo la mano. James aprì una sedia pieghevole e la avvicinò allo schermo.

«Ecco il terzo» disse.

Il nuovo camion aveva il logo Fresh to You impresso sulla fiancata e si fermò in fila dietro gli altri due.

«Non sappiamo quante persone ci siano sopra» disse James. «Vedi qualche movimento all'interno dell'edificio?»

Guardai lo schermo ma non vidi nulla in nessuna delle sei inquadrature. Stavo per dirlo quando notai un movimento nell'angolo più lontano a nordest: un riquadro del pavimento, più o meno tre metri quadrati, si stava sollevando in un blocco unico.

«Guarda qui, Cort!»

Thompson si unì alla conversazione.

«Il pavimento si sta sollevando» disse. «Riesco a vedere la droga in pacchetti sigillati. Non leggo le scritte ma secondo me si tratta di fentanyl. Ne arriva ancora. Rimanete fermi finché non saranno usciti tutti dal tunnel.»

Mi concentrai con tutte le mie forze e riuscii a scorgere la piccola piattaforma che risaliva nel magazzino trasportando un carico di droga sufficiente a rifornire tutto lo Stato della California. Gli uomini uscirono dal tunnel e cominciarono a impilare ordinatamente i mattoncini di stupefacenti su un pallet, poi ne riempirono un secondo e un terzo. Uno di loro si arrampicò fino alla cabina del carrello elevatore.

Io e Cort osservavamo le inquietanti immagini a infrarossi che scorrevano sullo schermo. Contai dieci uomini. Avevano portato fuori dal tunnel il bottino, lo avevano accatastato sui pallet e ora chiacchieravano tranquillamente in spagnolo. Di spagnolo conoscevo a malapena una decina di parole, mi ripromisi di studiarlo seriamente una volta uscita di lì. Stavano pianificando di tornare in Messico per la stessa strada da cui erano venuti?

Non lo seppi mai.

«Al mio tre» ordinò Thompson. «Uno, due...»

«Aspetta!» gridai.

All'imboccatura del tunnel era apparso un altro uomo, che si sporse fuori e si issò con la forza delle braccia sul pavimento.

«Tre!»

Ci fu un forte boato, la vibrazione si sentì anche all'interno del furgone. Poi l'esplosione.

L'ottima idea di Joe, di far esplodere il tunnel e di farlo collassare alle spalle dei corrieri, era andata in porto. Lo schermo era diventato bianco, le telecamere erano andate in fumo.

«Andiamo, Boxer» disse Cort.

Indugiai e feci scorrere il dito sullo schermo, passando alle inquadrature esterne della Blue Bell. Le porte vennero spalancate e una decina di persone si riversò nel parcheggio.

102

Saltai giù dal pianale del furgone alle spalle dell'agente speciale James ma calcolai male l'altezza e caddi a terra; mi rimisi subito in piedi estraendo la pistola.

C'erano decine di agenti con indosso giacche dell'FBI ed equipaggiamento tattico che gridavano ordini ai trafficanti. «Mani in alto!», «Buttate le armi!», «In ginocchio!»

Alcuni membri della squadra urlavano in spagnolo. I corrieri, ancora frastornati dall'esplosione che aveva fatto crollare il tunnel e sorpresi per la presenza dei poliziotti, si ritrovarono intrappolati all'interno della recinzione.

Questo nel loro piano non c'era.

La SWAT lanciò delle granate stordenti. Accecati e assordati, la maggior parte dei sospettati si buttò a terra, rimanendo distesa sull'asfalto con le braccia tese. Che non sarebbero andati da nessuna parte era un dato di fatto confermato dal dispiegamento aereo sopra di loro. L'elicottero della polizia illuminava il parcheggio tanto intensamente da potervi ritrovare perfino una lente a contatto.

Mentre gran parte dei corrieri si arrendeva alla cattura, altri si sparpagliarono, nascondendosi dietro i camion Fresh to You oppure arrampicandosi al loro interno. Gli spari dai finestrini ci rivelavano la loro posizione esatta.

Un agente dell'FBI venne colpito e cadde a terra continuando a sparare in direzione di uno dei camion. Il rumore degli AK riempiva l'aria, le raffiche di proiettili perforavano acciaio e carne. I colpi e le urla erano agghiaccianti.

Io utilizzavo il nostro furgone come scudo. Ero in piedi sull'asfalto e urlavo a squarciagola in direzione di uno dei trafficanti, che correva verso la recinzione. «Getta la pistola!» Lui ignorò il mio ordine e puntò l'arma contro di me così gli sparai. Vidi il mio bersaglio afferrarsi una spalla, girare su se stesso e cadere in ginocchio.

James Cortland si avvicinò all'uomo, allontanò la sua arma con un calcio e gli tastò il polso.

«Respira ancora» disse.

Lo fece voltare faccia a terra e lo ammanettò. Sentii nell'orecchio la voce di Thompson avvertire i paramedici.

James intimò al trafficante di non muoversi, poi girò la testa verso di me. «Boxer, dietro di te!» urlò.

Mi voltai e vidi un uomo al volante del camion più vicino. Sentivo la Glock come un'estensione della mia stessa mano. «Lascia il volante!» gridai. «Subito! Mani in alto!»

Invece il trafficante sparò una raffica di colpi, che bucarono il furgone ma mancarono me.

Risposi al fuoco ma l'uomo si era abbassato e rifugiato dall'altra parte dell'abitacolo. In quel momento dal tetto dell'edificio qualcuno esplose un colpo da cecchino.

Il trafficante si afferrò la gola con le mani e cadde giù. Proprio allora gli spari si fermarono, improvvisamente come erano iniziati. Corsi dall'uomo dietro il camion. Il sangue gli usciva gorgogliando all'altezza del colletto. Allontanai la sua arma con un calcio e chiamai Thompson. «Uomo a terra. Lo sto perdendo!»

Le ambulanze in attesa all'esterno svoltarono l'angolo, aspettarono mentre la scena del crimine veniva messa in sicurezza e poi entrarono nel parcheggio. Sentii nelle orecchie la voce di Thompson: «Sergente, fai attenzione! Quello è proprio il figlio del capo. Non distogliere gli occhi da lui. Se sfiora la sua pistola, spara per uccidere!»

Avvampai ma aveva ragione. Feci quello che mi aveva detto: con le spalle al camion, puntai l'arma contro l'uomo che ansimava ai miei piedi. Era giovane, sui vent'anni. Stava morendo.

«Tieni duro, te la caverai» gli mentii.

Le sirene gemevano e ululavano, i lampeggianti creavano un vertiginoso spettacolo di luci stroboscopiche rosse e blu. Scortai una delle ambulanze e mi assicurai che i paramedici si occupassero del figlio di El Carriola che un cecchino aveva centrato, con un colpo solo, dal tetto di un magazzino a trecento metri di distanza. Mentre El Diablo veniva sistemato su una barella, sentii uno dei medici dire: «Questo è andato».

103

Dopo che tutto tornò tranquillo, risalii sul furgone e mi sedetti sulla sedia. Feci scorrere le immagini sullo schermo fino a inquadrare l'altra postazione, la Vytek Machinery, a soli tre chilometri da lì. Vidi un edificio quadrato in mattoni rossi con finestre piccole e una recinzione di filo spinato a chiudere lo stretto cortile.

Sembrava il recinto di un manicomio.

Vidi tre camion parcheggiati col retro in direzione della banchina di carico che riempivano quasi tutto il parcheggio, lasciando libera solo una striscia di asfalto di una trentina di metri. Sopra l'ingresso principale brillava una luce. Per il resto la Vytek era al buio.

Quei camion indicavano chiaramente che stava succedendo qualcosa, e Joe si trovava lì.

Passai alle immagini dell'interno. Tutte e sei le inquadrature mostravano un enorme spazio vuoto. Ma non era vuoto: mentre guardavo, la piattaforma che chiudeva l'imbocco del tunnel si sollevò. Ne risalì una lunga fila di uomini, i trafficanti, che trasportavano pacchetti di stupefacenti. Indossavano delle torce frontali, le luci rimbalzavano in quello spazio cavernoso mentre i corrieri accatastavano sui pallet i propri carichi.

Anche se sapevo già cosa sarebbe accaduto fui colta di sorpresa quando il boato dell'esplosione mi risuonò negli auricolari e le immagini della fabbrica si oscurarono, mentre il tunnel crollava.

L'inquadratura esterna mostrò i corrieri che si avventavano verso le uscite, prendendo a calci le porte per aprirle e sbattendole con violenza, nella foga di scappare.

Uno degli agenti ordinò ai trafficanti di gettare le armi e inginocchiarsi. Alcuni obbedirono, altri invece corsero in cerca di un riparo e aprirono il fuoco.

All'esplosione delle granate stordenti molti si buttarono a terra e si arresero. Il sangue mi ribolliva di paura per Joe, era sicuramente nel mezzo dell'azione. Non potevo far altro che pregare che fosse sano e salvo.

In quel momento, il portellone del furgone si aprì. Con la pistola stretta in mano, urlai in direzione della sagoma che si issava nel cassone.

«Fermo! Sono armata!»

«Boxer, sono James Cortland. Risparmia le pallottole.»

La sagoma prese forma.

Abbassai la pistola imprecando mentalmente.

«Mi sono comportato da principiante, mi sarei dovuto annunciare. Se mi avessi sparato sarebbe stata colpa mia.»

Afferrai la sua mano tesa e lo aiutai a salire. Rimanemmo uno accanto all'altra a guardare la scena sullo schermo. Avevo paura, Cort lo sapeva.

«Va tutto bene, Lindsay. So che hai passato una settimana dura.»

«Avrei potuto spararti. Abbiamo un angelo custode, Cort.»

«Non è successo niente. Siamo entrambi qui ed è stata solo colpa mia.»

Annuii e cercai di far rallentare il respiro mentre osservavamo gli spari nel parcheggio della Vytek e il cono di luce brillante proiettato dall'elicottero della polizia a illuminare i camion e la fuga dei trafficanti, con ancora addosso le torce frontali e le pistole. Era un'altra banda, con un altro capo.

Avevamo creduto che le operazioni si sarebbero svolte in una sola delle due fabbriche, le avevamo coperte entrambe solo perché non sapevamo in quale delle due. Invece non dovevamo scegliere tra la Blue Bell e la Vytek.

«Cort, hanno deciso di servirsi di entrambe le uscite.»

«Già. Il doppio dei soldi, il doppio del bottino. Una miniera d'oro, praticamente.»

104

Il furgone della polizia arrivò subito dopo la messa in sicurezza della scena. I corrieri ancora in piedi furono ammanettati e caricati sul furgone mentre le ambulanze portavano via i feriti. Un altro veicolo fu destinato ai morti, compreso il defunto erede dell'impresa criminale di El Carriola. Ci sarebbero state delle conseguenze, lo sapevo. Le automobili ferme ai margini della scena misero in moto e si allontanarono, i poliziotti se ne andarono, chi in ufficio e chi a casa.

Qualcuno bussò al portellone del nostro furgone. James aprì e si chinò per aiutare quel qualcuno a salire. Alla luce fioca dello schermo riuscii a riconoscerne l'altezza e la pettinatura, come lui riconobbe me. Ci abbracciammo.

«Stai bene?» mi chiese Joe.

«Ho bisogno di una birra.»

«Ti appoggio. Il nostro taxi ci aspetta qui fuori.»

Mi lasciò andare per abbracciare James Cortland. «Grazie» gli disse.

«La tua signora non aveva nessun bisogno di me. Meno male che ha la mano ferma e i nervi saldi, altrimenti a quest'ora sarei morto.»

Accettai il complimento di Cortland. Mano ferma, nervi saldi.

Mi resi conto che anche Joe aveva guardato il suo schermo. Aveva sentito il suo vecchio amico avvertirmi che dietro di me c'era un uomo armato. Quell'uomo era stato abbattuto da un cecchino ma, se Cortland non mi avesse avvisato, in quel momento non mi sarei trovata tra le braccia di mio marito.

Mi infilai anch'io nel loro abbraccio e strinsi forte James.

«Dobbiamo rifarlo, prima o poi» scherzò Joe.

Sorridemmo tutti e tre e in quel momento ci arrivò la voce di Thompson attraverso gli auricolari.

«Boxer, Molinari... Brady vi aspetta ma avete il permesso di fermarvi sulla strada per bere una birra. Bel lavoro, tutti quanti! In totale abbiamo venti trafficanti vivi, sei feriti, sei cadaveri e, dopo che avremo raccolto tutto, una tonnellata di stupefacenti. Ricordatevi di pulire le pistole.»

Chiudemmo il collegamento con Thompson, salutammo Cortland e dicemmo addio al furgone. Joe mi indicò il nostro taxi, un camion carico di armi. Era lungo una decina di metri, verde, con il logo Fresh to You impresso su tutti i lati. Aprii il portellone posteriore e vidi le lunghe armi fissate alle lamiere, armi che non sarebbero mai finite nelle strade di San Francisco.

«Guido io!» dissi, chiedendomi contemporaneamente se ne fossi davvero in grado.

«No, tu dormi» rispose Joe.

Richiudemmo il portello, bloccandolo, e salimmo nella cabina di guida. Io mi accomodai sul sedile del passeggero. Ci allacciammo le cinture, poi Joe inserì la chiave nel quadro.

«Ehi» lo apostrofai, «sei stato geniale, lo sai? Far saltare in aria i tunnel...»

«Sapevo che stavi guardando. Era una bella sensazione, bionda!»

Afferrai mio marito posandogli una mano dietro la nuca e lo baciai appassionatamente. Lui ricambiò il bacio tenendomi stretta tra le braccia, regalandomi il momento più bello di quella lunga e stressante giornata.

Poi si allontanò dal parcheggio e guidò lungo Customhouse Court. Non appena imboccammo l'autostrada abbandonai la testa contro il finestrino e chiusi gli occhi. Non li riaprii fino a che non mi squillò il telefono, a nord di Los Angeles.

Era mia sorella Cat.

Risposi alla chiamata: « Che cosa è successo? »

« Voglio tornare a casa. »

Non era Cat, era Julie.

105

Era ormai passata l'una di notte quando avevo risposto al telefono e sentito i singhiozzi di mia figlia.

«Julie, che cosa succede?»

Joe mi lanciò un'occhiata, stavamo sfrecciando lungo la I-5.

«Stai bene, Jules? Ti sei fatta male?»

Ripetei la domanda più volte ma lei non smetteva di piangere.

Seguì un lungo lamento straziante. «Voglio tornare a casa!»

«Ci tornerai presto, tesoro. Io e papà siamo ancora via, siamo lontani.»

«Non m'importa!»

Sentii in sottofondo la voce di Cat. «Con chi parli, Julie? Dammi il telefono! Adesso, Jules! Pronto, chi è?»

«Cat, sono io! È stata Julie a chiamarmi. Che cos'ha, è malata?»

«Credo abbia solo nostalgia di casa.»

«Julie vuole tornare a casa» spiegai a Joe. «Cat, è successo qualcosa?»

«Non proprio, è tutto sotto controllo.»

«Che cosa è successo?» insistetti.

«Oddio, e va bene. In realtà non è successo niente. Solo che le ragazze vanno a scuola mentre Julie è costretta a rimanere a casa con me e Martha. Meredith e Brigid hanno le amiche, le attività pomeridiane e i loro segreti. Capisci?»

Capivo: Julie si sentiva esclusa. Aveva solo quattro anni e noi l'avevamo abbandonata da mia sorella. Non era giusto ma ci trovavamo coinvolti in un maledetto caso di enorme portata che oltre a mettere in pericolo la nostra vita minacciava l'intera California, e non solo.

Potevamo passare a riprenderla subito? E poi cosa avremmo fatto, avremmo disertato l'incontro a Potrero Hill? Impossibile. Avrebbe danneggiato il mio stato di servizio. Sicuramente c'erano già degli asterischi nel mio fascicolo, alcuni dei pezzi grossi non avevano creduto alla mia ricostruzione dell'incidente di Bayview. Tentai di riflettere con calma. Julie era al sicuro. Triste, ma al sicuro.

«Cat, dammi un minuto.» Senza aspettare la risposta, coprii il microfono con la mano e spiegai a Joe quello che stava succedendo.

Analizzammo la situazione da tutti i punti di vista. Mancavano sei ore al possibile incontro con gli acquirenti e viaggiavamo su un camion carico di fucili d'assalto e fentanyl sufficiente a uccidere decine di migliaia di persone. Joe, che guardava un po' me e un po' la strada, tolse per qualche secondo le mani dal volante e fece spallucce.

«Fammi parlare con lei» disse.

Riavvicinai il telefono all'orecchio e sentii Julie piangere in sottofondo.

«Cat?»

«Sono qui, sorellina. Tu dimmi soltanto quando verrai a prenderla e penserò io a calmarla. L'ho già fatto, lo sai.»

Sparai un orario, sperando almeno di avvicinarmi, e poi la avvertii che alle sette avrei dovuto spegnere il cellulare.

«Joe vuole parlarle. Grazie di tutto, Cat.»

Molte persone pensano che la mia professione possa danneggiare mia figlia e in quel momento ero d'accordo con loro. Ma alla Blue Bell avevo fatto un buon lavoro. Non era una giustificazione, avevo davvero salvato delle vite umane.

Solo che l'operazione non era ancora finita, e ora io dovevo scegliere tra il mio lavoro e la mia bambina.

Joe prese il telefono. «Julie, sei a letto? Bene, rimettiti a dormire. Ci vediamo presto, non subito ma presto... Quando ci vediamo ti spiego tutto ma ora fai la brava e passa il telefono alla zia Cat.

«Cat, ci dispiace, ti siamo debitori! Purtroppo in questo momento non possiamo defilarci... Va bene, grazie. Ti chiamiamo non appena ci liberiamo.»

Subito dopo aver riattaccato con Cat il mio telefono riprese a squillare. Stavolta era Brady. Gli comunicai posizione, modello e numero di targa del camion su cui viaggiavamo insieme a quintali di merce illegale del valore di milioni di dollari.

«Ottimo, siete in perfetto orario. Ci vediamo tra poco.»

«È il mio turno di guidare» dissi al mio meraviglioso marito.

Joe si fermò alla stazione di servizio più vicina, dove facemmo il pieno di benzina, ci togliemmo l'equipaggiamento tattico e indossammo al suo posto jeans, maglioni, giacche di tela e berretti da baseball. Due camionisti perfetti.

Ci scambiammo di posto.

Ben presto Joe si addormentò mentre io mi dirigevo

verso San Francisco. Mi sentivo carica, avevamo un compito da portare a termine.

Tenevo le mani salde sul volante e la mente concentrata sulla strada.

106

Durante il lungo viaggio da Otay Mesa fino alla periferia di San Francisco io e Joe facemmo i turni per dormire. Ci incontrammo con Wallenger all'Harris Ranch di Coalinga. Bevemmo un caffè, scherzando per scacciare l'ansia, e poi riprendemmo il viaggio.

Alle sei Brady richiamò, sempre dal fatiscente quartiere industriale di Potrero Hill, nella periferia di San Francisco. Ci diede indicazioni su dove trovarlo, su un furgone proprio accanto al cancello della fabbrica, e ci indicò dove era appostato il resto della squadra. La SWAT avrebbe aspettato all'interno di un fabbricato dall'altra parte della strada, pronta a intervenire.

Mancavano dieci minuti alle sette quando, con Joe al volante, arrivammo al parcheggio in cui si sarebbe svolto lo scambio. Naturalmente gli acquirenti non sapevano che a guidare i camion erano agenti dell'FBI e della polizia.

Joe diede un colpetto al clacson per avvisare del nostro arrivo Brady, che scese dal veicolo e ci aprì il cancello. Poi si inerpicò sul predellino del nostro camion per aggiornarci sulla situazione: i potenziali acquirenti avevano avuto modo di esaminare la merce contenuta nei sei camion in vendita; quattro erano già stati venduti, gli «autisti» avevano ricevuto i soldi. C'erano ancora quattro potenziali acquirenti, che si sarebbero contesi a suon di offerte i due camion rimasti.

Uno dei due era il nostro.

Brady mi consegnò una lista.

«L'elenco della merce che trasportate, con il prezzo stimato per la vendita. Se ci saranno problemi vi basterà dire tranquillamente che le offerte sono inferiori alla cifra richiesta. Io, Steinmetz, Clapper e Covington saremo in ascolto; se sentiremo questa frase faremo intervenire la SWAT.»

Avevo un giubbotto antiproiettile e due pistole, come Joe. Per quello che ne sapevamo gli acquirenti potevano anche avere degli obici. Poteva andare tutto storto.

Dietro di noi il cancello si richiuse. Il sole era appena sorto, regalandoci la romantica visione di un fatiscente edificio di legno dal tetto a punta alto quattro piani, deserto e circondato da altri vecchi fabbricati simili, che cadevano a pezzi.

Feci un inventario mentale dei veicoli fermi nel parcheggio. Quattro camion, me ne aspettavo cinque; quattordici tra furgoni e SUV parcheggiati fianco a fianco di fronte ai camion. Onestamente, la situazione non mi piaceva. Sapevo che l'area era circondata dai nostri agenti ma l'opportunità di fare il doppio gioco, riuscendo a scappare sia con i camion che con il denaro, era troppo ghiotta per non fare gola a quel genere di criminali.

Mentre procedevamo verso il fondo del parcheggio e l'ultimo camion si incolonnava dietro di noi strinsi il ginocchio di Joe.

Brady prese il megafono e lesse i numeri di targa del quinto e del sesto veicolo. Gli abbaglianti di una polverosa Ford 4x4 lampeggiarono. L'altro autista scese dal suo camion marchiato Fresh to You e si avvicinò alle luci. Lo riconobbi, era il tenente John Bainbridge della stazione nord.

Scambiò due parole con il guidatore della Ford e poi lo accompagnò a ispezionare la merce.

Bainbridge accettò la borsa piena di contanti che l'uomo gli porgeva e gli consegnò le chiavi del grosso camion carico di armi e droga in cambio di quelle della Ford. Poi furono una station wagon e un piccolo van a far lampeggiare i fari.

«Tocca a noi» disse Joe.

Scese del camion per andare incontro ai proprietari dei due veicoli che avevano manifestato interesse. I due uomini lo raggiunsero mentre apriva il portellone del camion. Sentii le prime offerte e la contrattazione che partiva. Alla fine, una delle due offerte superò l'altra e Joe si ritrovò in mano un borsone pieno di banconote. Ne controllò il contenuto con un'occhiata veloce, prima di avvicinarsi a me per aprirmi la portiera del passeggero.

Io recuperai il mio borsello e quello di Joe e saltai giù dal camion. Joe prese le chiavi della station wagon mentre l'acquirente che aveva perso commentava: «Spero di non aver buttato via l'occasione della vita».

«Penso proprio di sì invece» chiosò l'altro uomo.

Io e Joe salimmo sull'auto e chiudemmo le portiere. Ora che anche l'ultima compravendita era finita, mi misi a osservare la scena in attesa dell'atto finale.

107

Brady avvicinò alla bocca il megafono e lo accese, producendo un fischio che attirò l'attenzione di tutti i presenti.

«Sono il tenente Jackson Brady della polizia di San Francisco. Avete infranto la legge quando avete acquistato, o tentato di acquistare, armi illegali e droga. Ma potete ancora fare una scelta.

«Prima possibilità, la migliore: se siete armati lasciate le armi nel veicolo, scendete con le mani in alto e lasciatevi arrestare senza opporre resistenza. Se scegliete questa opzione avrete il diritto di fare una telefonata, nominare un avvocato e difendervi in un'aula di tribunale.

«Oppure potete provare a scappare ma il cancello è chiuso, noi siamo sei volte più numerosi, siamo armati e, se necessario, siamo pronti a sparare. L'FBI sta filmando tutto, gli agenti indossano delle piccole videocamere. Le strade qui attorno sono bloccate dalla polizia. Non avete scampo.

«Quindi dovete scegliere tra posare le armi e uscire con le mani in alto oppure morire stasera resistendo all'arresto.

«Avete due minuti per decidere, da adesso.»

Uno degli uomini a bordo dei camion Fresh to You urlò: «Questa è istigazione a delinquere!»

«Parlane con il tuo avvocato» gli rispose Brady attraverso il megafono.

I motori dei camion ruggirono, uno dei furgoni più grossi si lanciò contro la vecchia recinzione metallica, poi fece retromarcia e si gettò contro la rete una seconda volta. A quel punto la SWAT si precipitò fuori dalla fabbrica adiacente e fece fuoco sulle gomme; i poliziotti appostati in strada all'interno di automobili anonime circondarono rapidamente il parcheggio, con le pistole spianate. Uno alla volta tutti gli autisti scesero con le mani in alto.

Vennero allineati contro le fiancate dei camion per procedere agli arresti. Poi uno di loro, un tizio trasandato che indossava una giacca di pelle, prese a sbraitare a gran voce di diritti garantiti dal Secondo Emendamento e risalì sul camion.

Una pazzia o una mossa calcolata?

Brady e Chi avevano appena aperto il cancello per far entrare il furgone della polizia e l'uomo vi si lanciò addosso come un kamikaze.

Il passaggio era largo abbastanza per un solo veicolo. Il guidatore del camion si attaccò al clacson e, con il van della polizia ancora in mezzo, vi si gettò contro, ribaltandolo per farsi strada.

Brady, Cappy e Chi aprirono il fuoco contro il parabrezza con le armi appoggiate ai cofani delle auto.

Anche da dove mi trovavo riuscii a sentire l'autista urlare e imprecare, prima di schiantarsi contro una macchina parcheggiata. Cappy lo trascinò fuori dalla cabina, lo disarmò, lo ammanettò e lo sorvegliò mentre io chiamavo la centrale.

«Sono il sergente Boxer, mi trovo al numero 1240 di Pennsylvania Avenue. Abbiamo bisogno di un'ambulanza. Anzi, mandatene due.»

«Voglio parlare con Wallenger! E con Molinari!» rantolò l'uomo sanguinante a terra.

Che cosa? Che cosa significava? Non mi piaceva.

Attivai il microfono: «Joe Molinari, il fuggitivo ha appena chiesto di parlare con te e con Mike. È ferito, ho avvisato la centrale».

«Arrivo!» rispose Joe.

Percorse a passo di marcia i cinquanta metri che lo separavano dall'uomo sdraiato sull'asfalto, si chinò su di lui e scambiò qualche parola. Poi tornò verso me e Brady, lasciando Wallenger con il ferito.

«È Alejandro Vega» ci riferì.

«Il tizio della fiera?» domandai. «Quello preso in custodia dai federali e rinchiuso in un carcere messicano?»

«Proprio lui.»

«Quanto sono gravi le ferite?» chiese Brady.

«Tutto quello che so è che è in grado di parlare.»

«Se riescono a rimetterlo in sesto dobbiamo interrogarlo. Oggi, possibilmente.»

108

Vega era stato colpito alla spalla destra ma era un uomo fortunato: il proiettile era uscito, lo aveva attraversato da parte a parte.

L'ambulanza partì in direzione del Metro Hospital e Joe e Mike salirono su una delle auto della polizia.

Io mi unii alla squadra che caricava gli arrestati sul furgone. Dopo che furono partiti mi appoggiai alla station wagon a fissare le nuvole che correvano in cielo e le cartacce che svolazzavano sul marciapiede.

Mi chiedevo che cosa c'entrasse Vega. Era il corriere di qualcuno? Era lui stesso un acquirente che faceva scorta? Forse sapevamo ancora troppo poco su di lui.

Brady mi si avvicinò.

« Va tutto bene? » chiese.

« Sì, grazie, solo che non so che cosa fare ora. Posso prendere la station wagon? »

« Non complichiamo le cose, penserà Cappy a riaccompagnarti alla Hall of Justice. Fatti una bella dormita, Boxer, e prenditi la giornata libera. »

Brady mi allungò un mazzo di chiavi.

« Che cosa sono? »

« Cappy » disse Brady all'indirizzo del mio collega, « prenditi cura di entrambi. »

Erano le chiavi di una delle volanti? Cappy doveva ac-

compagnarmi alla Hall of Justice. E poi? Non lo sapevo.
«Sono tue, le borse?» mi chiese lui.

«Sì.»

Cappy le raccolse e insieme ci dirigemmo oltre il cancello, verso la fila di auto anonime parcheggiate in strada. Sistemò le borse sul sedile posteriore mentre io salivo su quello del passeggero e accese la radio, troncando ogni possibilità di conversazione.

Sonnecchiai per tutta la strada verso Bryant Street, svegliandomi soltanto quando Cappy chiamò il mio nome. Ricordavo solo alcuni frammenti del sogno che avevo fatto, flash pieni di sparatorie, urla e bombe. Guardai l'orologio: erano le nove e mezzo. Mio marito era negli uffici dell'FBI e Brady era ancora impegnato a rastrellare Potrero Hill.

«Hai ancora quel mazzo di chiavi?» domandò Cappy.

Le tirai fuori dalla tasca facendole tintinnare.

«Ecco la tua auto» mi disse indicando la macchina parcheggiata accanto alla nostra davanti alla Hall of Justice. Era un Explorer blu, come la mia vecchia auto e quella prima ancora.

«La mia auto? Per oggi intendi?»

«Questa sostituisce quella caduta in servizio. Abbine cura, Boxer.»

Lui sorrise, scese dalla macchina e si avvicinò al mio lato del veicolo, aprendomi la portiera con un inchino. Scesi e ispezionai minuziosamente l'Explorer. Non era nuovo ma era sicuramente più nuovo di quello che avevo perso a Bayview.

Aprii la portiera del conducente e mi sistemai al volante. Mentre mi allacciavo la cintura Cappy appoggiò le borse da viaggio sul sedile del passeggero. Non ebbi nemmeno bisogno di regolare il sedile. Misi in moto, il serbatoio era pieno. Il motore fece le fusa dandomi il benvenuto a casa.

«Bon voyage!» mi sussurrò Cappy.

Sorrisi mentre ingranavo la prima. Ero seduta sul mio trono personale e guardavo il mondo attraverso l'ampio parabrezza. Era comodo quanto il mio divano in soggiorno.

Amavo la mia vecchia macchina.

Ero di nuovo in pista.

109

Joe Molinari e Mike Wallenger si trovavano nell'ufficio di Craig Steinmetz, seduti sulle sedie davanti alla scrivania del direttore in attesa che parlasse.

Steinmetz rifletteva, giocherellando con la stilografica. Dopo qualche minuto, posò la penna e incrociò le mani sul tavolo.

«Vega dice che non gli importa della condanna» disse, «finché rimane negli Stati Uniti. Ha chiesto che anche la moglie e i figli vengano trasferiti qui ma non mi sembra sincero: ha fatto tutto il possibile per essere sicuro di non rivederli mai più. Preparatevi, perché farà di tutto per commuovervi. Spezzategli il cuore.»

Questo è un ordine, pensò Joe.

Vega era chiuso nella sala interrogatori. Steinmetz si recò nella stanza di osservazione e si assicurò che l'audio fosse acceso mentre Mike e Joe entravano, lo salutavano e si sedevano di fronte a lui.

Il braccio ferito di Vega era stato fasciato contro il petto, invece quello sano era ammanettato al gancio al centro del tavolo. Attorno alle caviglie tintinnavano le catene.

«L'ultima volta che ti abbiamo visto eri in partenza per un carcere messicano» esordì Joe. «Che cosa è successo dopo?»

«Un tunnel» rispose Vega. «Alla maniera di El Chapo.»

« Tipico. Molto ingegnoso, complimenti. »

« *Gracias.* »

« Allora raccontaci che cosa c'entri tu con questo contrabbando di armi e di droga. »

« È una storia lunga e come sai sto soffrendo molto... »

Wallenger schiacciò con la mano un bicchiere di carta, lo appallottolò e lo lanciò nel cestino dall'altra parte della stanza. « È una brutta situazione, Vega. Questa è la tua unica possibilità di parlare. Se ti comporterai bene parleremo con il procuratore e tra un paio di giorni potrai cenare in cella con un bel piatto di *huevos rancheros*. Altrimenti... non serve che te lo dica, giusto? »

« Mi picchierete e mi sbatterete in isolamento fino a che non avrò parlato. »

A Joe, Vega non parve troppo dispiaciuto di questa possibilità, doveva essere colpa dell'antidolorifico che gli avevano somministrato in ospedale.

« Mike, qui, sarebbe felice di pestarti un po', Al » disse Joe. « Per colpa tua stanotte sono morte molte persone, quindi tutto quello che puoi fare è dire la verità, nient'altro che la verità, e dirla adesso. Ogni secondo che passa la tua situazione peggiora. »

Vega sospirò. « Il nome Ted Swanson vi dice qualcosa? »

« È il nome di un poliziotto corrotto » rispose Joe, « che ha messo nei guai una ventina di agenti di polizia e ha rubato droga, per un valore di parecchi milioni di dollari, al capo di un cartello. Alla fine il totale dei morti provocati dalla sua bravata ammontava a più di venti persone, per metà poliziotti e per metà civili innocenti. Intendi questo Ted Swanson? »

« Sì. Sembrava un buon affare e l'abbiamo organizzato. »

«Cioè avreste organizzato tutto tu e Swanson?» disse Wallenger. «Ma se era rinchiuso a San Quintino da tre anni!»

«Aveva un complice e il modo di comunicare con lui, non so come. Tra loro si chiamavano Mister Dentro e Mister Fuori.»

Nessuno rise.

«Il piano era questo: il complice era un agente dell'ATF, Fred Braun; si è occupato lui dei preparativi da questo lato del confine.

«Il mio compito era di controllare i tunnel, reclutare la manodopera e definire gli orari, ma non posso prendermi tutto il merito. Sentite, era un piano ben congegnato. Che cosa abbiamo sbagliato?»

«Vi siete sopravvalutati, Vega» gli rispose Joe. «Ma non divaghiamo. So che vuoi avere la tua famiglia vicino. Questo significa darci il nome della persona che si è macchiata dei cinque omicidi...»

«Se parli muori. Sì, ho sentito dire che era coinvolto un sicario ma non sono io. E non credo neanche che si tratti di Braun.»

«Niente giochetti, Vega, non provare a dirmi che era Swanson a dare ordini al killer. Se non risolviamo questi omicidi non ci sarà nessun accordo.»

«E se non lo sapessi?»

«Però lo sai.»

«Voglio un accordo scritto, un accordo ufficiale con il dipartimento di Giustizia. Se non riuscite a procurarvelo non vi dico nulla.»

In quel momento nella stanza entrò Steinmetz.

«Sciorina pure le tue preghiere, Vega. Tempo scaduto.»

110

Wallenger si alzò in piedi e disse: « Direttore, posso parlarti un secondo? In privato ».

« Va bene » rispose Steinmetz fissando Vega con sguardo accigliato, e lasciò la stanza con Wallenger.

Dopo che se ne furono andati Joe si rivolse a Vega: « Al, tra circa dieci minuti questo ufficio sarà di nuovo pieno di agenti dell'FBI. Steinmetz può fare di te quello che vuole e Wallenger non ti sopporta. Io invece sono quello che ti ha accompagnato a Guadalajara e ha consegnato ad Ana la tua lettera. Quando uscirò da quella porta sarai veramente solo. È il momento di parlare ».

« Lascia perdere il dipartimento di Giustizia » rispose Vega. « Fammi avere una lettera firmata da Steinmetz che dichiara di avermi promesso di scontare la pena in California. Mi basta qualcosa del genere. »

« Ci provo. Aspettami qui. »

Lasciò anche lui la stanza e raggiunse Steinmetz e Wallenger nella saletta di osservazione: « Scrivi qualcosa di simile sulla tua carta intestata. Non avrà nessun valore ma se serve a farci consegnare l'assassino o gli assassini... » Joe si strinse nelle spalle.

« L'ho già fatto. Lasciamolo sudare per qualche minuto da solo, abbastanza da fargli pensare che non rientrerai più. »

Consegnò a Joe un foglio color crema con lo stemma blu e oro dell'FBI.

«È un bluff, sta solo fingendo» commentò Wallenger.

«Giochiamocela, Sundance.»

Joe lesse la lettera. Non era identica parola per parola a quanto chiesto, ma sarebbe andata benissimo per un disperato che stava per trascorrere il resto della vita in una prigione di massima sicurezza. Sempre che non riuscisse a scavare un tunnel anche attraverso un pavimento di cemento.

«Va bene, gliela porto.»

Percorse i venti passi che lo separavano dalla sala interrogatori, bussò alla porta, congedò la guardia e si risedette al tavolo. L'espressione di Vega era cambiata in quei pochi minuti che Joe era stato via. La spavalderia era sparita, quell'uomo soffriva.

«Ecco qui.» Joe appoggiò il foglio in modo tale che Vega potesse leggerlo.

«È la sua firma questa?»

«L'ho visto con i miei occhi scriverlo e firmarlo. E ora, chi ha ucciso Brian Donahue, Roy Abend, Carl Barrows, Arthur Guthrie e Royce Bleecker?»

«La pagherò cara per questo» disse Vega. Tentò inutilmente di allungare la mano sana verso il braccio malato. «Credi che potrei avere un po' d'acqua?»

«Al, voglio dei nomi. E li controllerò. Se saranno i nomi giusti avrai dell'acqua, un'altra dose di antidolorifico e un letto d'ospedale pulito, va bene? Se farai il bravo, telefonerò ad Ana e le dirò che sei vivo.»

«È stato mio cugino. La sorella minore di mio padre, Julia, ha sposato un americano.»

«Il nome.»

«Ruffo. Anthony Ruffo.»

Joe aveva affrontato molti interrogatori nella sua carriera e con tutti i cattivi aveva adottato gli stessi accorgimenti. Fu colto di sorpresa, sentì un lieve shock, ma non lasciò trapelare nulla.

«Ruffo...» disse. «Mi sembra di conoscere questo nome...»

«Probabilmente perché il padre, Anthony Ruffo Senior, è un avvocato.»

«Parlami del figlio, Ruffo Junior. Stai dicendo che è stato lui a uccidere tutti quegli uomini?»

«Ha degli amici, penso che li abbia pagati. Senti, non mi ha detto proprio tutto. Potete lavorarvelo voi. Sapete come fare, giusto?»

Joe si alzò. «Adesso ti porto dell'acqua, Al. Ancora una cosa, sai che macchina guida tuo cugino?»

«Una BMW. Nera. Apparteneva al suo vecchio.»

Bingo. Joe chiamò l'agente di guardia, poi tornò nella saletta di osservazione e disse a Steinmetz: «Conosco il giovane Ruffo. È accusato di aver colpito una nostra amica rompendole il naso. Si trova in cella in attesa del processo. Sono abbastanza sicuro che sia stato sempre lui a minacciare me e Lindsay a Sacramento.

«C'è una registrazione audio, oltre al rapporto della polizia. Inoltre, ha perseguitato sia noi che la nostra vicina. Una settimana fa gli agenti di pattuglia hanno registrato i suoi documenti e quelli dei suoi amici.»

«Ora ricordo» disse Steinmetz. «Bel colpo, Joe! Bene, sappiamo dove trovarlo, comodi comodi stavolta.»

«Craig, a proposito di Vega» disse Joe, «qualcuno può portare un po' d'acqua a quello stronzo? Io devo andare adesso.»

111

Ero a casa, sdraiata sul lettone con Julie e Martha. Joe non aveva chiamato, il suo telefono era spento e non sapevo dove fosse. Come se non bastasse, Julie era in uno stato di grande agitazione. Nemmeno la visita della signora Rose l'aveva tranquillizzata.

Era capitata una disgrazia.

Aveva dimenticato la sua mucca di pezza, la signora Mooey Milkington, nell'auto di Cat. C'era stata molta concitazione quando io e Cat ci eravamo incontrate a metà strada tra Half Moon Bay e Lake Street. Martha scodinzolava felice. Anche Julie era contenta ma nel trasferire da un'auto all'altra il cane, la bambina, la borsa dei vestiti, il seggiolino, le mollette e i calzini recuperati dal fondo della macchina e nel ripulire tutta la spazzatura sparsa sul sedile posteriore, nessuno si era accorto di Mooey abbandonata sul sedile davanti.

«Julie, so che ti manca ma non c'è qualcun altro con cui potresti giocare fino a che non la riavremo indietro? Bumpkin, forse? O Flopper?»

«Mooey non sa dove mi trovo.»

«Va bene. Mi passi il telefono per favore?»

Julie andò in soggiorno e mi portò il telefono. Mandai un messaggio a Cat, avvertendola che Mooey era rimasta in macchina e pregandola di informarla che Julie era a casa e che saremmo andate a riprenderla presto.

Ahahahahahaha, va bene, consideralo fatto, diceva il messaggio di risposta di Cat.

Grazie, lo dico a Julie.

Cat mi inviò una serie di emoji: qualche risata, qualche ghigno, un paio di linguacce, una faccina con l'aureola e una sfilza di cuoricini.

Ricambio. Grazie.

«Zia Cat adesso lo dice a Mooey, va bene?» chiesi.

Julie aveva ancora un'aria infelice.

«Faresti una cosa per me?»

«Va bene, che cosa?»

«Vorrei che tu leggessi per me, Julie. Non dormo da tanto tempo, da giorni, se mi racconti una storia mi aiuterai a rilassarmi.»

«Brigid ha detto che sono una monella.»

«Mi dispiace, tesoro, non è stata carina. Non è abituata ad avere compagnia, sai?»

«Mi ha regalato un libro da colorare.»

«Allora è stata anche gentile! Fammelo vedere!»

Julie andò in camera sua e ne riemerse con un libro sottobraccio, tornò nel lettone e cominciò a leggere alla sua maniera. Le immagini raffiguravano gli animali della giungla, Julie iniziò con l'elefante, inventandosi una storia.

«Questa è Milly» disse. «Milly ha un bimbo di nome Blimpo. Vedi, mamma? Milly mangia le foglie ricoperte di cioccolato.»

Avvolsi un braccio attorno alla vita di Julie che mi parlava degli altri animali, e continuai ad ascoltarla mentre scivolavo nel sonno. Fu Joe a svegliarmi. Mi sollevai, Julie non c'era più.

«L'ho accompagnata a scuola.»

«Che cosa hai fatto?»

«È un giorno di scuola. Le mancavano le sue amichette.»

«Bravo, Joe. Ottima idea.»

Guardai l'orologio. Avevo dormito due ore, e non su un camion ma su un materasso, con cuscino e lenzuola. Avevo bisogno di dormire ancora, comunque.

«Che succede, Joe?» gli chiesi, coprendo con la mano uno sbadiglio.

«Grandi novità, Linds! Vega ci ha detto il nome dell'uomo che secondo lui è il responsabile degli omicidi irrisolti.»

«Dici sul serio? Come fa a saperlo? Raccontami tutto.»

Joe si tolse le scarpe, si infilò a letto e mi prese tra le braccia proprio come io avevo fatto con Julie. Mi raccontò tutta l'intricata vicenda che riguardava Ted Swanson, Fred Braun e il loro reclutatore e responsabile dei tunnel, l'uomo per metà americano e per metà messicano che si chiamava Alejandro Vega. E il presunto assassino, che per un pelo non ci era sfuggito.

«Anthony Ruffo Junior. Quello della BMW. Lo stesso tizio che ha minacciato me e ha aggredito Cindy?»

«Proprio lui!»

«Ha ordinato a Cindy di trasmettermi un messaggio» dissi. «Diceva che non era ancora finita, ricordi? Che brutto soggetto, emanava delle vibrazioni orrende. Come quelle dei criminali più accaniti. E noi gli abbiamo comminato una multa per divieto di sosta. Era l'unica cosa che potessimo fare, accidenti!»

« Se riusciamo a dimostrare che è il killer responsabile degli omicidi firmati 'Se parli muori'... » disse Joe.

« Speriamo, Joe! Cindy lo sa? »

« Ne dubito. »

« C'è qualche motivo che mi impedisce di riferirglielo? »

« Assicurati solo che capisca che si tratta di una confidenza. »

Non sapevo di essere ancora in grado di ridere, ma esplosi e non riuscii a smettere finché Joe non mi afferrò il viso con le mani. « Che cosa c'è di tanto divertente? »

« Glielo diciamo sempre, che le stiamo parlando in confidenza. Sempre! Lo odia. Risponde chiedendoci se sappiamo come si guadagna da vivere. »

« Perché hai un odore così buono? » mi domandò Joe.

« Acqua, sapone, shampoo e collutorio. »

« Devo procuramene un po' anch'io. »

« Prima o dopo? » domandai a mio marito.

« La decisione è tua. »

« Allora così come sei. Adoro l'odore dei lacrimogeni al mattino. Togliti i vestiti e basta. »

112

Cindy si svegliò alle prime luci dell'alba. Di nuovo.

Come faceva a dormire con tutto quello che le vorticava nella testa? La telefonata di Lindsay su Ruffo, qualche giorno prima, l'aveva tenuta sveglia fino alle tre. E poi c'era ciò che la teneva sveglia ogni notte da mesi. *L'ultima aggressione di Burke.*

Aveva terminato di scrivere la prima bozza del libro e l'aveva letta a Richie. Entrambi pensavano che fosse valido ma loro erano di parte. Lo aveva inviato via email al suo avvocato-agente, Bob Barnett, quattro giorni prima e non aveva ancora ricevuto risposta.

Era straziante. All'inizio era stato entusiasta dell'idea e aveva letto tutti i suoi articoli su Burke usciti sul *Chronicle*, ma ora non dava sue notizie.

Rich era tornato a casa tardi la sera prima e grazie a Dio stava bene. Ma se lei avesse continuato a rigirarsi nel letto neanche lui sarebbe riuscito a dormire quanto gli serviva.

La sua vestaglia era appesa alla spalliera. Scivolò fuori dalle coperte, la indossò sopra la camicia da notte e si recò silenziosamente in bagno. Si guardò allo specchio e si tastò la punta del naso. Era appena appena dolorante, il medico aveva detto che si era trattato più di una crepa che di una frattura vera e propria. L'aveva avvertita che le sarebbe rimasta una piccola gobba, talmente piccola che nessuno avrebbe capito che cosa era successo.

Cindy si lavò, si spazzolò i capelli e si preparò del tè verde in una tazza di porcellana a fiori che era appartenuta a sua nonna. A volte il solo fatto di tenere quella tazza in mano la calmava, ma non quel giorno.

Perché Barnett non l'aveva chiamata?

A San Francisco erano appena passate le sei e un quarto. Quindi a Washington, dove Barnett viveva e lavorava, erano le nove.

Doveva essere già in ufficio.

Aveva il coraggio di chiamarlo?

Sorseggiando il suo tè, si sedette al tavolo che usava come scrivania. Allungò la mano e recuperò il telefono attaccato al caricatore. C'erano alcune chiamate perse ma nessuna veniva da Barnett. C'era anche qualche email da leggere, nessuna però proveniente dal *Chronicle*. Appoggiò la tazza sul sottobicchiere e aprì la rubrica. Premette sul nome di Bob Barnett e poi sul pulsante di chiamata.

Mentre il telefono squillava, si preparò mentalmente alla possibile delusione. Poi provò a essere ottimista: magari le avrebbe detto che stava lavorando sul suo scritto, che stava prendendo appunti per delle modifiche.

Bob rispose dopo due squilli.

«Cindy? Stavo aspettando che almeno albeggiasse sulla West Coast per chiamarti.»

«Va tutto bene, Bob?»

«Io? Certo! E tu?»

Cindy non sapeva come rispondere. Era un momentaccio: il naso, i rischi corsi dai suoi amici e dal suo compagno quasi tutti i giorni, la paura che il libro fosse un progetto azzardato. Era troppo cruento, troppo duro? Esisteva ancora un mercato per i libri che parlavano di serial killer?

«Sto bene, Bob. Stavo pensando a Evan Burke. Mi contatta ogni due giorni, puoi immaginare il tenore delle conversazioni. Qualche convenevole e sempre lo stesso sottinteso: 'Ho ucciso un sacco di donne, non te lo dimenticare'. Un gran bell'amico di penna.»

Provò a sdrammatizzare con una risata ma non ci riuscì.

«La prossima volta che ti chiama digli che lo adoro. Tornando a te, Cindy, ho letto il tuo libro lentamente perché non volevo che finisse. L'ho terminato ieri sera ma avrei voluto leggerne ancora.»

Cindy si appoggiò una mano sul petto e sorrise.

«Che meraviglia! Grazie, Bob, è bello saperlo.»

«Sì, ma lascia che sia io a ringraziarti, so quanto hai investito in questo lavoro. È palpabile. E adesso arriviamo al motivo per cui stavo per chiamarti: voglio riunire un po' di persone e fissare un incontro su Zoom. Parleremo di editori, e di soldi ovviamente. Ti chiamo più tardi. Sono entusiasta di questo libro, Cindy. Non vedo l'ora di lavorarci su.»

Dopo aver salutato Bob, Cindy rimase seduta ancora per molto tempo, senza muoversi, a rileggere il suo libro. Era bello. L'ansia che l'aveva attanagliata per tutto il tempo era scomparsa e in un certo senso le mancava. Dentro di lei c'era come un buco, il libro sul serial killer non c'era più.

Adesso arrivava la parte bella, e tutto quello che ne sarebbe seguito.

Era pronta? Lo sperava. Avrebbe autografato le copie del libro, forse il suo nome sarebbe finito sulla lista dei bestseller.

Tornò in camera, Richie aveva occupato l'intero letto e

stava ancora russando. Si scusò mentalmente con lui ma doveva svegliarlo per forza.

«Tesoro? Richie?»

«Che ore sono?»

«Rich, ho appena parlato con Bob. Adora il libro!»

«Wow, Cindy! Te l'avevo detto, lo sapevo!»

«Sta organizzando una riunione per discutere della vendita dei diritti.»

«Ora?»

Cindy rise. «No, non adesso!»

Si sdraiò nel letto accanto a Rich, che le fece spazio. Si accomodò cingendolo con le braccia e si riaddormentarono insieme.

RINGRAZIAMENTI

I nostri ringraziamenti vanno agli esperti, ai consulenti e agli amici che hanno condiviso con noi il loro tempo e le loro conoscenze durante la scrittura di questo thriller. Al vero Rich Conklin per aver condiviso il proprio nome. Nella vita reale il capitano Richard Conklin lavora per il Bureau of Criminal Investigations nel dipartimento di polizia di Stamford, in Connecticut. Un ringraziamento speciale va a Michael A. Cizmar, agente speciale dell'FBI in pensione e militare professionista in Afghanistan, che ha lavorato con noi al libro direttamente dal campo. Grazie anche a Steven Cerutti, investigatore della Homeland Security Investigations oggi in pensione, nostro amico e consigliere in ogni situazione. Steve Rabinowitz, PLLC, di New York, è stato anche questa volta un consulente legale di prima classe.

Tantissimi ringraziamenti a Ingrid Taylar, la nostra fotografa e intelligente ricercatrice, per averci guidato ancora una volta attraverso le viuzze segrete e le grandi strade nel dedalo di San Francisco. Grazie anche a J.A. Duffy e a Heather Parsons, per il loro aiuto con i sobborghi invisibili, e a Mary Jordan, che utilizza una colla incredibile e tiene insieme tutti i pezzi. Vogliamo ringraziare anche il Team Patterson di Little, Brown, che trasforma le nostre pagine dattiloscritte in veri e propri libri. Grazie a tutti.

GRAFICA VENETA
CARBON NEUTRAL

Questo libro è stampato da Grafica Veneta S.p.A.
con un processo di stampa e rilegatura certificato
100% carbon neutral in accordo con PAS 2060 BSI

PEFC
PEFC/18-31-226
Certificato PEFC
Questo prodotto è realizzato con materia prima da foreste gestite in maniera sostenibile e da fonti controllate
www.pefc.it

Fotocomposizione:
Nuovo Gruppo Grafico s.n.c. - Milano

Finito di stampare
nel mese di febbraio 2025
per conto della Longanesi & C.
da Grafica Veneta S.p.A.
di Trebaseleghe (PD)
Printed in Italy